LE DUC SOLITAIRE

LES INSAISISSABLES
TOME SEPT

DARCY BURKE

Traduction par
SOPHIE SALAÜN

ZEALOUS QUILL PRESS

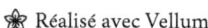

LE DUC SOLITAIRE

Toutes les personnes que Nicholas Bateman a jamais portées dans son cœur sont mortes. À l'exception de Violet Caulfield, ce qui doit vouloir dire qu'il ne l'a jamais aimée. Neuf ans après qu'elle l'a rejeté pour épouser un vicomte, Nick est un duc veuf qui préfère vivre isolé. Quand un ami le convainc de quitter sa tanière de solitude auto-imposée, il envisage de prendre une nouvelle femme, sous réserve qu'elle accepte ses conditions : pas le moindre attachement émotionnel, quel qu'il soit.

Aujourd'hui veuve, lady Violet Pendleton espère avoir une seconde chance avec l'homme qu'elle a toujours aimé. Mais elle n'était pas préparée à le voir si dévasté, ou à subir cette animosité qu'il éprouve encore à son égard. En dépit de ces obstacles, il est évident que leur passion n'a pas faibli. Cependant, la chaleur qui règne entre eux ne suffit pas à faire fondre le duc Solitaire, et cette fois, c'est Violet qui pourrait être rejetée. Peut-on retrouver l'amour après l'avoir si tragiquement perdu ?

CHAPITRE 1

Octobre 1817

À dessein, Lady Violet Pendleton fut la première à arriver à la partie de campagne des Linford. Hannah Linford était son amie la plus proche, et elle la soutenait toujours dans ses activités mondaines.

Son amie fit irruption dans le salon alors que Violet avait déjà fini une tasse de thé. Elle lui fit un petit sourire et l'attira dans ses bras pour une brève étreinte.

— Évidemment, je suis en retard.

— Évidemment, murmura Violet.

En riant, Hannah fit mine de lui jeter un regard indigné.

— Tu n'étais pas obligée d'acquiescer.

— Tu es toujours en retard. Devrions-nous prétendre le contraire ?

— Non, répondit Hannah, les yeux pétillants. Tu as fait bon voyage ?

Violet vivait à Bath, à seulement quelques heures de route

en berline. Elle était partie tôt ce matin-là afin d'être la première invitée à arriver.

— Oui, même si j'ai bien l'impression que le temps va changer. Espérons que cela tiendra jusqu'à ce soir, de sorte que tous tes invités arrivent ici en toute sécurité. Est-ce que tout le monde doit arriver aujourd'hui ?

Hannah, toujours pleine d'une énergie nerveuse, faisait les cent pas devant l'âtre.

— Oui, et je suis tellement anxieuse ! Cela sera soit la partie de campagne la plus réussie de tous les temps, soit le pire désastre ! s'exclama-t-elle avant de marquer un temps d'arrêt et de regarder Violet. Dans tous les cas, ce sera le sujet de toutes les conversations.

— C'est ton objectif, n'est-ce pas ?

Violet aimait énormément son amie, mais n'avait jamais compris son besoin d'être reconnue parmi les leaders de la haute société.

— C'est tout ce que j'ai, confirma-t-elle. Je n'ai pas de titre comme toi.

Violet avait épousé un vicomte, mais elle aurait volontiers échangé le « lady » qui précédait son nom pour un véritable bonheur comme celui que connaissait Hannah avec son mari, Irving. Ils avaient deux jeunes enfants, et ils étaient l'incarnation de ce que Violet avait voulu autrefois. Ce qui avait été à sa portée à l'époque.

— Je te le donnerais, si je pouvais, affirma Violet.

Hanna souffla, et ses lèvres se courbèrent en un sourire chaleureux.

— Je sais que tu le ferais, ma chère.

Violet lissa sa jupe du plat de la main.

— Bon, que veux-tu que je fasse ? Est-ce que Lady Dunn sera là ?

Parfois, Hannah lui demandait de veiller plus particulièrement sur certains invités, de s'assurer qu'ils étaient satisfaits et de l'avertir si quelque chose n'allait pas. Lady Dunn faisait partie de ces invités. C'était une charmante vieille fille, qui aimait les commérages, mais heureusement pas les plus salaces.

— Elle ne sera pas là, répondit Hannah. Ce qui est regrettable, parce que j'imagine que les rumeurs vont se déchaîner, et qu'elle est plutôt douée pour empêcher les choses de s'envenimer.

C'était vrai. En dépit de son amour pour les rumeurs, la vieille vicomtesse n'avait aucun mal à mettre les choses en perspective.

— Y a-t-il quelqu'un d'autre à qui je devrais prêter attention ?

Hannah se déplaça avec grâce jusqu'au canapé où elle s'assit à côté de Violet, tel un colibri profitant d'un bref, mais nécessaire répit. Ses yeux brillaient d'impatience.

— Je suis particulièrement anxieuse au sujet de cette fête, car deux Insaisissables seront présents.

Des insaisissables… Des nobles réputés particulièrement difficiles à attirer sur le marché du mariage, ou du moins c'était l'idée que Violet s'en faisait d'après ce qu'elle avait entendu. Elle n'arrivait jamais à se rappeler correctement ce genre de détails.

— C'est bien joué de ta part.

— Oh, ce ne sont pas les Insaisissables ordinaires. Ce sont des ducs que littéralement personne n'ose approcher… du moins socialement parlant.

Violet ne voyait absolument pas de qui il s'agissait. Elle était tout l'opposé de Lady Dunn : elle détestait les ragots, et les oubliait généralement aussitôt qu'elle les avait entendus. Raison pour laquelle elle n'était pas tout à fait certaine de savoir ce que pouvait être un Insaisissable, en particulier ceux qui n'étaient pas *ordinaires*.

— Si personne ne se risque à les inclure socialement, pourquoi le fais-tu ?

— Parce que ce sera *le* coup d'éclat de la saison ! Le duc Solitaire, bien qu'il soit invité à l'occasion à des événements, ne s'y rend jamais, expliqua Hannah, inclinant la tête sur le côté. Je suppose que c'est injuste de dire que personne n'ose l'approcher. Simplement, ceux qui le veulent n'y parviennent pas. Et apparemment, c'est un homme assez hautain. Il n'a pas le temps pour des fêtes telles que celle-ci, du moins c'est ce que disent les rumeurs.

— Et pourtant, il vient ici ?

Hannah porta la main à sa bouche quand un gloussement lui échappa.

— Je crains de l'avoir manipulé pour qu'il participe en invitant le duc Ravageur. *Lui*, en effet, n'est invité *nulle part*, mais ils sont amis avec le Solitaire. En outre, contrairement au Solitaire, le Ravageur accepte généralement les quelques maigres invitations qu'il reçoit. Je l'ai convié à la condition qu'il amène le Solitaire.

— Tu n'as pas fait ça ? demanda Violet, lèvres pincées.

Elle aimait beaucoup son amie, mais ce genre de machinations frôlait la grossièreté.

— J'ai bien peur que si.

Hannah eut soudain l'air penaude. Elle se leva rapidement et recommença à faire les cent pas, la période de répit étant terminée.

— Tout va se passer à merveille, tu verras.

— Que veux-tu que je fasse ?

Pour la première fois, Violet envisagea de refuser la demande de son amie. Elle ne souhaitait pas participer à un projet qui pourrait apporter une visibilité malvenue à ces… Insaisissables.

— Pas grand-chose, en réalité. Il te suffira d'observer les réactions des gens et de tendre l'oreille. La présence du duc

Solitaire me sera sans doute bénéfique. Et s'il est charmant et s'amuse ? Eh bien, cela pourrait m'amener à l'échelon supérieur. Les yeux d'Hannah brillaient d'excitation.

Violet savait à quel point il était important pour son amie de trouver sa place parmi l'élite de la haute société, même si cela ne comptait pas pour elle.

— D'accord. Tu sais que j'aurais toujours tes intérêts à cœur, même si ce n'est pas toujours ton cas.

Hannah pouvait facilement se laisser emporter. Et dans ces cas-là, elle ne manquait jamais de remercier son amie d'avoir joué la voix de la raison.

— Je dois donc garder un œil sur les Insaisissables, et te rapporter les ragots ?

— Oui, confirma Hannah avant de faire une pause assez longue pour jeter un regard plein d'amour à son amie. Merci.

Le majordome entra pour annoncer que les invités commençaient à arriver. Le visage d'Hannah prit des couleurs, et elle serra ses mains l'une contre l'autre.

— Je vais chercher Irving. C'est parti !

Elle adressa un sourire à son amie avant de se retourner et de quitter le salon à pas gracieux.

Une servante arriva pour débarrasser le plateau à thé. Violet se leva et lissa les plis de sa robe. Elle se rendit près des fenêtres et observa le ciel gris. La pluie allait tomber ; il restait juste à savoir quand les cieux décideraient de déchaîner leur torrent.

Au cours des heures suivantes, Violet salua les invités, dont beaucoup qu'elle avait déjà rencontrés en d'autres occasions. Elle se prépara quand elle vit arriver Lady Nixon et Mme Law ensemble. C'étaient deux des femmes les plus redoutables de la société. Et bien évidemment, c'était pour cette raison précise qu'Hannah les avait conviées. Pari risqué, mais si elles donnaient leur approbation à cette partie de campagne, Hannah serait probablement invitée partout.

Pour cette unique raison, Violet plaqua un sourire char-mant sur son visage et accueillit chaleureusement les deux femmes.

Mᵐᵉ Law avait quelques années de plus que Lady Nixon, des cheveux bruns abondamment striés de gris et des yeux marron, vifs et perçants.

— Lady Pendleton, quel plaisir de vous voir ici ! Mais vous assistez toujours aux fêtes de Mᵐᵉ Linford, n'est-ce pas ?

— En effet. Cela fait un certain temps que nous sommes amies.

Elles s'étaient rencontrées à la saison de Londres près de sept ans et demi auparavant, en tant que jeunes épouses. C'était la première fois que les deux venaient dans la capitale, et elles s'étaient serré les coudes.

Lady Nixon était grande, avec des cheveux châtains et des yeux bleu pâle. Quand elle posait son regard sur vous, vous aviez l'impression qu'elle était capable de voir tous vos secrets. C'était chose impossible, bien sûr, mais Violet savait qu'elle essaierait de les percer. La jeune femme était toujours sur ses gardes en sa présence.

— Mᵐᵉ Linford prétend que le duc Solitaire sera présent. J'y croirai lorsqu'il arrivera, dit-elle, échangeant un regard chargé de doute avec Mᵐᵉ Law.

Oh, doux Jésus ! Pour le bien d'Hannah, elle espérait que ce duc se montrerait. Dans le cas contraire, Violet serait sans doute capable de le traquer et de lui faire subir des dommages corporels.

Elle s'obligea à continuer à sourire aux femmes.

— Désirez-vous un rafraîchissement ? leur demanda-t-elle avec un geste de la main vers un buffet où de la nourri-ture et des boissons avaient été disposées pour les invités à leur arrivée.

— Oh, peut-être juste un gâteau. Ou deux.

Mme Law rit doucement en se dirigeant vers les rafraîchissements. Une fois arrivée, elle prit *trois* gâteaux.

Violet continua d'accueillir les invités, et, pendant que
certains se rendaient à l'étage pour se reposer, la plupart
restèrent dans le salon. En fin d'après-midi, l'atmosphère
était à l'attente. À l'*impatience*.

Violet aperçut la mine affligée d'Hannah, et s'excusa
auprès de Lady Colton et de sa fille. Elle retrouva son amie
près de l'embrasure de la porte.

— Irving dit que les hommes veulent partir, murmura
Hannah avec insistance.

— Je sais. Je sens leur impatience. Pourquoi repousser ?

— Parce que le duc Solitaire n'est pas encore là !

Hannah parlait à voix basse, mais ses traits reflétaient son
anxiété.

Violet toucha doucement le bras de son amie et la guida
pour qu'elle se retourne et ne soit plus face à ses invités.

— Garde ton calme. Tout ira bien. Ils ont peut-être
simplement été retardés.

Hannah secoua la tête.

— J'ai été idiote de placer mes espoirs dans leur venue,
n'est-ce pas ?

Peut-être bien, mais Violet n'avait pas l'intention de le lui
dire.

— Peu importe qu'ils viennent ou non. Ta fête sera un
succès retentissant. Et ce seront eux qui regretteront de ne
pas avoir été présents.

La bouche d'Hannah se courba en un faible sourire.

— Tu es la meilleure des amies.

Soudain, elle se figea en entendant le majordome
s'adresser à quelqu'un dans le hall. Un instant plus tard, il
apparut, guidant un gentleman. Il était grand, large d'épaules,
avec des cheveux bruns et des sourcils épais dissimulant des

yeux marron chaleureux. Cela ne pouvait être le duc Solitaire. Il semblait bien trop agréable.

De plus, Hannah ne se détendait pas, signe que ce n'était
pas le duc qu'elle espérait. Ce devait être l'autre, celui qu'elle
avait dû inviter pour piéger l'objet de sa convoitise.

Violet réprima un frisson. Les manigances de son amie la
mettaient mal à l'aise. Elle offrit au nouvel arrivant un
sourire de bienvenue, puis Hannah et elle se postèrent à l'entrée du salon au moment où le majordome s'arrêtait à la
porte.

— Le duc de Romsey, annonça-t-il.

Toutes les têtes se tournèrent en même temps dans la
pièce, et les conversations se turent. Il y eut un moment de
battement avant que les voix ne reprennent tranquillement.

Hannah fit la révérence.

— Bienvenue, Votre Grâce.

Violet fit de même, mais l'arrivée précipitée d'Irving l'empêcha de parler. Il accueillit le duc avec une révérence.

— Nous apprécions vraiment votre venue, Votre Grâce.

Le duc coula un regard vers Violet, mais se concentra sur
ses hôtes en leur répondant.

— C'est un plaisir pour moi. Je vous remercie pour cette
aimable invitation.

Hannah regarda derrière lui, visiblement à la recherche
de son ami absent.

— Sa Grâce ne vous a pas accompagné ? demanda-t-elle
d'une voix tendue par le stress.

— Pas tout à fait, non. Il devrait arriver sous peu.

La manière dont il avait prononcé le mot « devrait » fit
tiquer Violet. Le duc n'était pas certain de ce qu'allait faire
son ami. Elle pria pour qu'Hannah n'ait pas saisi cette légère
intonation.

Violet s'éloigna, accordant à son amie et son mari un
moment pour discuter avec le duc. Alors qu'elle se dirigeait

vers l'âtre, elle entendit Lady Nixon, assise à côté de Mme Law sur l'un des canapés.

— Le duc Ravageur, vous imaginez ?

Si une question avait pu illustrer à elle seule la notion de mépris, celle-ci l'aurait fait. En revanche, le visage de Lady Nixon était parfaitement serein. Jamais l'on n'aurait pu deviner que sa bouche déversait autant de venin.

— Elle a parlé du Solitaire, et nous nous retrouvons avec le Ravageur à la place, constata Mme Law avec un claquement de langue. Un véritable désastre. Je me demande si quelqu'un va s'en aller maintenant que lui est arrivé. Je me demande si *nous* devrions partir, ajouta-t-elle en cillant vers son amie.

Violet avait envie de leur répondre sèchement qu'effectivement elles feraient bien de partir, et qu'en guise de destination, elles devraient rendre visite au diable dans sa résidence. Au lieu de cela, elle s'en alla à l'autre bout de la pièce, où elle leur lança discrètement des regards noirs.

Elle regardait aussi son amie, qui heureusement ne paraissait pas consciente de l'odieuse conversation qui se déroulait sur le canapé. Cependant, Hannah semblait pâle. Ce n'était pas ce qu'elle avait prévu ni ce qu'elle avait espéré.

Balayant la pièce du regard, Violet tenta de déterminer ce que les autres pensaient de l'arrivée du duc. Quelqu'un allait-il partir ? Bonté divine, elle espérait bien que non !

À cet instant, un éclair de lumière jaillit au-dessus de la pelouse, suivi un instant plus tard par un grand fracas. Puis la pluie se mit à tomber. Violet sourit, ravie. À présent, tout le monde devait rester.

— Le duc de Kilve.

L'annonce du majordome prit tout le monde par surprise, du moins c'était l'impression qu'en avait Violet. Tous s'étaient tournés vers la fenêtre pour observer le début spectaculaire de la tempête.

Les conversations s'interrompirent une fois encore, mais

cette fois, ce fut bien plus prononcé. Le silence s'étira jusqu'à en devenir palpable. Cela aurait pu continuer un bout de temps s'il n'y avait pas eu un autre éclair, suivi d'un énorme *boum*.

Violet se tourna en direction de la porte et vit aussitôt l'expression triomphante que dégageait le visage d'Hannah. C'était sûrement le duc Solitaire. Elle jeta un coup d'œil vers les vieilles biques assises sur le canapé et faillit éclater de rire en constatant leurs deux expressions choquées. Hannah avait réussi.

Folle de joie devant le succès de son amie, Violet tourna la tête pour étudier cet énigmatique duc.

Dès l'instant où elle le vit, un froid glacial envahit tout son être.

Elle le connaissait.

Du sommet de sa tête brune en passant par la petite fente de son menton et de la longueur de ses jambes athlétiques jusqu'à la pointe de ses bottes, elle le connaissait. Oh, il semblait différent : il avait une petite bosse sur l'arête du nez, comme s'il avait été cassé, et ses épaules étaient plus larges, tout comme sa poitrine. Et son visage... son visage bien-aimé... Ce n'était pour ainsi dire pas l'homme qu'elle avait connu, et pourtant c'était bien lui. Son front était plus marqué, comme s'il avait enduré plus que ce qu'il aurait cru possible. Ses joues étaient creuses et sa mâchoire crispée, donnant le sentiment qu'il était mal à l'aise. Elle avait la nette impression qu'il n'avait pas envie d'être là.

Grands dieux, mais que faisait-il ici ?

C'est le duc Solitaire, se rappela-t-elle.

Un duc ! Comment diable Nicholas Bateman était-il devenu duc ? Et comment s'était-il retrouvé affublé du surnom de Solitaire ?

Le corps de Violet vibrait. Elle fit un pas vers la porte. Le regard de Bateman, qui balayait la pièce, s'arrêta quand il tomba sur elle. Elle y lut une prise de conscience, puis il continua. Il l'avait vue, reconnue, puis il avait décidé qu'elle ne méritait pas son attention.

La douleur ressentie huit ans plus tôt envahit son corps et faillit la mettre à genoux. Non, elle ne méritait pas sa sollicitude. Pas après ce qu'elle avait fait. Et certainement pas maintenant qu'il était duc.

Il se tenait dans l'embrasure de la porte, accordant toute son attention à Hannah et Irving, ainsi qu'au duc de Romsey. Il ne disait pas grand-chose et son malaise ne semblait pas s'atténuer. Il avait une posture aussi raide que l'était sa mâchoire. Non, il n'avait pas beaucoup de choses en commun avec le Nicholas Bateman qu'elle avait connu.

L'espace d'un instant, elle laissa son esprit se replonger dans cette quinzaine à Bath. Elle venait juste de faire ses débuts, et ils s'étaient rencontrés par hasard à l'hôtel Sydney. Il l'avait emmenée faire une promenade dans les jardins. Il était beau et charmant, et son intelligence et son esprit avaient complètement séduit son cœur. Ils s'étaient donné rendez-vous le lendemain dans les Pump Rooms, et avaient dansé le soir suivant au bal costumé des Upper Assembly Rooms. Le lendemain, ils étaient retournés dans les Sydney Gardens, où il l'avait embrassée à l'ombre d'un arbre, et elle s'était perdue. L'amour avait revendiqué son cœur, et ne le lui avait jamais rendu.

CHAPITRE 2

*L*a voir de l'autre côté du salon avait glacé les sangs de Nick. Sa vision s'était troublée jusqu'à ce qu'il craigne de la perdre complètement. Il avait aussitôt reporté son attention sur les Linford et Simon, et s'y était tenu. Néanmoins, il était parfaitement conscient de sa présence.

Violet Caulfield était aussi douloureusement belle aujourd'hui qu'elle l'était huit ans plus tôt. Mais non, ce n'était pas Violet Caulfield. C'était Lady Pendleton. Il se demanda où était son mari.

La glace se répandait dans ses veines. Jamais il n'aurait dû venir ici, et il devait repartir aussitôt.

Une lumière envahit le salon alors que la tempête faisait à nouveau rage. Le tonnerre gronda à proximité, la pluie ruisselait sur les fenêtres. Il comprit qu'il n'irait nulle part.

— Espérons que cette tempête ne va pas durer. Mais si c'est le cas, nous aurons de nombreuses activités intérieures demain. L'un d'entre vous souhaite-t-il un rafraîchissement ?

Lady Pendleton fit un geste en direction d'une table qui, heureusement, ne se trouvait pas près de Violet.

Violet.

Il ne pouvait pas l'appeler ainsi, ni même penser à elle en des termes aussi familiers. Certes, ils s'étaient connus aussi intimement que deux personnes puissent le faire, mais c'était il y a très longtemps. Il y a une éternité.

Cela avait duré aussi longtemps que la vie d'Elias.

— C'est une excellente idée, merci, dit Simon.

Il donna un coup de coude sur le bras de Nick et dirigea son regard vers la table des rafraîchissements.

Nick ne voulait pas de ces fichus rafraîchissements. Quoique, en fait, si. Du whisky, de préférence. Alors il s'avança vers la table en compagnie de Simon, sans dire un mot à ses hôtes.

— Serais-tu capable de sourire ? lui demanda son ami. Ou au moins d'afficher un regard moins meurtrier ?

— Je n'ai pas un regard meurtrier, marmonna Nick, parfaitement conscient des yeux tournés vers lui, et de l'atmosphère fébrile. Jamais je n'aurais dû te laisser me convaincre de faire ça.

— Peut-être, murmura Simon. Cependant, nous sommes ici. Il est trop tard pour fuir.

— Non, c'est faux. Et c'est ce que je vais faire à la première occasion, affirma-t-il en regardant vers les fenêtres alors qu'il atteignait la table. S'il n'y avait pas la tempête, je m'en irais dès maintenant.

— Tempête ou pas, tu m'as promis de rester une nuit.

Nick jeta un œil aux gâteaux et aux biscuits, mais n'en prit aucun.

Simon se renfrogna.

— Bon sang, quelqu'un vient par ici. Pourrais-tu au moins faire l'effort d'avoir l'air de t'ennuyer ? Ou d'être malade, peut-être ?

Cela ne serait pas trop difficile, songea Nick. Être au centre de l'attention, même dans un si petit rassemblement de trente ou quarante personnes, le déstabilisait. Il n'avait pas été élevé pour devenir duc, et même s'il portait ce titre depuis cinq ans maintenant, cela lui semblait toujours étrange, surtout en compagnie des autres.

L'homme qui s'était approché s'éclaircit la gorge.

— Je ne sais pas si vous vous souvenez de moi, duc, mais nous nous sommes rencontrés il y a plusieurs années à Londres, dit-il en s'adressant directement à Nick, indiquant par là même de quel duc il parlait. Je suis lord Colton. Voici ma femme, ajouta-t-il avec un geste vers la femme à ses côtés, et permettez-moi de vous présenter ma fille, M\ :sup:`lle` Colton.

Il faisait ces présentations dans un but bien précis : Mlle Colton était sur le marché du mariage.

Nick fit un signe de tête à la jeune femme.

— C'est un plaisir de vous rencontrer, mademoiselle Colton.

Il remarqua que le vicomte n'avait pas présenté sa fille à Simon. Son humeur déjà morose ne fit qu'empirer.

— Voici mon cher ami, le duc de Romsey.

Simon s'inclina, et Mlle Colton fit la révérence. Le visage de Lady Colton se crispa, et les joues de son époux perdirent un peu de leur couleur. Nick avait envie de faire volte-face et de s'éloigner pour les snober sans la moindre ambiguïté. Comment osaient-ils insulter Simon ?

Comme s'il lisait dans les pensées de Nick, à moins que son indignation ne soit *effectivement* visible sur son visage, Simon agrippa brièvement le coude de son ami.

— On continue ? murmura-t-il, avant de s'adresser aux Colton. Je vous prie de nous excuser.

Simon leur fit un sourire qu'ils ne méritaient pas, et guida Nick à l'écart. Lorsqu'ils furent hors de portée de voix, il dit :

— Tu vas devoir faire mieux que ça.

— Pourquoi ? Je n'ai aucune envie d'être ici, surtout si les gens se montrent grossiers envers toi.

— Ils n'étaient pas grossiers. Ils étaient réticents. *Moi*, j'ai envie d'être ici, et tu m'as promis une foutue nuit, insista Simon avant de prendre une grande inspiration. Ressaisis-toi et continuons.

— Pendant combien de temps ? J'ai besoin d'un verre.

Il jeta un regard d'excuse à son ami.

Simon secoua imperceptiblement la tête : ils étaient amis depuis assez longtemps, et étaient assez proches pour que Nick n'ait pas besoin de se censurer. Pourtant, parfois, surtout dans des moments de stress comme celui-ci, il essayait d'être plus attentif.

— Tu as *effectivement* besoin d'un verre, confirma Simon. Mais d'abord, nous allons faire le tour de la pièce. Je te promets que ce ne sera pas long, ajouta-t-il en regardant devant lui.

— Nous allons commencer par cette femme. Elle me semble tout à fait inoffensive.

Nick s'arrêta et planta les pieds dans le tapis.

— Non.

Simon se stoppa à côté de lui. Nick inclina son corps de sorte à ne pas voir Violet. Ils se tenaient près des fenêtres, et un autre éclair illumina le ciel.

— Pourquoi pas ? s'enquit Simon.

— Je ne veux pas discuter avec elle. Tu peux m'emmener n'importe où ailleurs. *N'importe où.*

Le duc Ravageur jeta un regard à la jeune femme, l'air consterné.

— Tu la connais ? Je ne crois pas l'avoir déjà vue auparavant. Comment se fait-il que tu connaisses quelqu'un que je ne connais pas ?

— Laisse tomber ! grogna Nick.

L'envie de quitter la pièce était presque irrésistible.

— Calme-toi, lui intima Simon d'un ton apaisant. Nous en discuterons plus tard.

Il lança à Nick un regard qui indiquait clairement qu'il n'oublierait pas le sujet.

Ils passèrent une demi-heure, à moins que ce ne soit une vie, à se présenter à toutes les personnes de la pièce. Il y avait plusieurs femmes célibataires, qui montraient toutes de l'intérêt à rencontrer Nick, et de la nervosité à faire la connaissance de Simon. Quand ils eurent terminé, Nick était prêt à sortir directement dans la tempête, dans l'espoir d'être foudroyé.

— Il vous reste une personne à rencontrer, dit Mme Linford d'un ton joyeux tandis que les deux amis se dirigeaient vers la porte. Venez.

Elle effleura le bras de Nick, et Simon l'encouragea d'un signe de tête.

Un instant plus tard, Nick se tenait à un mètre de la femme qui lui avait brisé le cœur.

— Violet, permets-moi de te présenter Leurs Grâces, le duc de Kilve et le duc de Romsey.

La jeune femme leur offrit une profonde révérence.

— C'est un plaisir de faire votre connaissance.

Elle inclina la tête vers eux deux, et Nick dut lui reconnaître qu'elle était la première et la seule personne dans cette pièce à avoir fait preuve de la même déférence et la même courtoisie envers Simon et lui. Paradoxalement, cela n'améliora en rien son humeur.

— Violet est Lady Pendleton, expliqua Mme Linford.

Simon lui prit la main et s'inclina.

— Le plaisir est pour moi, my lady.

Nick s'obligea à faire une petite révérence. Il ne dit rien et évita de la regarder. Sauf qu'il n'y arrivait pas. Elle était encore plus ravissante aujourd'hui que dans sa jeunesse. Ses yeux étaient toujours aussi remplis de chaleur et d'intelligence ; des iris d'un vert mousse qui se fondaient dans un brun riche sur les bords. Elle avait plus de courbes à présent et un port du menton qui évoquait l'expérience et la confiance. Ses lèvres roses étaient aussi pleines et pulpeuses que dans son souvenir. Cette bouche l'avait attiré dès le début, surtout quand elle riait. Ce son était comme une musique à ses oreilles.

Il était un garçon stupide à l'époque.

M. Linford s'éclaircit bruyamment la gorge, et tout le monde se tourna vers la porte.

— Gentlemen, si vous voulez bien vous rendre avec moi dans la salle de billard, vous êtes les bienvenus.

Bon sang, oui !

— Si vous voulez bien nous excuser, dit Nick en se tournant.

Il n'attendit pas de réponse avant de suivre son hôte.

Quelques minutes plus tard, il entrait dans la salle de billard sur les talons de Linford. Un valet de pied se tenait près d'un buffet et offrait des alcools. Nick accepta un verre de whisky et but une gorgée bienvenue en se rendant dans un coin de la pièce.

Simon l'y rejoignit, les yeux sombres et les lèvres pincées.

— Tu t'es montré incroyablement grossier.

— Pas *incroyablement*, protesta-t-il en buvant une autre gorgée de whisky. Ce n'est pas comme si je l'avais snobée.

Simon souffla fort.

— Je sais que tu veux te montrer digne de ton surnom, mais es-tu obligé de te comporter comme un sauvage ?

— Tu as insisté pour me traîner ici. Tu ne peux pas te plaindre de la manière dont je me comporte.

Simon poussa un gémissement bas qui fit vibrer sa gorge.

— Qui est-elle ?

— Je l'ai rencontrée il y a plusieurs années. Avant que mon oncle n'achète ma commission.

Simon et lui n'étaient pas aussi proches pendant la période qui avait suivi leur sortie d'Oxford. Alors que Nick, un homme ordinaire à l'époque, était rentré chez lui à Bath, Simon était un marquis avec un penchant pour le jeu et la boisson. Et les femmes. Il avait fait de son mieux pour devenir le plus célèbre séducteur de Londres.

— Tu ne m'as jamais parlé d'elle.

— Il n'y a rien à dire.

Ce qui était un mensonge éhonté, mais c'était de l'histoire ancienne. Cela n'avait sûrement plus d'importance maintenant.

Sauf qu'elle était ici. Et le passé était en train de bouleverser sa vie bien ordonnée. Non. *Simon* avait bouleversé sa vie bien ordonnée.

— Je n'aurais jamais dû te laisser me persuader de venir ici, dit Nick, avant de boire une nouvelle gorgée.

— Peut-être pas, confirma Simon, résigné. Mais tu es là. Ne pourrions-nous pas essayer d'en tirer le meilleur parti ? Si le temps s'éclaircit, nous irons à la pêche demain. J'ai entendu dire que le lac de Linford est formidable.

Nick adorait pêcher. Et il n'y aurait pas de femmes là-bas. Peut-être que s'il restait dans cette pièce et dans sa chambre, il pourrait supporter cette partie de campagne infernale.

— Combien de temps sommes-nous censés rester ici ?

— Une semaine, répondit Simon. Oserais-je espérer que tu reconsidères ton désir de fuir ?

— Comme tu l'as dit, nous sommes ici, et il y a la pêche.

Simon sourit.

— Il y a également plusieurs femmes à marier. Tu pourrais aussi réfléchir à ta décision d'éviter le mariage.

Nick grogna avant de boire une nouvelle gorgée de whisky.

— Il me semble qu'il y a plusieurs excellentes candidates. Et tu as toutes tes chances avec n'importe laquelle d'entre elles.

— Je vais te laisser courtiser, répondit Nick.

— Oh, non ! C'est à toi que tout le monde s'intéresse, lui dit Simon d'un ton joyeux. *Toi*, tu n'as pas tué ta femme.

Nick regarda son ami avec insistance. Il plaisantait parfois au sujet de la rumeur, et ils n'en discutaient jamais davantage. Certaines choses ne se partageaient avec personne, pas même avec vos proches.

Comme le fait que Nick avait *vraiment* tué sa femme. S'il n'avait pas été là, elle serait toujours en vie. Nick était maudit. En fait, peut-être que s'il s'éloignait de Simon, son ami pourrait commencer à sortir de cette chape de peur et de méfiance qui le poursuivait partout où il allait.

Nick fit tournoyer le whisky dans son verre avant d'avaler d'un coup le reste du liquide ambré.

— Tu devrais te trouver un meilleur ami que moi.

Simon ricana.

— Personne ne voudra de moi. Alors je crains que tu ne sois coincé.

— Peut-être que ta chance tournerait sans moi.

— C'est ce que tu crois ? lui demanda Simon, avant d'éclater de rire. Pour l'instant, c'est toi ma seule chance. Sans toi, je ne serais même pas ici. Donc, tu ne te débarrasseras pas de moi. Essayons de nous amuser cette semaine, et si l'avenir se présente, tu devrais le saisir.

Soudain, Nick se sentit mal. Si Simon pouvait faire preuve d'optimisme, il se devait d'essayer. Pourtant, il y avait des limites à ce qu'il pourrait faire. À ce dont il était capable.

— Je ne vais pas tomber amoureux.

— Tu sembles plutôt catégorique.

— S'il y avait un mariage, et je ne dis pas qu'il y en aura un, elle devra accepter un arrangement dans lequel l'amour ne jouera aucun rôle.

C'était essentiel. Pour le propre bien-être de la jeune femme.

— C'est tellement froid… Mais d'un autre côté…

Nick lui jeta un regard noir.

— Ne le dis pas.

Simon leva la main pour se défendre.

— Je ne le dirai pas, répondit-il en regardant fixement son ami. Tu pourrais vraiment le faire ? Prendre une épouse sans sentiments ?

— Je fais tout sans sentiments.

— La plupart du temps, oui.

Simon souffla et se tourna pour regarder les fenêtres. La foudre s'était calmée, mais un éclair soudain déchira le ciel.

— Parfois, cependant, il y a une lueur d'espoir, dit-il en coulant un regard à Nick, tandis que le coin de sa bouche se relevait. Je m'accrocherai à ça. Et tu devrais en faire autant.

Non. Nick avait depuis longtemps renoncé à ce sentiment particulier. L'espoir, c'était pour les gens qui croyaient aux fins heureuses.

Ce n'était pas son cas.

~

*P*lus tard dans la soirée, après le dîner, Violet entra dans le salon. La plupart des dames s'assirent pour jouer aux cartes, mais elle n'avait jamais vraiment aimé ça. Au lieu de les rejoindre, elle se dirigea vers un coin où elle pouvait s'asseoir, tout en ayant une bonne vue sur toutes les activités. Ainsi, elle serait en mesure de voir Nick quand il entrerait dans la pièce.

Il ne fallait pas qu'elle pense à lui de façon si familière. Il était le duc de Kilve maintenant. Le duc Solitaire.

Il incarnait parfaitement ce surnom. La froideur de son regard n'avait d'égale que celle de son ton et de son comportement en général. Au dîner, il s'était assis à la droite d'Irving Linford, entre leur hôte et sa mère, Mᵐᵉ Linford. Violet l'avait observé à la dérobée durant tout le repas, mais pas une seule fois il n'avait regardé dans sa direction. Il avait semblé engager la conversation avec Irving et sa mère, mais d'après ce qu'elle avait pu voir, c'étaient eux qui avaient nourri le plus gros de la discussion. Nick était resté assis, raide comme un glaçon figé sur place, et parfaitement imperméable à la chaleur.

Ce n'était pas le Nick qu'elle avait connu huit ans plus tôt. Que lui était-il arrivé ? Elle était rongée par la curiosité, mais elle n'allait pas poser de questions à son sujet, quand bien même elle était certaine que Lady Nixon et Mme Law lui diraient tout ce qu'elle voulait savoir. Si elle tendait l'oreille, elle pourrait les entendre depuis l'autre bout de la pièce. Elles n'avaient cessé de jacasser depuis qu'elles étaient entrées dans le salon, et étaient la principale raison qui avait poussé Violet à se retirer de la partie de cartes.

Le groupe des plus jeunes, un trio de demoiselles avec des visages radieux, s'avança vers l'endroit où Violet était assise.

— Est-ce que cela vous dérange si nous nous joignons à vous ? s'enquit l'une d'elles.

C'était une petite créature presque féérique, avec de grands yeux bleus, une peau ivoire brillante et des cheveux sombres, presque noirs. Elle s'appelait Mlle Diana Kingman. Son père était un baronnet et, d'après ce que Violet pouvait constater, il était un peu vantard. Il considérait que sa fille était la plus belle et la plus charmante jeune femme sur le marché du mariage, et il veillait à ce que tout le monde le sache.

— Pas du tout, répondit Violet d'un ton chaleureux. Je vous en prie, asseyez-vous.

Mlle Kingman prit place sur le fauteuil à côté d'elle, tandis que les deux autres, Lady Lavinia Gillingham et Mlle Sarah Colton, s'installaient sur le petit canapé.

— Nous espérons que cela ne vous dérangera pas, mais

nous voulions vous demander votre avis, dit timidement Mlle Colton.

Violet n'était pas persuadée d'être en mesure de conseiller ces jeunes femmes.

— Si je peux aider, oui, bien sûr. Que voulez-vous savoir ?

Lady Lavinia lissa l'arrière de ses cheveux roux foncé et son regard oscilla entre les deux autres, comme si elle cherchait à se donner du courage.

— C'est notre première partie de campagne, dit-elle, plissant les yeux, ce qui fit que Violet se demanda si la jeune fille n'avait pas besoin de lunettes. Qu'avons-nous *besoin* de savoir ?

Elle repensa à sa première partie de campagne. Elle était mariée à Clifford depuis près d'un an et, enceinte depuis peu, elle avait été plutôt malade. Il avait profité de l'occasion pour faire comme beaucoup de gentlemen lors de tels événements : courir les jupons. Mais elle n'avait pas envie de discuter de *cela* avec ces jeunes femmes.

— Je suppose qu'il n'y a rien que vous ayez *besoin* de savoir. Mme Linford a prévu un grand nombre d'activités pour tout le monde, donc vous aurez certainement de quoi vous occuper.

— J'ai hâte de faire l'excursion pour voir la cathédrale Saint-André de Wells, dit Lady Lavinia.

— Je l'ai vue, et elle est époustouflante, confirma Mlle Colton dont les yeux bleus pétillaient d'impatience. J'ai hâte de faire du shopping.

Comme Mlle Kingman ne donnait pas son avis sur les activités prévues, Violet se tourna vers elle et lui demanda :

— Et vous, mademoiselle Kingman ?

— La cathédrale sera très intéressante, je pense. Mais je ne pourrai y aller que si certains autres invités y vont également.

Son attitude pondérée lui permettait de ne pas exprimer ses sentiments à ce sujet.

Les deux autres femmes jetèrent un regard compatissant à Mlle Kingman, et Lady Lavinia se pencha vers Violet.

— Son père est impatient de la marier, expliqua-t-elle à voix basse.

Violet regarda attentivement la jeune femme pour voir sa réaction, mais elle gardait des traits remarquablement impassibles. Elle était l'incarnation même de la réserve, et Violet la comprenait parfaitement. Elle avait très vite appris à réprimer la plupart de ses émotions après avoir épousé Pendleton, et bien qu'il soit mort depuis près de trois ans, elle ne s'ouvrait toujours pas. Ou peut-être était-ce dû à la maturité, comme le lui faisait souvent remarquer sa mère.

— J'aimerais être mariée, dit Mlle Kingman d'un ton égal, jetant un coup d'œil aux deux autres jeunes femmes. N'est-ce pas votre cas ?

L'épaule de Mlle Colton tressaillit.

— Je suppose. En tout cas, c'est ce que souhaitent mes parents.

— Je *veux* me marier, répondit à son tour Lady Lavinia. Mais peut-être pas immédiatement.

Elle adressa un clin d'œil à Mlle Kingman. Puis elle se tourna pour interroger Violet.

— Quel âge aviez-vous lorsque vous vous êtes mariée, Lady Pendleton ?

— Pas tout à fait vingt ans.

Elle n'avait même pas eu de saison. Elle projetait d'en avoir une, mais après Nick, ses parents l'avaient mariée à la première occasion.

Lady Lavinia fronça le nez.

— J'ai passé la vingtaine depuis deux ans, et je ne suis pas certaine d'être prête à me faire passer la corde au cou.

Violet n'était pas prête non plus à l'époque, mais c'était dû

au choix du marié. Si on l'avait autorisée à suivre son cœur...
Eh bien, cela n'avait plus guère d'importance à présent.

Suivant du doigt une petite fleur brodée sur sa jupe, Lady
Lavinia soupira.

— Pourtant, il y a plusieurs célibataires intéressants ici
cette semaine, et mon père ne manquera pas de les évaluer,
dit-elle, avant de poser sur Mlle Kingman un regard de
commisération. Je suppose que nos pères vont nous mettre
en concurrence directe pour le duc Solitaire.

Elle éclata d'un rire mêlé d'incertitude. Ou peut-être de
nervosité.

Mlle Colton sourit joyeusement.

— Je doute que mon père essaie de me caser avec un
Insaisissable, Dieu merci. À mes yeux, ils sont carrément
intouchables.

— Tu en es certaine ? l'interrogea Lady Lavinia. Personne
n'oserait s'approcher du duc Ravageur, et pour cette raison, il
peut être tout à fait disponible. Si quelqu'un voulait prendre
ce risque.

Le sourire disparut du visage de Mlle Colton, et ses yeux
s'écarquillèrent d'horreur.

— C'est ce que tu me souhaites ?

— Bien sûr que non ! s'exclama Lady Lavinia dont les
joues prirent une teinte rose vif. Ce n'était qu'une piètre plaisanterie.

— Quel est le problème avec le duc Rav... le duc de
Romsey ? demanda Violet qui se refusait à utiliser leur
surnom.

Les trois jeunes femmes tournèrent aussitôt la tête pour
la fixer.

— Comment est-ce possible que vous ne sachiez pas ?
s'enquit Mlle Kingman.

— Je crains de ne pas prêter beaucoup d'attention aux
ragots.

Combien de fois avait-elle empêché Hannah de partager la dernière rumeur en date ? Elle avait cessé de compter tant elles étaient nombreuses.

— C'est une histoire assez lugubre, commença Lady Lavinia en baissant la voix, jetant un coup d'œil autour d'elle avant de fixer son regard sur Violet. On dit qu'il a tué sa femme en la poussant dans les escaliers.

Aussitôt, Violet se sentit indignée pour cet homme.

— Quelle horrible rumeur.

— Ce n'est pas une rumeur, dit doucement Mlle Colton. Il a admis lui-même ne pas se souvenir de ce qui s'était passé.

— Êtes-vous en train de dire qu'il ne conteste pas ? demanda Violet.

— C'est ce que dit la rumeur, confirma Lady Lavinia.

C'était un exemple parfait de la raison pour laquelle Violet méprisait les rumeurs.

— A-t-il été formellement accusé de ce crime ? Ou jugé pour cela au tribunal ?

— Il n'a jamais été inculpé, répondit Lady Lavinia, plissant légèrement les yeux. Mais tout le monde sait ce qui s'est réellement passé. Une telle tragédie ! Apparemment, elle attendait leur premier enfant, en plus.

Les tripes de Violet se contractèrent violemment. Elle avait perdu plusieurs enfants, trois, mais pas parce qu'elle était tombée dans les escaliers. Non. Son corps n'était tout simplement pas capable de porter un enfant, comme son mari l'avait souligné à la moindre occasion.

— Comme c'est affreux !

— Je dois admettre qu'il n'a pas l'air d'un meurtrier, dit Mlle Colton en haussant les épaules. Pour être honnête, je l'ai trouvé plutôt beau.

Ses joues rougirent aussitôt, et elle baissa les yeux sur ses genoux.

Lady Lavinia rit doucement, puis tendit la main pour tapoter celle de Mlle Colton.

— Moi aussi.

Son amie leva les yeux vers elle, et se mit à rire à son tour.

— Ce sont ses yeux, affirma Mlle Kingman, dont les lèvres se courbèrent en un doux sourire. Ils sont d'un brun très riche, comme du velours... Avec des petites mouchetures d'or qui les font scintiller.

Lady Lavinia lui jeta un regard vif.

— Tu as des vues sur lui ?

Le regard de Mlle Kingman se refroidit.

— Bien sûr que non. Trouver quelqu'un attirant ne signifie pas qu'il ferait un bon parti.

C'était exactement la phrase que la mère de Violet avait répétée huit ans plus tôt. Que ce n'était pas réellement de l'amour qu'elle éprouvait pour Nick. Que trouver quelqu'un beau, et être attirée physiquement par lui n'était pas aussi important pour un mariage que sa place au sein de la haute société. Elle avait convaincu la jeune Violet de cette vérité, que ce que voulait son cœur n'avait pas d'importance. Apparemment, Mlle Kingman avait été éduquée de la même manière.

— C'est ce que me dit tout le temps ma mère, affirma Mlle Colton avec un soupir. Je me dispute avec elle à ce sujet : l'amour *est* important.

— Il faut au moins un bon compagnon, intervint Lady Lavinia. Je ne peux imaginer épouser un homme que je n'*apprécierais* même pas.

Elle frissonna doucement.

Mlle Kingman ne montra aucune réaction extérieure à la commisération des autres filles.

— Nous devons croire que les choses vont s'arranger.

Violet n'aurait pas su dire si la jeune femme y croyait, ou si elle se contentait de réciter ce qui lui avait été martelé. Dans son cas, les choses ne s'étaient pas arrangées, du moins, pas en ce qui concernait son mariage. Mais maintenant, elle était veuve et merveilleusement indépendante.

Violet toussa délicatement.

— Donc le duc de Romsey n'est pas un homme que vous désirez courtiser.

Les trois femmes secouèrent la tête.

— Eh bien, il y a plusieurs autres célibataires intéressants ici. Le père de M. Ader est un baron. Et il me semble que M. Woodward est l'héritier d'une vicomté.

— M. Seaver est plutôt charmant, enchaîna Mlle Colton.

Violet ne le connaissait pas.

— Parfait. Je crois que vous allez toutes bien vous amuser.

— J'espère que le temps se dégagera, pour que nous puissions aller pêcher demain.

Violet se retourna vers Mlle Kingman, qui avait fait cette déclaration surprenante.

— Vous pêchez ?

Elle hocha la tête.

— Mais je suppose qu'on ne m'autorisera pas à le faire demain. Je devrai souffrir de ne pouvoir que regarder.

— Comme c'est regrettable, dit Violet, l'esprit en mouvement. Je peux en parler à Mme Linford. Je suis certaine qu'elle pourra arranger quelque chose.

Mlle Kingman pâlit légèrement.

— Non, je vous remercie. Je ne voudrais pas faire d'histoires. Vraiment. Je me contenterai de regarder les hommes pêcher.

Elle leur adressa un sourire serein, mais Violet n'était pas vraiment sûre qu'il soit sincère.

— J'ai entendu dire que nous allions être autorisés à sortir les bateaux, annonça Lady Lavinia à Mlle Kingman. Ce sera sans doute divertissant.

Une lueur d'impatience illumina les yeux de la jeune femme.

— Oui, je pense aussi.

Pour une raison qu'elle ignorait, cela rendait Violet heureuse de voir Mlle Kingman enthousiaste. Peut-être la jeune femme lui rappelait-elle un passé qu'elle avait tenté d'oublier, quand elle était une jeune femme qui n'avait aucun choix. Elle garderait un œil sur elle pendant toute la durée de la partie de campagne.

Les messieurs les rejoignirent à ce moment-là, entrant progressivement dans le salon. L'atmosphère de la pièce changea, elle devint plus dense et plus chargée à mesure que le volume augmentait. Violet n'avait pas prévu de le chercher, mais il était là, l'un des derniers à entrer. Il s'attarda près de la porte.

Nick ne jeta pas un regard vers elle pendant les quelques minutes qu'il passa avec le duc de Romsey, qui l'abandonna pour aller rejoindre deux autres gentlemen. Nick se déplaça vers le coin de la pièce, d'où il observa le salon avec les yeux mi-clos, la bouche pincée en une fine ligne froide. Il n'y avait qu'un seul mot pour décrire ce qu'il faisait : il broyait du noir.

Quand, et surtout, *pourquoi*, avait-il appris à faire ça ?

Les jeunes femmes avaient poursuivi leur bavardage tandis que Violet s'était placée dans le rôle d'observatrice.

— Vous devriez aller lui parler, insista Mlle Colton.

— Qui donc ? demanda Violet.

— L'une ou l'autre, répondit la jeune femme avec un geste de la main. Lavinia, sans doute. C'est la plus vive, il me semble.

Elle coula un regard vers Mlle Kingman. Celle-ci ne cessait de jeter des regards furtifs en direction de Nick.

— Mais Diana semble vouloir…, commença Mlle Colton avant de s'interrompre.

— J'y vais.

Lady Lavinia se leva avec une moue déterminée et le dos bien droit. Elle était un peu plus grande que la moyenne, et sa robe jaune pâle drapait sa silhouette mince à la perfection. Elle lissa la soie, avec un semblant de nervosité, avant de se diriger vers l'autre côté de la salle.

— Nous ne devrions pas regarder, intervint Violet, même si elle suivait la progression de la jeune femme.

Elle retint son souffle quand Lady Lavinia s'arrêta devant Nick. Il la balaya de son regard pâle, mais ses traits ne reflétaient aucun intérêt. En réalité, ils ne reflétaient rien du tout.

Mlle Colton tourna la tête vers Violet.

— Je ne peux pas regarder.

Violet s'obligea à détourner les yeux.

— Peut-être devriez-vous aller parler à M. Seaver, encouragea-t-elle Mlle Colton.

Puisque tout le monde avait été consciencieusement présenté à son arrivée plus tôt, il était parfaitement approprié pour elle de le faire.

L'attention de la jeune femme se reporta sur l'homme en question. Il se tenait près des fenêtres, où il conversait avec M. Stinnet, un homme plus âgé au crâne totalement chauve.

— Je ne crois pas être assez courageuse pour les interrompre.

— Je pourrais venir avec vous, proposa Violet.

Elle se voyait bien guider ces jeunes femmes au cours de la semaine suivante, et décida que cela pourrait être plutôt agréable.

— Lavinia revient, signala Mlle Kingman.

Violet et Mlle Colton tournèrent rapidement la tête dans cette direction. Lady Lavinia revenait, en effet, le visage rougi et les yeux légèrement écarquillés. Lorsqu'elle se rassit sur le siège qu'elle occupait plus tôt, elle était visiblement agitée.

— Que s'est-il passé ? lui demanda Mlle Colton, affolée.

— Il s'est montré plutôt… abrupt.

La jeune femme semblait prendre grand soin de ne pas regarder dans la direction du duc.

— Qu'a-t-il dit ? s'enquit Violet, brûlant de curiosité.

Le Nick qu'elle avait rencontré huit ans plus tôt était charmant et plein d'esprit. Absolument irrésistible.

— Presque rien. Je lui ai demandé s'il aimait pêcher.

Violet se souvint que c'était le cas. Il adorait cela, en fait.

— Il a dit que la seule pêche qu'il souhaitait faire, c'était dans le lac, demain, expliqua Lady Lavinia en clignant des yeux. Je lui ai répondu « Bien sûr. Quelle autre pêche y aurait-il ? ». Alors il a ricané et m'a demandé si je n'étais pas en train de pêcher à cet instant. Il m'a dit de revenir vers la rive à la nage.

Violet tourna la tête vers Nick. Il la fixait de ses yeux pâles familiers et pourtant méconnaissables. Il détourna le regard, lentement, comme s'il se fichait qu'elle l'ait surpris en train de le dévisager. Elle reporta son attention sur Lady Lavinia.

— Est-ce que vous allez bien ?

La jeune femme hocha la tête et posa une main sur sa joue. Elle était encore un peu rose, et sans doute chaude.

— Oui. Je suppose que je ne recommencerai pas ! s'exclama-t-elle avec un rire nerveux. Que sous-entendait-il en disant que j'étais à la pêche ? demanda-t-elle à Violet.

Celle-ci réprima un froncement de sourcils.

— Je n'en suis pas certaine, mais je pense qu'il devait faire référence à la chasse au mari.

Les épaules de Mlle Colton tressaillirent.

— Je suis tellement ravie de ne pas être allée avec vous !

Mlle Kingman jeta au duc un regard empreint de curiosité.

— C'est le duc Solitaire. À quoi vous attendiez-vous ?

Violet avait plus que jamais envie de découvrir comment il avait hérité de ce surnom. Quelle qu'en fût la raison, cela ne lui donnait pas la permission de se comporter d'une manière aussi rustre. Sans réfléchir, elle se leva et se dirigea à grands pas vers son coin du salon.

Il plongea son regard dans celui de la jeune femme alors qu'elle approchait, et elle se demanda s'il n'avait pas hérité de son surnom uniquement à cause de la réaction qu'il opposait à ceux qui le côtoyaient. Elle frissonna en venant se placer devant lui.

— Duc.

— Lady Pendleton.

Ou peut-être était-ce son ton. Il était terriblement froid.

Les mots se bousculaient sur la langue de Violet. Que pouvait-elle bien dire à cet homme après huit longues années de solitude ?

Il haussa un sourcil sombre en la regardant. C'était le coup de pouce dont elle avait besoin.

— Pourquoi t'es-tu montré grossier avec Lady Lavinia ?

— Je ne me suis pas montré grossier. J'ai été franc.

— Cela m'a paru grossier, à moi.

— Et Lady Lavinia serait donc la première jeune femme à dire absolument toute la vérité ? J'ai vraiment du mal à y croire.

Il faisait référence à elle, et à la promesse qu'elle lui avait faite. La promesse qu'elle avait brisée.

— Elle prétend que tu lui as dit de nager jusqu'à la rive. Ce n'est pas vraiment poli.

— C'est honnête, dit-il en jetant un regard noir par-dessus l'épaule de Violet. Elle ne sait pas où elle met les pieds avec moi.

Pendant un instant, les mots manquèrent à Violet qui s'efforçait de faire le rapprochement entre l'homme froid en face d'elle et le Nick dont elle se souvenait.

— Que t'est-il arrivé ?

Ses yeux froids pénètrent les siens.

— Tu n'es pas au courant ? Je suis le duc Solitaire maintenant.

— Je l'ai appris aujourd'hui, en fait, dit-elle, fouillant son visage à la recherche d'une trace du jeune homme dont elle était tombée amoureuse. Je ne savais pas que tu étais duc ni même que tu étais en lice pour un titre.

Ses lèvres s'écartèrent en un sourire sans joie.

— Bien sûr que non. Sans quoi tu ne m'aurais pas laissé tomber. Un duc l'emporte sûrement sur un vicomte.

Bien sûr qu'il était en colère contre elle, il avait tous les droits de l'être. À quoi s'était-elle attendue ? Huit ans n'avaient pas effacé ses sentiments à son égard. Il en était sans doute de même pour lui.

— Je suis toujours aussi profondément navrée de ce qui s'est passé, comme je l'ai expliqué à l'époque.

Ses sourcils se levèrent brièvement.

— Expliqué ? Je n'ai reçu aucune explication de ta part.

— Je t'ai écrit une lettre.

La panique bouillonna dans sa poitrine quand elle comprit qu'il ne l'avait jamais reçue. Elle avait demandé à sa femme de chambre de la poster... Ses parents étaient-ils intervenus d'une manière ou d'une autre ?

Il arbora de nouveau son masque stoïque.

— Cela aurait-il changé quelque chose ?

Le même lourd sentiment de défaite qu'à l'époque s'abattit sur elle. Elle aurait quand même épousé Pendleton. Elle n'avait pas eu le choix.

— Non.

L'horreur surgit et ses lèvres s'écartèrent alors qu'elle levait les yeux vers lui...

— Est-ce que... est-ce que tu es comme ça à cause de moi ?

Il laissa échapper un bref rire moqueur.

— Ne te flatte pas, *Lady Pendleton*. Tu n'étais qu'une déception parmi tant d'autres, et je crois pouvoir dire que tu n'étais pas la pire. Loin de là, dit-il avec un regard dur. Ne t'imagine pas me connaître. Notre brève et ancienne relation est morte depuis longtemps. Je préfère que cela reste ainsi.

Il se retourna et quitta la pièce à grandes enjambées, se déplaçant plus vite qu'un glacier, mais à la même température.

Alors que Violet pivotait pour revenir vers le trio qu'elle avait quitté, elle se rendit compte que le volume sonore des conversations avait baissé. Les têtes étaient tournées dans sa direction. Elle croisa le regard d'Hannah à quelques mètres. On aurait dit qu'elle était en chemin pour rejoindre Violet, sans doute pour intervenir dans sa conversation avec Nick. Conversation dont, à en juger par l'attention donc elle faisait l'objet, tout le monde était au courant.

Son cou rougit brusquement, et la couleur envahit son visage. Elle tourna les talons et quitta la pièce.

CHAPITRE 3

*N*ick remit son cinquième saumon de la matinée au valet de pied, et relança sa ligne. Le soleil commençait tout juste à poindre au-dessus de la cime des arbres, ce qui signifiait que, bientôt, sa solitude serait interrompue.

— Vous êtes très doué pour cela, Votre Grâce, dit le valet en déposant le poisson dans un panier.

Nick ne répondit rien en plongeant sa ligne dans l'étang une fois de plus. La pêche lui permettait d'être assis tranquillement, sans que personne ne le dérange ou n'attende quoi que ce soit de lui. Qu'il soit dans un bateau sur l'océan ou près d'un lac ou d'un ruisseau comme aujourd'hui, il savourait le silence, interrompu seulement par les bruits de l'eau et des créatures qui l'habitaient, ainsi que celles qui vivaient autour. Le chant d'un geai lui parvint aux oreilles, et il ferma brièvement les yeux, ravi de ce calme.

— Depuis combien de temps es-tu ici ? demanda Simon, interrompant sa tranquillité.

Nick rouvrit les yeux.

— Je suis arrivé juste avant que le soleil ne se lève.

— Trop tôt pour moi.

— Je ne m'attendais pas à ce que tu te joignes à moi.

— Et tu n'aurais pas voulu que je le fasse.

Simon posa brièvement la main sur l'épaule de Nick avant de s'asseoir à côté de lui. Le valet de pied lui tendit une canne.

— Tu vas vraiment pêcher ? l'interrogea Nick en posant les yeux sur l'équipement de son ami.

Simon fit la grimace et lança sa ligne.

— Je me suis dit que j'allais *essayer*.

— C'est admirable de ta part.

— Oui, eh bien, je pense qu'il est de mon devoir de participer aux activités de cette partie de campagne, même si je suis le paria en chef. Ceci dit, je me demande si je ne risque pas de perdre ce titre à ton profit.

Nick jeta un œil à son ami, pinçant les lèvres.

— Je serais heureux de te l'ôter.

— Non, vraiment pas. Crois-moi.

— Tu oublies que j'aime qu'on me laisse tranquille.

— Et pourtant, chaque fois que je viens te rendre visite, tu sembles apprécier ma présence, dit Simon d'un air amusé. Tu te mens à toi-même, et un jour tu finiras par t'en rendre compte. J'espère juste qu'il n'est pas trop tard.

Nick souffrait de l'inquiétude de son ami.

— Et ce sera quand ?

— Quand tu seras vieux et décrépit et que tous ceux que tu connais seront partis, répondit Simon avec un regard sérieux. Je veux dire, *tout le monde*.

Tant de gens étaient *déjà* partis.

— Cet argument ne t'apportera pas grand-chose.

Simon soupira.

— Je sais. Mais je dois quand même tenter le coup de temps en temps. Tout comme je me dois de souligner ton comportement insupportable d'hier soir.

Nick tourna la tête.

— Insupportable ?

— Ne te fais pas plus stupide que tu ne l'es. D'abord, tu es resté dans le coin à bouder comme un garçon à qui on refuse sa friandise préférée. Ensuite, tu as conversé de manière plutôt brusque avec non pas une, mais deux femmes. La première est repartie précipitamment à l'autre bout de la pièce, la queue entre les jambes, et je peux te dire que son père, Lord Balcombe, n'était *pas* content. Et la seconde...

Nick reporta son regard sur le lac, en souhaitant qu'un poisson morde à l'hameçon pour que ce sujet infernal puisse être interrompu et, avec un peu de chance, évité.

— Il était clair pour tout le monde que votre conversation était animée, un terme bien étrange à associer au duc Solitaire, du moins, c'est ce que j'ai entendu dire, et que Lady Pendleton était troublée. Elle a pratiquement fui la pièce.

Nick observa un héron qui descendait en piqué et se posait de l'autre côté du lac, dans les eaux peu profondes. L'oiseau gracile jeta un regard vers les deux hommes, mais ne leur accorda pas plus d'attention, car il se tenait immobile à la recherche d'une proie.

— Tu n'as rien à dire ? insista Simon.

Nick tourna la tête une fois encore.

— Tu m'as posé une question ?

Simon ricana.

— Tu n'es qu'un sauvage. Tu devrais t'excuser auprès de ces deux femmes. Tu ne trouveras jamais d'épouse si tu te comportes de cette manière.

— Dois-je te rappeler que la recherche d'une épouse est ton objectif ? De plus, nous sommes des ducs. Nous pouvons nous comporter comme bon nous semble, et quand même trouver à nous marier.

— C'est là que tu as tort, mon ami, répondit Simon avec bonhomie. Il se trouve que si la rumeur se répand que tu as tué ta femme, tes opportunités maritales se réduisent à peu de chose, voire à néant.

— Tu ne l'as pas tuée, marmonna Nick, sachant que c'était un argument inutile, tout comme celui de Simon concernant sa solitude choisie.

— Si seulement je pouvais en être aussi certain que toi.

Ils restèrent assis en silence pendant quelques minutes avant que Simon ne reprenne la parole.

— Qui est Lady Pendleton ? Il m'a semblé que tu la connaissais quand nous avons été présentés hier.

Nick n'avait pas envie de parler d'elle. Ni de penser à elle. Ou de se souvenir de quoi que ce soit qui avait un rapport avec elle. Mais pour la première fois depuis une éternité, il avait rêvé d'elle la nuit précédente. Seulement, ce n'était plus la jeune fille aux yeux brillants qu'il avait rencontrée huit ans plus tôt. Elle était telle qu'il l'avait vue la veille, avec des pommettes hautes plus prononcées, et des lèvres plus roses. Et ses yeux, si clairs et sincères dans leur jeunesse, étaient devenus plus pénétrants, plus expérimentés, comme des pierres polies après des années passées dans le lit d'un ruisseau.

— Ce n'est personne d'important.

— Mais tu la connais ? insista Simon.

Nick serra les dents.

— Oui.

— Et visiblement, elle frappe une corde sensible.

Effectivement. La veille, il avait *en effet* boudé. Ou peut-être que l'expression « broyé du noir » était plus appropriée. Puis cette fille était venue lui parler, et il avait fait de son mieux pour la faire fuir. Pas parce qu'il n'était qu'un sauvage, mais parce que c'était mieux pour tout le monde, surtout pour la jeune femme.

Puis Violet s'était approchée de lui, et tout son corps avait réagi. C'était une combinaison de douleur, de regret, de colère, et de quelque chose de totalement surprenant : un désir ardent. Pendant un instant, il s'était souvenu de ce qu'il avait ressenti en la désirant. Il avait préféré se concentrer sur tous ses autres sentiments.

Malgré tout, il ne pouvait oublier la lueur qu'il avait vue, le souvenir d'un temps révolu. Un temps avant qu'il ne parte à la guerre, avant qu'il ne perde le reste de sa famille, avant Jacinda et Elias.

— Je l'ai connue il y a longtemps, dit doucement Nick, le regard fixé sur le héron.

— Avant notre rencontre à Oxford ?

Nick secoua la tête.

— Après.

— Tu ne m'en as jamais parlé..., dit Simon, avant d'inspirer brusquement. C'était elle, *la* femme. Bon sang, j'avais complètement oublié son existence.

Nick lui avait expliqué avoir rencontré une femme, mais qu'elle avait épousé quelqu'un d'autre. À ce moment-là, il était passé du chagrin à la colère.

— Tu étais occupé à cette époque.

— À faire les quatre cents coups, dit Simon, plein de regrets.

Il avait fait comme tous les héritiers des duchés à Londres : il avait joué, courtisé des femmes, et bu.

Nick était persuadé que Simon avait oublié beaucoup de choses, et il n'en voulait pas à son ami. Il avait traversé ses propres épreuves, et était parvenu à s'en sortir bien mieux que Nick.

— Je suis sûr que tu n'as pas envie d'en parler, mais rappelle-moi ce qui s'est passé, en dehors du fait qu'elle a brisé ton cœur ?

— Je ne crois pas qu'il y ait grand-chose à dire d'autre, si ?

À quoi bon revivre ces quinze jours ?

Les parents de Violet n'étaient pas à Bath lorsqu'ils

s'étaient rencontrés, il n'avait donc pas pu demander à la courtiser. Ils s'étaient retrouvés en secret, et Nick avait prévu de demander à son père la permission de se marier dès son arrivée à Bath. Cependant, quand il s'était présenté à la maison de ville de la tante de Violet pour plaider sa cause et demander sa main, il avait appris qu'elle avait quitté la ville la veille, dès l'arrivée de ses parents. Son esprit se ferma contre ce qu'il avait découvert ce jour-là. Il serra fermement sa canne à pêche, les muscles de la main contractés.

— Avec le recul, je ne crois pas que mes sentiments aient été réellement si forts.

— Comment peux-tu le savoir ? lui demanda Simon. Votre relation s'est terminée avant d'avoir vraiment commencé. C'est difficile de dire ce qui aurait germé si on avait laissé pousser les graines.

— Cesse d'essayer de jouer les foutus poètes !

Simon afficha un large sourire.

— Ne fais pas comme si je ne t'amusais pas.

Une puissante cacophonie de bavardages au milieu du bruissement des buissons signala l'arrivée des participants masculins de la partie de campagne.

— Hé là ! J'ai entendu dire que vous étiez venu tôt, Votre Grâce, dit Linford avec un sourire chaleureux, qui s'adressait également à Simon. Et vous voilà, Votre Grâce. Je commence à penser que là où je trouverai l'un de vous, je trouverai l'autre aussi. Les jeunes femmes n'auront aucun mal à vous repérer.

Il s'esclaffa et jeta un œil autour de lui pour voir si quelqu'un se joignait à son hilarité. Comme ce n'était pas le cas, son rire se changea en toux, puis il s'éclaircit la gorge.

— Et si nous allions pêcher ?

Des valets de pied avaient transporté l'équipement de pêche, que les hommes s'empressaient maintenant de réclamer à cor et à cri. Nick résista à l'envie de remonter sa ligne et de retourner à la maison. Il doutait qu'il puisse attraper beaucoup de poissons avec toute cette agitation, mais il s'obligea à rester pour le bien de Simon.

La plupart des participants traitaient Simon avec une étrange déférence qui sentait un peu la peur. Certains de ces imbéciles étaient visiblement persuadés qu'il avait *vraiment* tué sa femme. A minima, Nick devait faire de son mieux pour les détromper, et les encourager à apprendre à connaître Simon au lieu d'écouter de vilaines rumeurs.

Comment diable était-il censé faire cela, lui, un homme qui recherchait et chérissait sa solitude ? Il avait depuis long-temps oublié comment se montrer affable ou charmant.

Bon sang ! Son humeur, déjà altérée par la perturbation de sa tranquillité, menaçait de devenir encore plus sombre.

Il jeta un œil à Simon, remarqua que personne ne s'était assis à côté de lui. Il rembobina sa ligne et se leva.

— C'est un excellent emplacement. J'ai déjà attrapé plusieurs saumons.

Lord Colton fit un pas vers lui.

— Vraiment ?

— Allez-y, prenez-le.

— Vous en êtes certain ? demanda le vicomte.

— J'insiste.

Nick lui offrit un sourire sans émotion avant de s'éloigner de la foule. Il trouva un affleurement rocheux, l'endroit idéal au-dessus des eaux les plus profondes du lac. Il avait envisagé de s'installer là plus tôt, mais c'était plutôt glissant à cette heure matinale. À présent, le soleil l'avait en grande partie séché.

Nick s'assit sur le rocher et regretta de n'avoir pas pris l'une des couvertures que les valets avaient apportées. La pierre était plutôt dure et froide. Bon, au moins, il était rela-tivement seul. Il lança sa ligne et tenta de se détendre. Juste au moment où il commençait à se sentir à l'aise, il aperçut un flash de couleur de l'autre côté du lac. *Merde !* Les femmes de la partie de campagne étaient venues au lac.

Une poignée de bateaux flottaient autour d'un petit quai. À l'évidence, elles étaient venues pour ramer. À présent, ils ne pourraient plus pêcher. Du moins, pas avec succès. Qui diable avait planifié cette activité ?

Plusieurs des messieurs appelèrent les dames à travers l'eau. Celles-ci saluèrent en réponse. Il eut beau essayer de ne pas le faire, Nick repéra Violet au milieu du groupe. Elle était plus grande que la plupart des gens, ses cheveux blonds étaient couverts d'un grand chapeau vert foncé qui la rendait encore plus facile à repérer. Elle portait un costume qui faisait un peu penser à une tenue d'équitation, avec un manteau boutonné et un liseré en velours. Elle était éblouissante.

Il tourna la tête pour voir le héron et fut déçu de constater qu'il était parti. *Cet oiseau a de la chance*, songea-t-il.

Il tenta d'ignorer les femmes qui grimpaient dans les bateaux, mais c'était plutôt distrayant, vu le bruit qu'elles faisaient. Il observa Violet pendant qu'elle embarquait dans un esquif avec l'une des jeunes femmes célibataires qu'il essayait d'éviter. Bon sang, est-ce qu'il n'essayait pas d'éviter tout le monde ?

Se renfrognant, il détourna son regard des bateaux. Le lac n'était pas très grand, il ne faudrait donc que quelques minutes avant que l'une d'elles ne rame dans son champ de vision. Il espérait qu'elles seraient assez malignes pour rester à l'écart des lignes de pêche.

Au diable tout ça. Il n'attraperait plus rien aujourd'hui. Il se leva et remonta sa ligne. Puis il entendit le fort claquement de deux bateaux qui se heurtent. Il leva les yeux de sa canne au moment où une embarcation chavirait. Son regard accrocha un grand chapeau vert foncé juste avant que le bateau ne se retourne.

Jetant sa canne sur le côté, il ne réfléchit pas. Il plongea dans le lac et nagea à toute vitesse.

$\sim$

L'esquif se retourna complètement, plongeant Violet non seulement dans le lac, mais aussi dans l'obscurité, car le bateau atterrit au-dessus d'elle. Il ne la toucha pas, créant plutôt un vide au-dessus de l'eau. Elle entendit un cri de loin et conclut qu'elle était seule sous le bateau.

L'eau était froide et épaisse, aspirant ses jupes. Elle craignit d'être entraînée sous le poids de ses vêtements mouillés. Elle savait nager, grâce aux leçons de l'oncle Bertrand, au grand dam de sa tante.

Violet poussa le bateau, mais ne put le retourner. Elle allait devoir passer en dessous. Prenant une grande inspiration, elle se prépara à s'immerger. Avant qu'elle ne s'enfonce complètement, elle se rendit compte que son chapeau poserait un problème. Remontant, elle retira l'accessoire de sa tête et le jeta de côté. Inspirant à nouveau, elle fit une autre tentative, et descendit cette fois sous la surface.

Dès qu'elle fut sous l'eau, la panique l'envahit. Le poids autour de ses jambes semblait plus lourd. Elle battit des bras pour tenter de se propulser loin du bateau.

Soudain, quelqu'un saisit son biceps et la tira vers la surface. Elle inspira brusquement et ouvrit les yeux, cillant rapidement pour chasser l'humidité qui s'accrochait à ses cils.

Sa vision s'emplit d'un visage familier : Nick.

Ses yeux gris avaient pris la couleur des nuages d'orage, et ses lèvres étaient pincées.

— Est-ce que tu vas bien ?

— Je crois que oui, lui répondit-elle, tentant de retrouver

son équilibre, quand son regard tomba sur une tête brune qui dodelinait sous l'eau à quelques mètres. *Mlle Kingman.* Tu dois aller l'aider.

Elle posa sur Nick un regard suppliant.

— Je ne t'abandonnerai pas.

Il se servit de son bras libre pour tirer le bateau. Il était à présent retourné, peut-être était-ce lui qui l'avait fait.

— Peux-tu t'accrocher à ça ?

Violet hocha la tête.

— Oui.

Elle agrippa le bord des deux mains.

— Ne tire pas dessus, la prévint-il d'un ton brusque, sinon il va de nouveau se retourner. Accroche-toi juste assez pour garder la tête hors de l'eau. Est-ce que tu peux faire ça ?

Elle acquiesça à nouveau, tandis que le froid commençait à lui faire claquer des dents.

Il la laissa alors et s'élança, dans une nage magnifique, ses bras fendant l'eau, vers Mlle Kingman. Il la tira au-dessus de la surface et entreprit de la tracter vers le quai. Elle s'efforça de garder la tête hors de l'eau pendant qu'il nageait.

Alors qu'ils étaient quasiment arrivés au quai, et que Violet avait l'impression que son corps était pris dans la glace, un bateau arriva près d'elle.

— Je suis presque là, Lady Pendleton !

Le duc de Romsey ramait vers elle. Il s'approcha du bateau auquel elle s'accrochait, la coinçant entre les deux embarcations. Il descendit de son siège pour s'asseoir au milieu de son esquif.

— Nous devons faire attention à ne pas chavirer. Je vais vous soulever. Mais j'ai besoin que vous vous tourniez et que vous lâchiez le bateau.

Violet savait qu'elle s'enfoncerait comme une pierre dès qu'elle lâcherait prise.

— Je vais couler.

— Non, vous ne coulerez pas, dit-il en attrapant l'arrière du col de sa robe, la surprenant. Je vous tiens. Prête ? Lâchez ! ordonna-t-il quand elle hocha la tête.

Elle fit comme il lui demandait et relâcha sa prise. Elle voulut se tourner, mais elle pouvait à peine bouger les jambes à cause du poids de ses jupes. Et elle avait tellement froid !

Néanmoins, elle sortit de l'eau quand il la tira par-dessus le côté. Il la hissa à l'intérieur, et elle s'écroula sur lui, dos contre son torse.

— Ne bougez pas, lui dit-il, à bout de souffle.

Après un moment, il se dégagea de sous elle.

— Nous devons équilibrer notre poids sur l'esquif. Pouvez-vous aller par là-bas ? demanda-t-il avec un geste vers l'avant, face à elle.

— Oui.

Avec l'impression d'être vêtue d'une armure, elle s'avança lentement vers l'avant du bateau.

— C'est ça. Merveilleux.

Sous ses encouragements, elle fit tout le chemin, puis tourna la tête. Il était à l'arrière et avait déjà attrapé les rames.

— Et c'est parti ! s'exclama-t-il d'un ton joyeux, comme si elle ne venait pas tout juste de tomber d'un bateau, et qu'elle ne frissonnait pas si violemment qu'elle avait peur de perdre ses dents.

Le duc rama jusqu'au quai, où un valet de pied agrippa le côté du bateau tandis qu'un autre aidait Violet à en sortir. Elle fut rapidement emmitouflée dans une couverture, et Hannah se précipita vers elle. Le visage de son amie était bouleversé.

— Est-ce que tu vas bien ?

— Ça… ça… ça v… va aller, réussit à articuler Violet.

Alors qu'elle quittait le quai pour emprunter le chemin,

elle vit Mlle Kingman enveloppée dans une couverture entre ses parents, qui la poussaient vers la maison.

— Quel désastre ! gémit doucement Hannah. J'espère que Mlle Kingman et toi n'allez pas attraper froid, dit-elle, levant le nez vers le ciel lumineux. Je suis reconnaissante que la tempête d'hier ait laissé place à un temps plus clément aujourd'hui. Mais malgré tout, nous devons te ramener à la maison.

Violet se demandait ce qu'était devenu Nick. Elle tourna la tête et le vit debout à moins d'une dizaine de mètres de là, les yeux rivés sur elle. Ses traits étaient impassibles, mais dans le lac, elle avait lu l'inquiétude dans son regard. Y avait-il une chance qu'il puisse encore ressentir quelque chose pour elle ? Autre chose que de l'animosité ? Il s'était montré terriblement froid la veille, mais aujourd'hui, il était venu à son secours. L'espoir enfla dans sa poitrine, et elle sourit.

Il se retourna brusquement et commença à se diriger vers la maison, ses longues jambes parcourant le sol irrégulier alors qu'il contournait le chemin. Un nouveau frisson parcourut Violet qui frémit.

— Viens, je vais te ramener à la maison, dit Hannah.

— Tu d… devrais rester avec t… tes invités, répondit son amie avec un petit sourire. Je vais retrouver mon chemin.

— Je serais heureux de vous accompagner, proposa le duc de Romsey. Je vous offrirais bien mon bras, mais je pense qu'il est préférable pour vous que vous restiez enveloppée le plus possible dans cette couverture.

— Oui, probablement.

Violet vit l'expression de détresse de son amie. Elle semblait sur le point de pleurer.

— Tout ira bien, Hannah. C'est une histoire dont on s'amusera, tu verras.

Hannah hocha la tête, mais elle ne semblait pas entièrement convaincue.

Violet commença à remonter le chemin aux côtés du duc.

— Merci d... de m'avoir s... sauvée.

— C'était un plaisir pour moi. En fait, peut-être cela améliorera-t-il enfin ma réputation.

Elle lui jeta un regard interrogateur et vit qu'il souriait. De plus, elle avait perçu l'autodérision dans sa phrase, preuve qu'il avait l'habitude d'être calomnié.

— Je l'espère. J'ai bien peur de ne pas pouvoir croire les rumeurs qui courent à votre sujet. Vous semblez bien trop gentil.

— J'ai découvert que les rumeurs étaient souvent basées sur au moins un petit fondement de vérité.

C'était une déclaration énigmatique, mais elle n'était pas certaine d'avoir le courage de lui demander ce qu'il insinuait. Essayait-il de dire qu'il était impliqué d'une manière ou d'une autre dans la mort de sa femme ? Il épargna à Violet de répondre en poursuivant.

— Prenez Nick, enfin Kilve. C'est le duc Solitaire, et ce n'est pas une mauvaise description. Il est froid et reste seul autant qu'on puisse l'être.

Aujourd'hui. Violet reconnaissait à peine ce Nick.

— Il n'a pas toujours été ainsi, je le connais depuis que nous étions ensemble à Oxford. Cela fait plus longtemps que vous, je crois.

Elle releva brusquement la tête pour le regarder.

— Il vous a parlé de moi ?

— Un peu.

Ces deux simples mots laissaient entendre des choses auxquelles elle ne voulait pas repenser, pas maintenant.

— Non, il n'a pas toujours été comme ça. Il n'était pas non plus duc. Comment est-ce arrivé ?

— Une série de malheurs s'est abattue sur sa famille. Il a hérité de son oncle.

— Je suppose donc que son frère est mort ?

Leur liaison n'avait peut-être duré que quinze jours, mais Violet avait beaucoup appris sur lui. Et pourtant, il y avait encore tant de choses qu'elle ignorait. Et qu'elle ne connaîtrait sans doute jamais.

— À Badajoz, en combattant aux côtés de Nick, en fait.

Elle regarda le duc.

— Nick a servi dans l'armée ?

Elle n'avait pas su ce qui lui était arrivé après qu'elle soit partie. Ses parents l'avaient emmenée loin de Bath, le plus vite possible, et l'avaient presque aussi vite mariée à Pendleton. Elle n'avait pas regardé en arrière, même si elle se demandait ce qui s'était passé pour Nick. Elle avait décidé qu'il était bien trop douloureux pour elle de s'accrocher à quelque chose, à quelqu'un qu'elle ne pouvait pas avoir.

— Son oncle lui a acheté une commission.

Elle l'imagina allant à la guerre. L'aurait-il fait si elle n'était pas partie ? Elle se souvint que le frère aîné de Nick avait été soldat.

— S'est-il engagé à cause de son frère ?

— Je pense que oui. Et il... avait besoin de changement. Enfin, c'est ce qu'il a dit. Je dois bien admettre que nous n'étions pas extrêmement proches à cette époque. J'étais bien trop occupé à boire un peu partout dans Londres.

— Je vois, murmura-t-elle, ne sachant pas trop quoi répondre à cela. Mais vous êtes proches maintenant ?

— Autant qu'il me le permet. Il est devenu différent après Badajoz et... d'autres événements dont il ne m'appartient pas de discuter.

Elle brûlait de curiosité, mais elle n'avait pas l'intention de lui demander de dévoiler les secrets de Nick.

— Je tenais énormément à lui. Cela me fait du mal de le voir si distant. Si froid.

— J'en suis au même point, je vous l'avoue, dit le duc,

avant de ralentir le pas alors qu'ils approchaient de la maison. Y a-t-il une chance que vous teniez encore à lui ?

Elle avait toujours très froid, mais Violet s'arrêta et se tourna vers lui.

— Je tiendrai toujours à lui.

C'était bien plus que cela, mais elle ne l'avouerait pas. Elle l'aimait toujours, et le revoir ne faisait que le lui rappeler. Elle avait cru pouvoir le garder dans un coin de son esprit, un souvenir lointain qui, traité avec soin, pourrait lui apporter de la joie.

— C'est bon à entendre. Nick a besoin de personnes qui tiennent à lui. Il fait de gros efforts pour empêcher tout le monde de le faire.

— Pourquoi ferait-il une telle chose ?

— Je ne suis pas sûr de connaître la réponse à cette question. C'est compliqué. *Il* est compliqué. Il a traversé un grand nombre d'épreuves, et je crois bien qu'il a oublié comment vivre. S'il y a la moindre chance que vous puissiez le lui rappeler, je vous encourage à le faire.

— Qu'êtes-vous en train de me dire exactement, duc ?

— Je pense que tu devrais m'appeler Simon et me tutoyer. Après tout, je t'ai sauvée.

Il sourit à Violet. Elle décida que, quoi qu'il arrive, elle l'aimait bien.

— Ce que je dis, c'est que Nick a besoin de *quelque chose.* Ou de quelqu'un. Je suis parvenu à le faire venir à cette fête, ce qui n'était pas un mince exploit, mais je crains qu'il ne rentre chez lui et ne retourne directement à sa solitude.

— Je ne sais pas si je peux l'en empêcher.

En dehors du fait qu'il s'était précipité à son secours dans le lac, Nick ne lui avait pas paru avoir envie de discuter avec elle, et encore moins d'avoir une quelconque relation.

— Je ne sais pas non plus si tu le peux. Mais si tu voulais bien essayer, je t'en serais reconnaissant.

La brise se leva, et elle frissonna de nouveau.

Simon leva les yeux au ciel.

— Je suis le pire des sauveteurs, je te garde ici dans l'air frais de l'automne. Viens, allons à l'intérieur.

Il la fit entrer dans la maison, où une servante l'informa que l'on était en train de préparer un bain chaud dans sa chambre.

Violet grimpa les escaliers, impatiente de se réchauffer. Plus encore, elle avait hâte de voir si elle pouvait dégeler Nick, et lui apporter de la chaleur aussi.

CHAPITRE 4

$\mathcal{N}$ick fronça les sourcils en regardant son reflet dans le miroir. Non pas parce que son apparence laissait à désirer, mais parce qu'il était *vraiment* maudit. Il avait passé à peine une journée avec ces gens, et déjà une catastrophe avait eu lieu. Il espérait seulement que Mlle Kingman et Violet allaient bien.

Elles étaient toutes les deux pâles et trempées, les yeux écarquillés par la peur. En fait, la peur s'était vue seulement chez Mlle Kingman. Le regard de Violet, lui, reflétait plutôt la surprise qu'autre chose. Surprise de s'être retrouvée plongée dans le lac, ou parce qu'il était venu à son secours ?

Lui était surpris.

Il se disait que s'il était allé vers elle en premier, c'était parce qu'elle était un peu plus proche que Mlle Kingman. Cependant, il savait que Violet savait nager. C'était l'une des *nombreuses* choses qu'il savait sur elle. Tout comme il était au courant de son amour pour les glaces, son penchant pour la lecture de la poésie et la manière dont ses orteils se recroquevillaient lorsqu'on l'embrassait.

Jurant à mi-voix, il se détourna du miroir.

— Quelque chose ne va pas, Votre Grâce ? s'enquit Rand, son valet.

Nick jeta un coup d'œil au jeune homme et secoua la tête.

— Non.

— Avez-vous besoin d'autre chose ?

— Ma berline, pour que nous puissions nous en aller ?

Rand le regarda en cillant.

— Voulez-vous que je fasse vos bagages ?

Nick souffla.

— Non, mentit-il.

Il avait *vraiment* envie de partir. Il avait promis à Simon de rester une nuit, et il avait rempli son devoir. Et pourtant, il était là, habillé pour le dîner.

Parce qu'il voulait s'assurer que les deux femmes allaient bien après leur baignade improvisée. Si l'une d'elles tombait malade...

Il ne supportait pas d'y penser.

Un coup frappé à la porte l'empêcha d'emprunter ce sombre chemin. Rand alla répondre, mais il n'eut pas besoin d'annoncer l'arrivant, car Nick entendit la voix de Simon.

— Bonsoir, Rand. Je suis venu chercher le duc.

Rand s'écarta et ouvrit grand la porte pour laisser entrer Simon. Celui-ci s'arrêta net et observa son ami des pieds à la tête.

— Bon sang, on dirait que tu viens de manger une mauvaise soupe. Est-ce le cas ? Je ne t'ai pas vu au déjeuner.

— Je n'ai pas mangé de soupe.

Il n'avait presque rien mangé en dehors de quelques gâteaux du plateau à thé qu'on lui avait envoyé cet après-midi.

Simon jeta un regard à Rand.

— Qu'est-ce qui ne va pas chez lui ?

Le valet sembla légèrement affolé, sa mâchoire se contracta et ses yeux s'écarquillèrent.

— Rien.

Il regarda Nick, l'air interrogateur… et désolé.

Nick posa un œil noir sur Simon.

— N'effraie pas mon valet.

— Je doute que ce soit possible. Il est *déjà* à ton service, plaisanta Simon. Es-tu prêt pour le dîner, ou es-tu réellement souffrant ?

Ce n'était pas le cas, et il espérait qu'il en serait de même pour Mlle Kingman et Violet. La seule manière de le vérifier, c'était d'aller dîner.

— Je suis prêt, et je ne suis pas malade.

Il se tourna et vérifia son reflet dans le miroir. Il avait l'air bien. Ou du moins, pas pâlot.

— Sais-tu si Lady Pendleton ou Mlle Kingman se sont remises de ce matin ? demanda-t-il en évitant de regarder Simon.

Après un instant, celui-ci répondit lentement.

— Non, mais je commence à comprendre pourquoi tu as cette tête.

Nick brossa une poussière imaginaire sur sa veste et s'éloigna du miroir.

— Je n'ai pas *cette* tête.

— Tu es inquiet pour elles, je l'entends à ta voix. Je n'ai aucune idée de comment elles vont. Aucune des deux n'était présente au déjeuner.

Nick ne put réprimer un tressaillement.

— Tu es *vraiment* inquiet.

— Ne trouves-tu pas étrange qu'aussitôt que je m'aventure de nouveau dans la société, deux femmes soient mises en danger ?

À peine avait-il formulé sa question qu'il eut envie de la retirer.

Simon le fixa un moment, puis fit l'impensable. Il éclata de rire.

Nick se renfrogna.

— C'est une question que *moi* je devrais poser. C'est *moi* qui suis une menace, insista Simon dont le rire s'évanouit. Ou quelque chose comme ça.

— Et *moi*, je suis maudit. Dois-je te faire remarquer que tous ceux que j'ai aimés sont morts ?

Simon posa une main sur sa poitrine.

— Je suis blessé. Et dire que je pensais que tu tenais à moi.

— Je devrais préciser : tous ceux de ma famille. Tu n'es pas un membre de ma famille.

Un fort reniflement résonna quand Simon plissa le nez.

— Je vois, dit-il, secouant les épaules, regardant Nick droit dans les yeux. C'est n'importe quoi.

Ce n'était pas le cas, mais Nick ne voulait pas en débattre.

— Je prévois de m'en aller dans la matinée.

— Tu ne *peux pas*, répliqua Simon en plissant les yeux. Tu m'as fait une promesse.

— Que j'ai plus que respectée. Ce soir, cela fera deux nuits, et je ne t'en ai promis qu'une.

— Tu ne peux pas t'en aller, pas quand je suis sur le point de faire une véritable percée. Après mon sauvetage de Lady Pendleton ce matin, pour une fois, je profite d'un peu de notoriété positive.

Bon sang ! Comment pourrait-il abandonner son ami maintenant ?

— Bien sûr, je suis ravi pour toi. Cependant, tu n'as pas besoin de moi pour rester.

— Peut-être pas, mais j'aimerais que tu le fasses. Une journée de plus, demanda Simon, la tête inclinée sur le côté. Puisque tu es déjà là. Dieu seul sait quand tu te risques à nouveau de faire ce genre de choses.

Il avait raison.

— Un jour de plus. Est-ce qu'on pourrait descendre maintenant, pour que je ne t'entende plus pleurnicher ?

Simon sourit en lui donnant une tape sur l'épaule.

— Tout ce que tu voudras.

Ils quittèrent la chambre de Nick et descendirent au salon où tout le monde avait été prié de se réunir avant le dîner.

Dès qu'ils apparurent dans l'embrasure de la porte, Linford se mit à taper des mains.

— Ce sont nos héros résidents !

Tout le monde se joignit aux applaudissements, tournant la tête vers la porte. Nick avait envie de se fondre dans le sol. Il jeta un regard méfiant à Simon et vit un léger rougissement sur le haut du cou de son ami. Oui, il appréciait cette attention, et il faisait bien.

Simon fit un geste du poignet et s'inclina profondément. Nick l'imita à retardement, bien qu'avec un simple salut.

En se redressant, il balaya la pièce du regard. Mlle Kingman était assise sur un canapé entre ses deux jeunes amies. Une partie de la tension de Nick se dissipa. Cependant, elle revint aussitôt lorsqu'il se rendit compte que Violet n'était pas là. Était-elle malade ?

Quelques dames les interceptèrent, avec un grand sourire, en se pavanant. Elles n'ignorèrent pas Simon, mais leur attention se porta d'abord sur Nick.

Lady Balcombe leva les yeux vers lui, battant des cils.

— Comment avez-vous appris à nager de cette manière, duc ?

— Dans l'océan, répondit Nick, balayant à nouveau la pièce du regard, comme s'il pouvait faire apparaître Violet.

— Bonté divine ! répondit Lady Adair. Cela a dû être terriblement difficile. Vous deviez posséder une grande force, même enfant. En supposant que vous ayez appris dans votre enfance. Moi, je ne l'ai jamais fait. Apprendre, je veux dire.

Nick se concentra sur elle pendant un instant bref et irritant.

— Je vis sur la côte. Apprendre à nager dans l'océan est plutôt une nécessité. Si vous voulez bien m'excuser.

Il prit la direction du coin opposé d'où il aurait un point de vue sur la pièce et la porte. De cette manière, il ne manquerait pas l'entrée de Violet.

Il aperçut le regard perturbé que Simon lui jeta rapidement, et haussa une épaule en réponse. Il savait qu'il s'était montré brusque, mais il ne voulait pas s'adonner à des bavardages ineptes, surtout quand la conversation portait sur lui-même.

L'expression qu'il avait adoptée était manifestement suffisante pour dissuader quiconque de l'approcher. À quelques reprises, on aurait dit que certains voulaient venir lui parler, mais qu'ils se ravisaient. Mme Linford lui sourit et fit quelques pas dans sa direction, mais s'arrêta brusquement et bifurqua vers un autre groupe d'invités. Et Lord Adair avait incliné la tête, puis tourné son corps comme s'il voulait aller vers Nick. Sa femme l'avait intercepté et avait jeté un regard méfiant à Nick.

Tant mieux. Il préférait qu'ils restent tous à l'écart.

Plus l'absence de Violet durait, plus ses tripes étaient nouées. Un froid glacial se répandit sur ses omoplates et le long de sa colonne vertébrale. Alors qu'il était sur le point de quitter la pièce, elle apparut dans l'embrasure de la porte. Ses cheveux couleur miel étaient rassemblés par un peigne décoré de pierres précieuses, tandis que des boucles frôlaient ses pommettes. Sa robe rouge rubis épousait sa silhouette, soulignant le galbe de ses seins et la texture onctueuse de sa peau. Son regard balaya la pièce comme lui l'avait fait, mais au lieu de chercher, il se fixa sur lui. Une décharge le traversa lorsque leurs yeux se rencontrèrent.

Il avait ressenti quelque chose de similaire dans le lac

lorsqu'il l'avait tirée de l'eau. Il voulait à tout prix s'assurer qu'elle ne s'enfoncerait pas sous le bateau. La laisser pour aller sauver Mlle Kingman avait été difficile, presque douloureux, mais il avait fait son devoir. Il s'était assuré que Violet était en sécurité, et il était allé aider la jeune femme qui se débattait. Mais à chaque mouvement, il avait en tête les yeux noisette de Violet, un mélange séduisant de force, de détermination et de vulnérabilité.

Cette dernière lui faisait une peur bleue.

Il n'aimait pas la vulnérabilité. Il avait bien trop d'expérience en la matière.

Ses lèvres se recourbèrent vers le haut, et elle commença à marcher vers lui. Il ne voulait pas parler avec elle. Se tournant brusquement, il faillit percuter Mme Padmore, une matrone au regard vif, et à la langue bien plus acérée encore. Elle vacilla, mais se stabilisa.

— Bonté divine, s'exclama-t-elle, posant sur lui un regard minutieux, mais critique, êtes-vous pressé ?

Elle n'était pas seule. Mme Stinnet, une autre matrone, mais aux yeux bien plus gentils et à l'attitude plus réservée, se tenait à ses côtés.

— Bien sûr que non ! dit-elle à l'autre femme. Il ne nous a tout simplement pas vues.

— Non, effectivement.

Mais il était pressé *aussi*. Il voulait échapper à Violet.

— Je vous prie de m'excuser.

Il leur offrit une petite révérence maladroite et tenta de passer devant elles, mais Mme Padmore se plaça sur son chemin, de sorte qu'il devait à nouveau lui foncer dessus s'il voulait s'en aller.

— C'était un acte bien courageux de votre part, ce matin, de sauter dans le lac, dit-elle. Je ne vous ai pas vu faire, mais j'ai entendu dire que c'était magnifique.

— Oui, tout à fait éblouissant, dit Mme Stinnet avec un large sourire. Je suis navrée d'avoir manqué cela.

Il n'aimait pas cette attention. Ni les honneurs.

— Ce n'était pas censé être un spectacle.

Les femmes le fixèrent, médusées. *Bien.*

Avant qu'elles ne puissent le harceler plus avant avec leurs idioties, le majordome annonça le dîner. Une vague de soulagement envahit Nick, et il se détourna avec empressement des deux femmes.

Il se rendit aussitôt auprès de la mère de Linford qu'il avait escortée au dîner la veille, à la demande de Linford. Nick s'était également assis à côté d'elle à table. C'était une femme plutôt réservée, et elle avait servi de tampon entre lui et le reste des invités. Il espérait être de nouveau placé à ses côtés.

S'avançant jusqu'à elle, il lui offrit son bras, impatient de s'en aller le lendemain.

❦

— *I*l est en train de ruiner ma partie de campagne ! s'exclama Hannah alors que Violet et elle se tenaient serrées l'une contre l'autre dans un coin du salon. Il était censé compléter la fête. L'*élever* !

Violet tapota brièvement l'avant-bras de son amie.

— Tu ne devrais pas faire d'histoires. Ni attirer l'attention, murmura-t-elle.

Dès la fin du dîner, Hannah avait entraîné Violet dans le coin où elles pouvaient parler en privé. Mais le stress de la jeune femme était visible, et Lady Nixon et Mme Law jetaient des regards soupçonneux dans leur direction.

Hannah se redressa.

— Tu as raison, évidemment. Je refuse de le laisser ruiner ma fête.

Son regard se durcit, et sa mâchoire se raidit avec détermination.

— C'est l'idée, approuva Violet. De toute manière, qui a besoin de lui alors que le duc de Romsey s'avère être vraiment charmant ?

— C'est vrai ? demanda Hannah, incrédule. Je suppose que son implication dans la débâcle nautique de ce matin a amélioré l'opinion des gens à son sujet, dit-elle, gémissant doucement. Entre ce désastre et le comportement du duc Solitaire, il se pourrait que je n'organise plus jamais d'autres parties de campagne.

Violet se sentait mal pour son amie. Elle faisait invariablement tout pour plaire aux gens, se démenant pour que ceux qui l'entouraient soient heureux et satisfaits. Ce qui, en retour, la rendait, *elle*, heureuse et satisfaite.

— Je n'ai pas l'impression que quiconque passe un mauvais moment.

À l'exception de Nick. Il s'était montré odieux avant le dîner. Les commentaires sur sa grossièreté avaient fait le tour de la table, à l'opposé de l'endroit où il était assis, entre Irving et Mme Linford. Le conseil que Simon lui avait donné plus tôt lui trottait dans la tête. Peut-être devrait-elle essayer de parler avec Nick.

— Je vais parler au duc, proposa Violet.

— Kilve ? s'enquit Hannah.

Quand elle vit Violet hocher la tête, ses épaules s'affaissèrent sous le coup du soulagement.

— Je devrais être très reconnaissante. Maintenant, je dois aller discuter avec Lady Nixon et Mme Law et m'assurer qu'elles s'amusent bien.

— Est-ce que tu plaisantes ? Bien sûr qu'elles s'amusent. Ce que tu vois comme un désastre, c'est ce qui alimente leurs potins. Je suis certaine qu'elles sont ravies.

Violet ne prit pas la peine de masquer sa dérision.

Hannah sourit, et Violet fut ravie de le voir.

— Tu as raison, bien sûr. Pourtant, je préférerais qu'il y ait des potins *plus sympathiques*. Et je sais que toi aussi, dit-elle en tapotant la main de Violet. Merci. Je ne sais pas ce que je ferais sans toi.

Violet regarda Hannah se lever et se déplacer vers l'endroit où les mauvaises langues étaient assises. Puis ses yeux se posèrent sur le trio de jeunes femmes, assises au même endroit que la veille, quand elles l'avaient rejointe. Elle se leva pour aller voir comment Mlle Kingman s'en sortait.

Les trois femmes lui sourirent, se réjouissant de son approche. Lady Lavinia tapota le fauteuil vide à côté d'elle.

— Venez vous asseoir avec nous, Lady Pendleton.

— Bonsoir, mesdames, leur dit Violet, avant de reporter son attention sur Mlle Kingman. J'espère que vous avez récupéré après la baignade de ce matin ?

La jeune femme frémit doucement.

— Je dois admettre que c'était pétrifiant. J'aimerais savoir nager. J'ai demandé à apprendre quand j'étais plus jeune, mais mon père était déjà assez malheureux parce que mon grand-père m'avait appris à pêcher.

Votre grand-père a l'air merveilleux, dit Violet, songeant à son oncle Bertrand qui l'avait encouragée comme ses propres parents ne l'avaient jamais fait. Je recommande vivement la natation. Mon oncle m'a fait découvrir l'eau quand j'avais dix ans.

— Est-ce pour cette raison que vous sembliez si calme ce matin ? s'enquit Mlle Colton. Vous n'aviez absolument pas l'air effrayée quand vous êtes sortie du lac.

— J'admets que je l'étais… juste un peu, leur confia Violet. Principalement parce que lorsque j'ai appris à nager, je n'étais pas encombrée de jupes aussi lourdes.

Les trois jeunes femmes étaient toutes fascinées par Violet.

— Que portiez-vous ? l'interrogea Lady Lavinia, l'air quelque peu scandalisé.

Violet jeta un coup d'œil autour d'elle avant de baisser la voix.

— Une chemise et un pantalon de garçon.

Trois paires d'yeux s'arrondirent, puis Mlle Colton gloussa. Les autres se joignirent à elle.

— Quel scandale ! s'exclama Mlle Colton de derrière sa main, essayant de contenir son hilarité.

— Peut-être, mais il n'y avait que mon oncle, mon frère aîné et moi.

L'oncle Bertrand avait promis de donner des leçons à Henry, et quand Violet avait demandé à participer, il n'avait pas trouvé de raison de s'y opposer. Son oncle lui manquait énormément.

À présent calmée, Mlle Kingman dit :

— Sa Grâce est assurément un excellent nageur. Il m'a portée jusqu'au quai, et il ne semblait guère fatigué.

— Dommage que ce soit un imbécile, dit Lady Lavinia en fronçant le nez.

Mlle Kingman plissa légèrement les yeux.

— Ce n'est pas un imbécile. Il n'est tout simplement pas habitué à de tels événements.

Violet jeta un œil à Mlle Kingman, curieuse de la voir défendre Nick.

Lady Lavinia leva les yeux au ciel en entendant son amie.

— C'est normal que tu le défendes. Si ton père arrive à ses fins, tu seras la prochaine duchesse Solitaire.

Mlle Kingman détourna le regard tandis qu'une rougeur envahissait son cou.

— C'est dommage que tu ne puisses pas convaincre ton

père de s'intéresser au duc de Romsey à la place. Il semble beaucoup plus affable.

Mlle Colton se tourna avec empressement vers Violet.

— Il vous a sauvée de l'eau, et vous a escortée jusqu'à la maison. Peut-être le duc a-t-il déjà des vues sur quelqu'un.

Elle offrit un sourire timide à Violet.

— Je ne suis pas à la recherche d'un mari, lui assura cette dernière. Je dirais qu'il était tout à fait charmant, et que celle sur laquelle il jettera son dévolu aura beaucoup de chance.

— Vous aurez du mal à les convaincre, intervint Lady Lavinia en inclinant la tête vers l'autre bout de la pièce, où Lady Nixon et Mme Law tenaient leur cour. Ma mère boit littéralement leurs paroles, et elles disent qu'elles ne sont pas convaincues par la performance du duc Ravageur de ce matin.

La performance ?

— Je ne crois pas qu'il jouait un rôle.

Violet baissa les yeux pour éviter de jeter un regard acerbe de l'autre côté de la pièce.

Lady Lavinia se leva de son fauteuil.

— Je crains de devoir me rendre au cabinet de toilette, et je veux me dépêcher avant le retour de ces messieurs.

Mlle Colton se leva d'un bond.

— Je vais me joindre à toi.

Elles s'excusèrent et s'en allèrent, laissant Violet seule avec Mlle Kingman.

— Je suis ravie que vous alliez bien, dit Violet. Cette eau était plutôt froide.

Mlle Kingman frissonna.

— Rien que d'y penser, ma peau se hérisse. Je suis très reconnaissante au duc de m'avoir sauvée. Tout comme mes parents.

— Est-ce vrai que votre père espère une union avec lui ?

Violet fut étonnée d'avoir posé la question sur un ton

égal. Son cœur battait la chamade, et elle avait la gorge sèche. Imaginer qu'il pourrait en épouser une autre lui donnait envie de vomir. Et pourtant, c'était exactement ce qu'elle lui avait fait : elle avait épousé quelqu'un d'autre. Avait-il ressenti le même malaise ? Son cœur se serra.

Mlle Kingman hocha la tête.

— Oui. Il dit que je suis plus que digne d'un duc. Quoi que cela signifie.

Violet se demanda quels étaient les véritables sentiments de la jeune femme à ce sujet.

— Et est-ce ce que vous voulez ?

La jeune femme cligna des yeux en regardant Violet, ses cils noirs d'encre retombant brièvement devant ses yeux bleu vif.

— Je veux ce qu'il y a de mieux. Mes parents disent que c'est lui, le meilleur.

Elle ressemblait tellement à Violet huit ans plus tôt. C'était incroyable de voir la somme de mensonges que l'on pouvait se raconter alors même que l'on avait le cœur brisé. *Surtout* quand on avait le cœur brisé.

— Assurez-vous que c'est ce qui vous rendra vraiment heureuse. Le mariage changera votre vie.

Pour toujours. *À moins que votre méprisable mari ait la bonté de mourir.* Certes Violet était bien plus heureuse aujourd'hui, mais elle ne se réjouissait pas de la mort de Clifford.

Elle s'était longtemps demandé à quel point les choses auraient été différentes si elle avait été autorisée à épouser Nick. Ou si elle avait fait ce dont ils avaient discuté et s'était enfuie au cas où ses parents auraient refusé.

Les messieurs entrèrent à ce moment-là dans le salon. Violet s'attendait à moitié à ce que Nick soit absent. Il s'était comporté de manière plutôt odieuse avant le repas. Il allait peut-être se faire excuser pour le reste de la soirée, surtout qu'Hannah avait prévu de danser.

Mais non. Il entra dans la pièce aux côtés de Simon, même s'il bifurqua rapidement vers la droite et reprit sa position habituelle dans un coin. Sans réfléchir, Violet se leva.

— Je vous prie de m'excuser, mademoiselle Kingman.

La jeune femme saisit brièvement la main de Violet, qui posa sur elle un regard inquiet.

— Vous n'allez pas lui parler de moi, n'est-ce pas ?

— Je n'en avais pas l'intention. Voulez-vous que je le fasse ?

Violet n'en revenait pas d'avoir posé la question. Elle n'avait pas envie de jouer les entremetteuses, surtout qu'elle le voulait pour elle.

Bonté divine, cela semblait tellement égoïste. Et pourtant, c'était honnête. Elle avait commis une erreur huit ans plus tôt, et le destin semblait vouloir lui accorder une seconde chance. Elle serait bien idiote de la laisser passer à nouveau.

— Seulement si vous le souhaitez.

Elle parlait d'un ton moins enthousiaste et, une fois encore, Violet se demanda si cela l'intéressait vraiment d'épouser Nick. Ou si elle avait la moindre envie de se marier.

Violet jeta un regard significatif à la jeune femme, en espérant qu'elle comprendrait.

— Si vous avez besoin de quelqu'un à qui vous confier, quel que soit le sujet, j'espère que vous savez que je vous écouterai. Et je garderai le secret sur tout ce que vous me direz.

Elle lui offrit un sourire chaleureux avant de se tourner vers le dragon.

Mais était-il vraiment un dragon ?

Placé dans un coin comme il l'était, les bras croisés, la bouche pincée, sa présence était imposante. Violet refusait de se laisser intimider.

Alors qu'elle s'approchait de lui, il laissa retomber ses mains sur les côtés, et la scruta plutôt attentivement. Son regard la réchauffa, lui rappelant la manière dont il la contemplait autrefois. Ses yeux allaient s'éclairer, et ses lèvres dessineraient le plus dévastateur des sourires. Que n'aurait-elle pas donné pour revoir cette expression sur son visage !

— Je voulais te remercier de m'avoir sauvée de sous ce bateau ce matin.

— Vous avez bonne mine, Lady Pendleton. Je m'en réjouis.

Il était donc *capable* d'être poli.

Cela l'encouragea.

— Mlle Kingman aussi t'est reconnaissante pour ton aide.

— D'après ce que j'ai vu, elle aussi est en bonne santé.

— C'est le cas, répondit Violet, se sentant soudain nerveuse.

Elle tenta de se rappeler ce que Simon lui avait dit, que Nick avait besoin de quelque chose. Ou de quelqu'un.

— Tu sembles un peu plus à l'aise. Est-ce que cela t'a demandé un ajustement d'être ici ? D'après ce que j'ai compris, tu ne passes pas beaucoup de temps à socialiser.

Il la regarda un moment, assez long pour qu'elle commence à se sentir gênée.

— Non, effectivement. Je trouve cela assommant.

Le duc Solitaire, dont elle détestait le nom, celui qui avait déçu Hannah, était de retour.

— Alors pourquoi es-tu venu ?

— J'ai rendu service à Simon… Romsey.

— Donc tu n'as aucune envie d'être ici ?

— Aucune. En fait, je prévois de partir demain.

Hannah serait dévastée. Aussi odieux que soit son comportement, elle prendrait son départ comme une marque d'échec.

— J'aimerais que tu t'abstiennes. Mon amie, Mme Linford, a organisé une fête merveilleuse. Peut-être que si tu baissais ta garde, ou quoi que ce soit que tu as érigé autour de toi au cours des huit dernières années, tu pourrais t'amuser.

Ils se tenaient à une trentaine de centimètres l'un de l'autre, mais il se pencha légèrement plus près. Elle capta son odeur de cuir et de clou de girofle.

— Ne me parle pas comme si nous étions amis. Ne me parle même pas comme si nous nous connaissions.

Son cœur s'emballa en réponse à sa colère.

— Mais c'est le cas.

— L'homme que tu as connu n'existe plus.

La colère et la tristesse se bousculaient en elle et cherchaient à se libérer.

— Je commence à m'en rendre compte. Quand j'ai su que c'était toi le duc Solitaire, j'étais étonnée. Mais maintenant, je vois à quel point tu es froid.

Elle se rapprocha, le désir qu'elle éprouvait pour lui supplantant les autres émotions qu'il avait déclenchées.

— Que t'est-il arrivé, Nick ?

Il tressaillit quand elle prononça son nom. Sa mâchoire se contracta, mais il ne dit rien.

C'était une vraie souffrance de le voir comme cela, mais il avait sans doute raison. Peut-être que l'homme qu'elle aimait était *vraiment* parti, et qu'elle devait l'accepter. Sauf que Simon avait affirmé qu'il lui fallait des gens qui tenaient à lui et qu'il avait peut-être oublié comment vivre. Peut-être que le fait de venir ici était la première étape pour recommencer à vivre, qu'il en soit conscient ou non.

Violet recula légèrement et se raidit. Elle le regarda droit dans les yeux.

— Tu es venu ici pour une raison. Que ce soit pour soutenir ton ami ou autre chose, cela n'a pas d'importance. Tu es ici, et tu t'es engagé à participer à la fête. Si tu pars, tu

vas anéantir ma chère amie, Mme Linford. Elle ne mérite pas
ça. Je ne veux pas que tu partes à cause de moi. Je resterai
loin de toi si tu promets de rester.

C'était le contraire de ce que Simon lui avait demandé de
faire, mais Nick venait de lui dire qu'ils ne pouvaient pas être
amis.

Il avait une lueur dans le regard, mais elle n'aurait pas su
dire ce que c'était. Elle savait ce que ce n'était *pas*. Depuis son
arrivée hier, il affichait un regard sombre, glacial, et très
travaillé. C'était autre chose.

— Je vais y réfléchir, dit-il enfin.

Puis il fit volte-face et quitta la pièce à grands pas.

Violet se rendit compte qu'elle avait retenu sa respiration
et elle souffla brusquement. Un moment plus tard, Simon la
rejoignit.

— Ça avait l'air plutôt tendu, dit-il tranquillement. Est-ce
que tu vas bien ?

Elle appréciait sa sollicitude et se demanda à nouveau
comment on pouvait envisager qu'il avait délibérément tué
sa femme.

— Je vais bien. Ton ami, en revanche, est affreux.
Comment fais-tu pour continuer à le soutenir ?

Simon haussa les épaules.

— Parce qu'il a besoin de moi. Et j'ai besoin de lui. D'une
certaine manière, nous sommes tout l'un pour l'autre.

— Eh bien, tu m'as maintenant… comme amie.

Un sourire s'étira sur le visage de Romsey, illuminant
toute son expression.

— En effet, j'ai de la chance. Merci.

Agacée par sa rencontre avec Nick, Violet était heureuse
de parler d'autre chose. Elle jeta un coup d'œil aux différents
groupes de la pièce.

— J'ai l'impression que ta chance a tourné, et j'en suis

vraiment ravie. Hannah a prévu de la danse pour ce soir. Vas-tu rester ?

— Certainement, même si je me demande si je ne devrais pas persuader Nick de revenir. Il s'en va demain, alors il devrait venir danser avant de se bannir de lui-même, une fois encore.

— Il ne s'en ira peut-être pas. Je suis confiante : je pense l'avoir convaincu de rester. Après lui avoir promis de le laisser tranquille.

Puis elle se tourna vivement vers Simon et lui demanda :

— Qu'est-ce que tu veux dire par « se bannir lui-même » ?

Simon grimaça très légèrement, mais Violet le vit.

— C'est juste qu'il préfère sa solitude, répondit-il, puis il inclina la tête sur le côté, et la regarda un moment. Je suis heureux de voir que tu l'as convaincu de rester. Je sais que tu as dit que tu le laisserais tranquille, mais une fois encore, je t'encourage à ne pas le faire. Le fait que tu lui aies fait changer d'avis est un changement immense.

— Son animosité était très claire. Il a dit que nous n'étions pas amis. Ni même des connaissances.

Simon fit un geste de la main.

— Il joue simplement au sauvage.

— Je ne le connais pas aussi bien que toi.

Cet aveu lui était douloureux, mais c'était la vérité. Elle aurait dû le connaître mieux que quiconque, mais cela faisait bien longtemps qu'elle avait renoncé à cette opportunité.

— Il semble se complaire dans sa solitude et sa froideur. Nous ne pouvons pas l'aider s'il n'en a pas envie.

— Et c'est bien ce que je dis. Je pense qu'il *veut* être aidé, seulement il ne le sait pas encore. Cela fait des années que j'essaie de le persuader de revenir avec moi dans la société. Il me l'a toujours refusé, dit Simon, le regard brillant de détermination. Jusqu'à maintenant.

Violet le regarda attentivement, avec l'espoir qu'ils pourraient aider Nick.

— Qu'est-ce qui a changé, à ton avis ?

— Je n'en ai aucune idée, et je m'en fiche. Il est là et il reste. Quelque part au fond de lui se trouve le Nick que nous connaissions tous les deux. Nous devons juste le retrouver et le faire sortir.

CHAPITRE 5

$\mathcal{L}$e temps que Nick revienne aux écuries de Linford, il était décoiffé par le vent, trempé et suffisamment gelé pour être à la hauteur de sa réputation d'homme glacial. Cela lui faisait du bien. Il se sentait comme chez lui, où il passait de longues journées à chevaucher le long de la côte balayée par les vents, quel que soit le temps. Le fait d'être dehors lui permettait de ne ressentir aucune attache, ses pensées devenant aussi légères que la brise.

Sauf aujourd'hui, il avait réfléchi. La nuit dernière, il n'avait pas cessé de se retourner, incapable de dormir après sa confrontation avec Violet. Il s'était souvenu du temps qu'ils avaient passé ensemble, de leur bonheur et de leur enthousiasme, au moment où ils envisageaient une vie et un mariage. Depuis cette époque, tout était parti en vrille, et il se rendait compte aujourd'hui qu'une partie de lui en voulait toujours à Violet. Comme si *elle* avait causé tous ses malheurs.

Mais il savait que ce n'était pas vrai. Cette malédiction, c'était la sienne. Elle paraissait épanouie et avait conservé son charme, même si elle était plus effacée que huit ans auparavant. Il se souvenait d'une jeune femme prompte à rire, dont les yeux brillaient d'une lueur perpétuelle d'excitation et de joie, comme si chaque jour était une nouvelle aventure. Et cela avait sûrement été le cas. Pendant cette courte période de bonheur.

Cela avait-il été la période la plus heureuse de sa vie? Il n'en était pas certain. Il aurait voulu dire que c'était son mariage avec Jacinda, mais il l'avait épousée par devoir. Certes, il avait appris à tenir à elle, mais jamais il n'avait ressenti la même chose que pour Violet. Et c'était là que résidait une partie de sa culpabilité.

Il secoua la tête en descendant de sa monture dans la cour et tendit les rênes à un palefrenier. Cela faisait bien longtemps qu'il n'avait pas pensé à ce genre de choses, si tant est qu'il n'y ait jamais réfléchi aussi profondément. En temps normal, il faisait en sorte de repousser ce genre de pensées. Toutefois, il semblait qu'en présence de Violet, il n'en était pas capable.

Et si elle avait le pouvoir de le ramener à la vie depuis la prison qu'il avait créée, eh oui, c'était une prison, ne devait-il pas la laisser faire?

Il s'arrêta net en approchant la maison, et le vent faillit lui arracher son chapeau. Qu'était-il en train de dire? Songeait-il à raviver leur liaison?

Serait-ce si terrible? murmura une voix au fond de son esprit.

Il n'avait pas eu de maîtresse depuis des lustres, et les parties de campagne semblaient propices à ce genre d'expérience. Il savait qu'elle était veuve, ce qui était également une bonne chose. Il laissa croître sa curiosité à son égard. Comment était-elle devenue veuve? Avait-elle des enfants? Avait-elle été heureuse?

Il lui semblait anormal de se préoccuper de ces choses,

d'elle, étant donné ce qu'il avait enduré, mais peut-être était-il temps qu'il libère ses émotions. Au moins un peu.

Comme Simon et Violet l'avaient souligné, après tout, il était présent à la fête. Il pourrait peut-être en tirer le meilleur parti, au moins pour Simon si ce n'était pour lui-même. Il était ravi pour Simon : il était toujours prêt à aller de l'avant, même si ce n'était pas le cas de Nick. Et s'il pouvait l'aider en ce sens, il le devait.

Nick se remit en route vers la maison, avec un dynamisme dans sa démarche qui lui faisait défaut depuis trop longtemps.

L'heure du déjeuner était passée : il avait fait exprès de partir faire son tour à cheval à cette heure pour éviter les gens, tout comme il avait rompu son jeûne dans sa chambre et non en bas. La maison semblait calme, et il se demanda si les invités s'étaient retirés pour se reposer, ou s'ils étaient partis en excursion. Dans le second cas, ils avaient quitté la maison à pied, car rien dans les écuries ne trahissait qu'on avait organisé un transport. Il songea qu'il allait devoir faire attention à ce qui se passait à cette fête s'il avait l'intention de rester. Et puisqu'il n'était pas encore parti, il devait admettre qu'il avait pris sa décision.

Il se réfugia dans la bibliothèque de Linford, qui n'était pas vraiment impressionnante, pour choisir un livre pour l'après-midi. Il se raidit et planta les pieds dans le tapis en voyant Violet assise sur un siège moelleux intégré à la fenêtre en baie ronde.

Elle leva les yeux et rougit instantanément en le voyant.

Il avait envie de faire volte-face et de partir, mais il n'en fit rien. Il pouvait le faire. Inspirant profondément par le nez, il s'avança jusqu'à se trouver à seulement quelques mètres d'elle.

Elle referma son livre en gardant sa page avec son index.

— Bonjour. Tu nous as manqué au déjeuner.

— J'étais parti à cheval.

— Et tu es revenu.

Un sourire effleura sa bouche, mais juste un instant.

Il était navré de ne pas le voir s'épanouir.

— Évidemment, répondit-il d'un ton ironique. J'ai décidé de rester. On dirait qu'il va pleuvoir.

Par la fenêtre, elle jeta un coup d'œil au ciel qui s'assombrissait.

— Oui, j'en ai bien peur. Hannah avait prévu une promenade plus tôt, mais nous craignions d'être trempés, alors ils jouent aux cartes à la place.

— *Ils* jouent aux cartes, répéta-t-il d'un air entendu. Pendant que toi, tu es venue chercher de la poésie.

Il jeta un œil au livre qu'elle tenait à la main.

— Tu t'en es souvenu, constata-t-elle, rougissant légèrement avant de reporter son attention sur la fenêtre. Nous ferons la promenade demain, si le temps le permet.

Une énorme et lourde goutte frappa la fenêtre et glissa le long de la vitre.

— Et voilà !

De sa main libre, elle suivit la descente de l'eau. Nick eut une vision soudaine de son index qui caressait son torse. Le souvenir le surprit.

Elle tourna la tête et leva les yeux vers lui.

— Je suis contente que tu restes. Après hier soir, je n'étais pas certaine que tu le ferais. Je resterai en dehors de ton chemin.

Ce serait sans doute pour le mieux. Elle ravivait toutes sortes de souvenirs et d'émotions auxquels il n'avait pas franchement envie de faire face. Cette voix au fond de son esprit se fit de nouveau entendre. *Elle n'est pas ton ennemie.*

Non, mais il l'avait cataloguée comme la méchante depuis très longtemps, et il n'était pas certain de pouvoir penser à elle d'une autre manière. Le méritait-elle vraiment ?

— Tu… me perturbes.

Il se surprit lui-même à l'admettre.

Elle se leva de son siège sous la fenêtre, ce qui les rapprocha. Elle lui était si familière, et pourtant, c'était une étrangère. L'impression était bizarre.

— Je le vois bien. Suis-je la raison pour laquelle tu es le duc Solitaire ?

— En partie.

Il avait envie de la toucher, un simple effleurement de son doigt le long de sa mâchoire, pour voir si la connexion entre eux était toujours là.

Mais il n'en fit rien. Cela lui suffisait. Pour le moment.

— Tu ne savais vraiment pas que j'étais duc ? Mme Linford est ton amie. Tu aurais pu lui demander de m'inviter. Maintenant que j'ai un duché, j'imagine que je suis digne de ton attention.

Son teint vira légèrement au gris, et il regretta de l'avoir provoquée.

Elle le regarda droit dans les yeux.

— Je l'ai mérité. Tu as toujours été digne de mon attention, dit-elle en baissant les yeux au sol. C'est moi qui ne suis pas digne. Vraiment, je ne savais pas que tu étais duc. J'ai délibérément ignoré tout ce qui te concernait… Nicholas Bateman, je veux dire. Et je ne prête pas ou peu d'attention à ce qui se passe dans la société.

— Voilà une chose que nous avons en commun, alors.

Il sentit une sorte de relâchement en lui, comme si on venait de libérer un papillon en cage.

Elle leva sur lui ses yeux couleur de l'herbe et de la terre, basiques et élémentaires.

— J'étais heureuse de te voir. Je me suis toujours demandé comment tu allais. Simon… le duc de Romsey, m'a dit que tu avais été dans l'armée. J'ai été désolée d'apprendre pour ton frère.

Sur cette phrase, il revint à son comportement habituel. Le froid s'empara de nouveau de lui. Il chercha un sujet plus sûr.

— Tu appelles Simon par son prénom ?

— Il me l'a demandé. Il m'a l'air d'être un homme bien.

— C'est le cas. Et puisque je participe à cette fête infernale, j'ai décidé d'en profiter au maximum, pour son bien. Il m'a persuadé de venir ici pour qu'il puisse participer. Il aimerait avancer dans sa vie, trouver une nouvelle épouse. Si c'est même possible.

Les muscles autour de ses yeux se contractèrent, et elle détourna le regard.

— Je pense que oui. Mais je n'en suis pas certaine. Depuis son arrivée, les gens l'ont traité avec réticence, même si la situation s'est améliorée depuis les événements d'hier.

— C'est ce qu'il m'a dit.

— Ce sont surtout les jeunes femmes. Convaincre leurs parents qu'il est un bon parti pourrait s'avérer difficile, dit-elle avant de marquer un temps d'arrêt et de le regarder. Toi, par contre, tu es très recherché.

Il grogna, les lèvres tordues de dégoût.

— Tu n'as pas envie de te marier ? lui demanda-t-elle.

— Je l'ai été. Je n'ai pas particulièrement envie de recommencer, expliqua-t-il, détournant rapidement le regard pour le poser sur la pluie qui ruisselait sur les fenêtres. Mais c'est le cas de Simon, alors je l'aiderai comme je le pourrai.

Elle prit un moment pour répondre, et il se persuada qu'elle voulait l'interroger sur sa femme. Comme elle n'en fit rien, il respira doucement, soulagé. Jamais il n'aurait dû aborder le sujet. Des images de Jacinda et de son fils, Elias, surgirent dans son esprit. Il ferma brièvement les yeux pour les repousser pour le moment.

— J'aimerais aider, dit-elle. Si je peux.

Il baissa les yeux sur Violet, surpris de se retrouver à forger une alliance avec elle.

— J'espérais que tu dirais ça. Que pouvons-nous faire ?

— Il serait sûrement préférable que tu dises clairement que tu n'es pas à la recherche d'une épouse. Ainsi, les parents qui cherchent un mari pour leurs filles chercheront ailleurs.

— Je déteste rendre mes affaires personnelles publiques.

Un sourire effleura les lèvres de Violet.

— Voilà une autre chose que nous avons en commun. Eh bien, j'ai de bonnes nouvelles. Si tu continues à te comporter comme un mufle, je doute que quiconque veuille de toi, dit-elle, avant que sa respiration ne se bloque. À l'exception de… Je crois que Sir Barnard garde un œil sur toi pour sa fille, Mlle Kingman, quel que soit ton tempérament.

— Je crois que tu as raison. Il m'a coincé dans une conversation après le dîner ces deux derniers jours et a longuement vanté les qualités de sa fille.

— Je suis devenue amie avec Mlle Kingman. Je peux lui faire comprendre que tu n'es pas intéressé, et qu'elle devrait sans doute reporter son intérêt sur Simon.

Il réfléchit à sa suggestion, mais décida qu'il n'avait pas envie que son ami ait à supporter le baronnet.

— Je ne suis pas certain que Simon devrait avoir à tolérer Kingman en tant que beau-père. Quelles sont ses autres options ici ?

— Il y en a peu, j'en ai peur. Lady Lavinia et Miss Colton ne sont pas très enthousiastes à l'idée de se marier. Pour le moment. Ce qui ne veut pas dire qu'elles ne le seront jamais. Les deux semblent avoir envie de tomber amoureuses.

Ses joues rosirent et elle se mit à passer son livre d'une main à l'autre, soucieuse de rester à sa place.

Oh, être jeune et plein de rêves à nouveau. Nick avait pitié d'elles, parce que leurs rêves allaient sans doute être anéantis.

— Même s'il ne trouve pas d'épouse ici, notre objectif devrait être de veiller à ce que tous les participants repartent avec une meilleure opinion de lui.

Elle hocha la tête et leva les yeux vers lui, le menton déterminé et avec dans les yeux cette étincelle qu'il reconnaissait pour l'avoir vue il y a bien longtemps.

— D'accord.

— Je crains que tu ne doives me dire quoi faire. Mon inaptitude sociale atteint des sommets.

La musique de son rire apaisa son esprit, et il faillit sourire.

— Occupe-toi de ces messieurs, fais ton possible pour leur montrer que Simon est un bon élément. Laisse-moi gérer les femmes, dit-elle avant de plisser le nez. Je suppose que je vais devoir discuter avec Lady Nixon et Mme Law. Si je parviens à faire en sorte qu'elles le soutiennent, il aura pratiquement carte blanche dans la société.

— Si tu pouvais faire ça, il... *je* t'en serais éternellement reconnaissant.

Elle le regarda fixement, les lèvres légèrement entrouvertes. Il se sentit attiré vers elle, comme une abeille par une belle fleur lumineuse.

— C'est le moins que je puisse faire, murmura-t-elle.

Du bout des doigts, elle effleura son torse, et il eut sa réponse : leur connexion était toujours là.

— Je ferai tout pour t'aider. Ou ton ami. On se voit au dîner.

Elle se détourna de lui et quitta la pièce.

Il la regarda partir, le corps vibrant d'une excitation longtemps réprimée. Eh bien, cette entrevue était tout à fait inattendue. Tout comme la sensation qui le traversait à cet instant : un intérêt pour la journée du lendemain.

∼

*I*l avait été marié.

L'information avait choqué et attristé Violet, parce qu'il avait épousé une autre qu'elle, mais surtout parce que, comme lui, il avait perdu sa femme. L'union de Nick avait-elle été plus heureuse que la sienne ? Elle l'espérait.

Son esprit était envahi de ces pensées depuis qu'elle l'avait vu dans l'après-midi. Tout au long du dîner, elle lui avait volé des regards à l'autre bout de la table, où il était assis à côté de Simon. Violet avait demandé à Hannah de les asseoir ensemble, dans l'espoir que Nick pourrait soutenir leur effort pour améliorer la réputation de Simon. Cela avait paru fonctionner, car ce côté de la tablée était source de rires et de bonne humeur.

Violet prit lentement la direction du salon. De son côté, au nom de Simon, elle devait s'entretenir avec Lady Nixon et Mᵐᵉ Law. Elle n'avait pas hâte d'y être.

Hannah la rattrapa juste avant qu'elle n'atteigne le seuil de la porte du salon. Elle arborait un large sourire, et ses yeux étincelaient de joie.

— Merci beaucoup, Violet. Je ne sais pas ce que tu as fait pour que Sa Grâce soit dans de meilleures dispositions, mais il était vraiment différent au dîner.

Violet avait raconté à son amie qu'elle avait brièvement discuté avec Nick. Elle n'avait pas donné de détails sur leur relation passée. Cela faisait bien longtemps qu'elle gardait cette partie de son histoire enfouie, et c'était une habitude difficile à rompre, apparemment.

— Je crois qu'il essayait simplement de prendre ses marques. Cela fait longtemps qu'il n'a pas participé à une partie de campagne.

— C'est parfaitement logique, dit Hannah. Maintenant, ce serait bien que le temps se maintienne demain, pour que nous puissions organiser notre concours de tir à l'arc.

— Je croyais que demain c'étaient les boules.

— Dans l'après-midi. Encore une fois, si le temps coopère, précisa-t-elle avec un soupir. Voilà ce qui arrive quand on organise une partie de campagne en octobre.

— Octobre est un mois tout à fait charmant, et tu n'es pas en concurrence avec d'autres parties de campagne.

Hannah lui fit un clin d'œil.

— C'était mon objectif principal, comme tu le sais. En effet, il semble que les choses se passent bien. La glace se réchauffe, dit-elle avec un petit rire. Et Ravageur semble être bien plus charmant que sa sombre réputation ne le laissait entendre.

— Je suis d'accord. Je serais on ne peut plus ravie de voir la rédemption de son personnage.

La mère d'Hannah se rapprocha d'elles.

— Si c'est du duc de Romsey que vous parlez, ne soyez pas trop optimistes. Lady Nixon et Mme Law ne sont pas convaincues.

Mince ! Violet se tourna vers le salon, et réprima une grimace.

— Je vais aller leur parler.

— Je doute que tu gagnes beaucoup de terrain, lui dit Mme Parker en secouant la tête.

Puis la femme regarda Hannah d'un air résigné.

— Ma fille, je sais pour quelle raison tu les as invitées, mais j'espère qu'après cela, tu comprendras que cela n'en valait pas le coup.

Hannah fit la moue et hocha brièvement la tête.

— Oui, Mère.

Violet connaissait Hannah, et son amie n'avait pas l'intention d'exclure Lady Nixon et Mme Law de ses futures invitations, surtout si elles lui accordaient leur approbation. Par conséquent, elle devait veiller à ce que cela se produise.

— Je vous prie de m'excuser, leur dit-elle avant de se rendre au salon.

Un bref coup d'œil à la pièce lui indiqua que les dames tenaient une petite cour à leur place habituelle. Elles accaparaient le plus grand coin détente, chacune d'elles occupant deux fauteuils rembourrés à haut dossier. Elles étaient entourées de la plupart des autres dames de la fête, en dehors du trio des plus jeunes qui était à la même place que d'habitude. Lady Lavinia regarda Violet en signe d'invitation, et Mlle Colton alla jusqu'à lui faire un signe de la main. Elle leur sourit, mais secoua très légèrement la tête. Rassemblant son courage et sa patience, elle pénétra dans la tanière des lionnes.

— Lady Pendleton, comme c'est inattendu de votre part de vous joindre à nous ce soir, lança Mme Law. Nous pensions que vous aviez pris la responsabilité de chaperonner les jeunes femmes.

J'aurais fait n'importe quoi pour éviter de m'asseoir avec vous. Violet leur offrit un sourire neutre, puis regarda avec insistance Lady Colton, Lady Balcombe et Lady Kingman.

— Ce sont des demoiselles adorables.

— Nous apprécions votre sollicitude, lui répondit Lady Balcombe. L'on ne saurait avoir trop d'exemples de grâce et de bienséance.

La bienséance. Violet songea à sa propre jeunesse, en particulier huit ans plus tôt. Si ces femmes savaient comment elle s'était comportée avec Nick, le scandale serait extraordinaire.

— En effet, approuva Lady Nixon avec un reniflement, et dont les yeux bleu pâle se tournèrent vers Mme Law. Surtout quand il y a des individus douteux dans les parages.

— Vous faites référence au duc de Romsey ? l'interrogea Violet d'un air plutôt innocent, espérant dissimuler son agacement.

— Ravageur, oui, bien sûr, répondit Mme Law en pinçant

les lèvres. Je comprends pourquoi Mme Linford l'a invité, et puisqu'il a réussi à faire sortir Solitaire de sa cachette, nous devons lui en être reconnaissantes, je suppose.

— Oui, mais est-ce que ça en valait vraiment la peine ? s'enquit Lady Nixon, se penchant légèrement en avant. Solitaire a oublié comment il convient de se comporter.

— Il s'est montré tout à fait charmant au dîner ce soir, s'empressa de préciser Lady Kingman. Je l'ai même vu sourire.

Lady Nixon haussa un sourcil pâle.

— Vraiment ? C'est étonnant, j'ai manqué cela.

Ce qu'elle sous-entendait, à savoir qu'elle le surveillait de près, était limpide. Mais il suffisait d'observer Lady Nixon pour savoir que son sens de l'observation était aiguisé et dérangeant.

Violet avait également manqué ce sourire, et elle en était incroyablement déçue.

— Je l'ai trouvé tout à fait agréable, dit-elle sereinement.

Mme Law plissa les yeux en regardant Violet.

— Je trouve cela difficile à croire au vu de l'interaction que vous avez eue avec lui l'autre soir. Cela semblait plutôt… tendu.

— Absolument pas, mentit la jeune femme. C'est tout le problème lorsque l'on fait des suppositions sur un sujet alors que l'on n'y était pas vraiment.

Elle afficha un sourire placide. Mais l'on sentait un peu du caractère glacial de Nick.

— L'on pourrait dire la même chose du duc de *Romsey*.

Elle avait volontairement mis l'accent sur son nom.

— Là, vous avez tort, répondit sombrement Lady Nixon. Il y avait un témoin oculaire du crime du duc. Il a poussé sa femme enceinte dans les escaliers.

Certaines femmes hoquetèrent.

— Je n'étais pas au courant de cela, dit Lady Colton, le

front plissé par l'inquiétude. Il semble vraiment être un gentleman adorable.

— Il l'est.

Violet était toujours incapable de croire qu'il était capable d'un tel acte. Il devait y avoir une explication. Elle cligna des yeux en direction de Lady Nixon.

— Apparemment, c'est une nouvelle pour de nombreuses personnes. Qui est ce témoin oculaire ?

Le regard de Lady Nixon se fit glacial.

— L'une de ses domestiques. Ils ont tous quitté sa maison par la suite. Que vous faut-il de plus pour accepter qu'il est coupable ?

— S'il est tellement coupable, pourquoi n'a-t-il pas été poursuivi ? s'enquit Violet.

Elle regarda toutes les femmes autour d'elles, dont la plupart baissèrent les yeux sur leurs genoux.

Mme Law releva le menton et déplaça son regard d'un bout du groupe à l'autre, avant de s'arrêter sur Violet.

— Parce que cette domestique a disparu, et que l'on n'en a plus jamais entendu parler. Malheureusement, les preuves n'étaient pas suffisantes.

Violet se redressa sur son siège.

— Eh bien, pour ma part, je refuse de le déclarer coupable d'un crime dont il n'a jamais été accusé, et pour lequel il n'a jamais été jugé. Je le trouve charmant et gentil, et je lui suis très reconnaissante pour son aide au lac hier.

— Oh oui, c'était très gentil de sa part d'aider le duc de Kilve dans son sauvetage, renchérit Lady Kingman.

Violet nota qu'elle avait laissé entendre que c'était le sauvetage de Nick. Mais si celui-ci avait été le seul gentleman à plonger dans le lac, elle reconnaissait à Simon tout le mérite de sa rapidité d'esprit. Il avait dû se mettre à courir autour du lac, plus vite que n'importe qui d'autre, et mettre rapidement un bateau à l'eau pour la rejoindre.

— Il s'est montré plein de sollicitude lorsqu'il m'a raccompagnée à la maison, ajouta Violet.

— Étiez-vous nerveuse à l'idée d'être escortée par lui ?

La question venait de Mme Stinnet, dont l'arsenal contenait moins de vitriol que celui de Lady Nixon ou de Mme Law.

— Bonté divine, non ! En réalité, je pourrais le refaire, affirma Violet, saisissant l'occasion d'être franche dans son plaidoyer. Et si j'avais une fille, je ne trouverais rien à redire au fait qu'il la courtise.

— Vous êtes encore jeune, Lady Pendleton, répondit Lady Nixon d'un ton sournois. Peut-être *vous* fera-t-il la cour.

Violet ne pouvait acquiescer sans laisser à penser qu'il l'intéressait, ce qui n'était pas le cas. Au lieu de cela, elle mit en place une manœuvre soignée.

— J'ai dépassé le stade de la cour, mais si j'étais plus jeune et sur le marché du mariage, je serais flattée de ses attentions.

— Il faut admettre qu'il est beau, murmura Lady Balcombe à sa voisine, Lady Colton.

Quand elle se rendit compte que les autres l'avaient entendue, ses joues prirent la teinte rose foncé de la pivoine, fleur préférée de Violet.

— Eh bien, pour ma part, je ne voudrais pas qu'il courtise mes filles, déclara Mme Law d'un ton hautain. Si elles n'étaient pas déjà bien mariées, je veux dire.

Elle échangea un regard de supériorité avec Lady Nixon, et Violet fut incapable de contrôler son irritation un instant de plus.

— C'est ridicule. *Vous* êtes ridicule.

Elle se leva brusquement, juste au moment où une poignée d'hommes entraient dans le salon.

Tournant sur elle-même, elle faillit percuter Nick. Il l'attrapa par le bras avant qu'elle ne lui fonce dessus. Son contact la transperça comme un éclair dans le ciel du premier jour de la fête : c'était chaud et électrisant.

— Pressée ? murmura-t-il. Marche avec moi, ajouta-t-il en lui offrant son bras pour l'escorter hors de la pièce. Ils installent des tables de cartes à côté.

— Je n'ai pas envie de jouer aux cartes.

— Je sais. Mais au vu des regards malveillants que lancent Lady Nixon et Mme Law dans ta direction, je me suis dit qu'il valait mieux te faire sortir du salon.

Il la guida vers le second salon où l'on installait les tables de jeu.

Elle inclina la tête pour le regarder, et s'imprégna de son beau profil. Sa cravate ivoire contrastait fortement avec la teinte plus sombre de sa peau.

— Malveillants ?

— C'est peut-être un peu exagéré, mais pas de beaucoup. D'après ce que j'ai entendu dire, elles sont dangereuses. Qu'as-tu dit pour déclencher une telle réaction ?

— Je leur ai dit qu'elles étaient ridicules, expliqua-t-elle avec une grimace. Ce n'était pas une bonne idée de ma part. Mais elles se sont montrées incroyablement insultantes envers Simon. Où est-il ?

Elle jeta un coup d'œil autour d'elle.

Il inclina la tête sur le côté et en arrière, vers la pièce qu'ils venaient de traverser.

— Dans la salle de jeu pour aider à la mise en place, ce qui était très fortuit, à mon avis.

— Oui, son arrivée dans le salon aurait pu provoquer une scène, confirma-t-elle, les épaules basses. J'essayais de l'aider. J'ai peur d'avoir aggravé les choses.

Lorsqu'ils atteignirent le hall d'entrée, il pivota et la ramena par le chemin qu'ils venaient d'emprunter.

— Je doute que ce soit possible. Que pourrait-il y avoir de

pire que le fait qu'ils croient que c'est un meurtrier ? C'est déjà ce qu'ils pensent.

— Lady Nixon prétend qu'il y avait un témoin oculaire du crime. Je n'arrive pas à y croire. Il aurait été poursuivi en justice.

Nick l'arrêta et se tourna légèrement vers elle, gardant la main de la jeune femme sur son bras.

— En fait, il y avait un témoin, mais elle a disparu.

Une vague d'appréhension s'empara de la poitrine de Violet.

— C'est ce qu'elles ont dit. Je n'arrive toujours pas à y croire.

— Moi non plus, mais il ne se souvient pas de ce qui s'est passé. Il s'en veut, qu'il l'ait poussée ou non.

— Mais il ne devrait pas. Pas si c'était un accident.

— Cela n'a pas d'importance. Fais-moi confiance.

Puis il se tourna et se remit à marcher, le regard droit devant lui.

Quelque chose dans son ton lui fit comprendre qu'il y avait une foule de logique et de sentiments derrière cette requête. Elle leva les yeux vers lui et lui répondit simplement :

— C'est le cas.

Il lui jeta un regard, et elle lut ce qui ressemblait à une touche de surprise dans ses yeux. Elle ne s'attendait pas à ce qu'il lui rende la pareille : il faudrait qu'elle regagne sa confiance. Si c'était possible.

— Je pense vraiment que Simon fait des progrès, affirma-t-elle alors qu'ils s'approchaient de la salle de jeu. Lady Balcombe a dit qu'il était beau. Et Lady Kingman a beaucoup apprécié qu'il me sauve. Je sens encore une certaine hésitation, mais elles ne le calomnient pas de la même manière que le font Lady Nixon et Mme Law.

Nick s'arrêta une nouvelle fois avant qu'ils n'entrent dans la pièce.

— Mmmh. Nous allons avoir besoin d'un plan pour les convaincre.

Elle retira à contrecœur sa main du bras du gentleman. C'était si bon de le toucher. Familier, et excitant aussi. Son corps avait envie de se laisser aller contre lui, mais elle dissimula sa réaction.

— Quel genre de plan ?

— Je ne suis pas encore sûr. Pour l'instant, je suppose que je vais devoir essayer de les charmer.

Le visage de Nick afficha une expression résolument amère, qui lui rappelait celle qu'il arborait quand il ruminait dans son coin.

Elle rit doucement.

— Fais attention. Ça, c'est le duc Solitaire hautain. À mon avis, tu devrais déterrer le charmant Nicholas Bateman que j'ai rencontré.

Il plissa légèrement les yeux, et elle craignit d'avoir dépassé les bornes. Ils étaient parvenus à une trêve si agréable. Elle détestait l'idée qu'il se remette à la haïr. Ou peut-être qu'il la détestait toujours et qu'il mettait simplement ce sentiment de côté de sorte qu'ils puissent aider son ami.

— Elles s'en ficheront.

— Comment peux-tu en être si sûr ?

Il haussa un sourcil.

— Je suis un duc, solitaire ou non.

Son ton était si drôle, son expression si ironique qu'elle ne put s'empêcher d'éclater de rire. Et elle ne pouvait pas non plus s'empêcher de se dire que c'était *lui*, le Nick qu'elle avait rencontré. Le Nick dont elle avait rêvé. Son cœur s'emballa, menaçant de s'envoler de sa poitrine.

— Les ducs sont magiques ?

— Pour des gens comme Lady Nixon et Mme Law, oui, confirma-t-il en se tournant vers la salle des cartes. Je vais jouer. Tu vas regarder ?

Elle n'arrivait pas à déterminer si sa question était simplement polie, ou s'il voulait qu'elle se joigne à lui. Elle espérait que c'était la seconde solution, et décida qu'elle s'en fichait. Elle allait profiter de sa convivialité aussi longtemps qu'elle le pourrait.

CHAPITRE 6

La matinée s'annonçait nuageuse, mais sans pluie, et le concours de tir à l'arc devait avoir lieu comme prévu. Comme par hasard, ou non, selon le point de vue de chacun, Nick quitta la maison au moment où Lady Nixon et Mme Law se rendaient au champ de tir à l'arc. Bien qu'il eût besoin de leur parler, il estima qu'il n'avait pas de chance, car il allait devoir les escorter tout le long du chemin sans pouvoir se retirer si la conversation devenait intolérable.

Il aurait préféré que ce soit Violet qui quitte la maison à leur place. Il avait apprécié ce temps qu'ils avaient passé ensemble la veille au soir, même si c'était bref. Elle l'avait suivi dans la salle de jeu un moment, puis elle était partie et il ne l'avait plus revue. Il avait particulièrement apprécié de la sauver encore, cette fois d'une scène potentielle dans le salon. Tout comme il avait adoré les regards choqués sur les visages pincés de Lady Nixon et de Mme Law lorsque Violet les avait qualifiées de ridicules. Même si c'était malavisé.

— N'est-ce pas le duc Solitaire ? s'exclama Lady Nixon

alors qu'elles s'engageaient sur le chemin qui menait au champ de tir à l'arc, à une centaine de mètres de là.

Mme Law pinça les lèvres en regardant son amie.

— Tu ne devrais pas l'appeler comme ça en face.

Comme elle le disait assez fort pour qu'il l'entende, Nick sut qu'elle n'y trouvait pas vraiment à redire.

Lady Nixon lui adressa un sourire malicieux.

— Il est au courant de la manière dont tout le monde l'appelle. Et je pense qu'il *aime* ça. En fait, je pense qu'il a cultivé cette image. Il faut faire des efforts pour jeter un tel froid, ajouta-t-elle en coulant un regard complice à Mme Law. Nous devrions le savoir, ma chère.

Au moins, elles étaient honnêtes sur leur comportement, même si elles parlaient de lui comme s'il n'était pas là.

— Vous vous rendez compte que je peux vous entendre, remarqua-t-il.

Mme Law afficha un large sourire.

— Bien sûr, Votre Grâce. Allez-vous nous escorter jusqu'au champ ?

— Avec grand plaisir.

Il offrit un bras à chacune d'elle, et il fit de son mieux pour ne pas grimacer quand elles le touchèrent. Il se sentait un peu souillé de simplement les laisser s'approcher. Il était peut-être froid, mais il ne cherchait pas à insulter qui que ce soit. Il préférait simplement que les gens restent loin de lui. Au contraire, ces vulgaires mégères adoraient être le centre d'attention.

— Nous devons nous montrer honnêtes avec vous, duc, dit Lady Nixon d'un ton vif. Nous n'avons pas pu nous empêcher de remarquer que vous prêtiez attention à Lady Pendleton hier soir. Nous ne prétendons pas connaître vos projets ; toutefois, si vous nous demandiez conseil, et nous approuverions une telle démarche, nous vous encouragerions dans une autre direction.

Nick voulait les rabrouer de la même manière que Violet l'avait fait la nuit précédente, mais cela n'aurait pas servi son objectif.

— J'ai pensé qu'il était préférable que j'escorte Lady Pendleton loin de la situation hier soir.

Elle semblait bouleversée.

— Oh, c'était bien joué de votre part, répondit Mme Law en lui serrant le bras. Elle a de la chance que vous ayez réagi aussi vite.

Lady Nixon tordit le cou pour le regarder.

— Il semble que vous ne puissiez pas vous empêcher de jouer les héros cette semaine. C'est tout à fait charmant.

— Je suis sûr que vous conviendrez que mon bon ami le duc de Romsey a fait de même. Je suis sûr qu'il aurait agi de la même manière hier soir s'il avait été présent dans le salon.

Mme Law plissa le nez.

— Votre amitié avec lui est un peu étrange, n'est-ce pas ?

Ces femmes n'avaient vraiment aucune honte. Ou aucun sens des convenances en matière de conversation. Pensaient-elles pouvoir s'affranchir des règles de la société ?

— Nous sommes amis depuis Oxford. Je ne trouve rien d'étrange à cela. Il s'est montré un soutien fidèle, et je chéris son amitié.

— Je crois que je comprends ce que vous essayez de faire, constata Lady Nixon. Vous devez comprendre que nos réticences à l'égard du duc ne sont pas infondées.

— Personne ne sait ce qui s'est passé lors de cette nuit tragique, et *personne* n'est plus dévasté par cela que Romsey, affirma-t-il avant de ralentir et de prendre soin de leur jeter à chacune son regard le plus glacial. Je vous conseille de laisser cette affaire là où est sa place : dans le passé.

Lady Nixon ricana.

— Même avant cet... incident, il était un affreux débauché.

Nick détestait les ragots, mais il se souvenait de quelques éléments clés, et dans ce cas précis, cela allait s'avérer très utile. Il abaissa ses paupières et lui jeta un regard critique.

— Si ma mémoire est bonne, vous êtes bien placée pour le savoir.

Devant son expression choquée, il réprima un sourire satisfait et se remit en route. Heureusement, ils étaient presque arrivés au terrain.

— Je pense devoir vous rappeler qu'il est duc. Et pas le duc Ravageur, comme vous aimez tant l'appeler. Il mérite votre déférence, si ce n'est votre respect.

Les deux femmes restèrent muettes. *Très bien.*

— Oh, voici Mlle Kingman, annonça Mme Law en arrivant au champ, rompant ce bienheureux silence bien trop tôt, retirant sa main du bras de Nick. Joignez-vous à nous, ma chère. Allez-vous tirer ?

Lady Nixon retira également sa main et s'éloigna de deux pas.

Mlle Kingman, une petite jeune femme aux cheveux noirs et aux yeux énigmatiques, glissa vers eux, ses jupes de laine légère effleurant l'herbe.

— Oui, je suis impatiente.

Mme Law se tourna vers Nick avec un sourire, comme s'il ne venait pas de le morigéner.

— Sa Grâce pourra peut-être vous assister.

Bonté divine ! Il avait négligé de les informer qu'il n'était pas sur le marché du mariage.

— Oh oui, quelle bonne idée ! approuva Lady Nixon.

Elle plissa légèrement les yeux en le regardant.

— Vous devez simplement l'aider.

Tout en lui hurlait de s'excuser et de s'en aller. Et la veille encore, il l'aurait fait. Mais aujourd'hui, il cherchait à aider son ami.

— Ce serait un plaisir pour moi de vous aider à vous entraîner, mademoiselle Kingman. On y va ?

Il fit un geste vers les valets de pied qui préparaient les arcs pour le tir.

Ils avancèrent vers la zone de tir où plusieurs cibles étaient installées à différentes distances. Certaines étaient proches, à moins de cinq mètres. D'autres étaient plus loin, à presque huit mètres. Deux d'entre elles étaient placées à une grande distance d'environ soixante-cinq mètres.

— Quelle cible allez-vous viser ? demanda-t-il.

Mlle Kingman était très jeune. Il lui aurait donné une vingtaine d'années.

— Je n'ai tiré que quelques fois, alors je vais commencer par la plus proche. Elle prit un arc que lui tendait l'un des valets de pied.

— Vous avez déjà tiré ? l'interrogea Nick tout en regardant autour de lui.

D'autres personnes étaient déjà en train de viser, mais pas Violet. Simon n'était pas là non plus.

— Oui, mais cela fait quelques années.

Elle prit position devant l'une des cibles les plus proches et leva l'arc. Prenant une profonde inspiration, elle tira la corde et laissa voler la flèche, qui tomba au sol à une soixantaine de centimètres de la cible. Elle rit nerveusement.

— Eh bien, c'était médiocre !

— En fait, pas vraiment. Vous voulez un conseil ?

Elle se tourna vers lui.

— Oui, s'il vous plaît.

— Ne tenez pas l'arc si fermement. Détendez votre main sur l'arc avant de relâcher. Vous pourriez également envisager d'élargir un peu votre posture.

Le valet de pied lui tendit une nouvelle flèche, et elle prit son temps avant de tirer la corde. Elle fit comme il lui avait dit et relâcha sa prise juste avant de laisser la flèche s'envoler. Elle atteignit la cible, mais ne s'y ficha pas.

Elle se tourna vers lui, les yeux brillants et les lèvres entrouvertes.

— Elle a failli se planter.

— Vous vous êtes très bien débrouillée.

Elle rougit légèrement.

— Vous êtes très gentil de m'aider.

— Comme je l'ai déjà dit, c'est un plaisir.

Juste à ce moment-là, il aperçut Simon qui arrivait, Violet à son bras. Une pointe d'irritation parcourut son échine.

— Dois-je essayer encore une fois ? s'enquit Mlle Kingman.

Nick détourna son regard de son meilleur ami et de son ancienne maîtresse.

— Certainement.

Il résista à l'envie de tourner la tête et se concentra pour aider la jeune femme.

Elle fit bien mieux cette fois, et sa flèche atteignit la cible, quoique sur le bord extérieur.

— J'ai réussi ! s'exclama-t-elle.

— Après quelques tirs de plus, vous serez sans doute prête pour la prochaine distance.

Son expression s'assombrit, et il remarqua que son regard se portait au-delà de son épaule. Il se retourna pour regarder, et vit le père de la jeune femme qui les observait. Le baronnet sourit et leur fit un signe de la main.

Mlle Kingman toucha la manche de Nick pour attirer son attention.

— Merci encore, dit-elle avec un regard doux et sincère. J'apprécie que vous passiez du temps avec moi. Mais ne vous sentez pas obligé de rester.

Essayait-elle d'insinuer qu'il devait partir ? Son comportement reflétait un certain malaise, même si elle l'avait touché. Il aurait pu croire que c'était un geste de séduction, mais il n'était pas certain que ce soit intentionnel.

Dans tous les cas, il avait envie de partir. Il n'avait jamais passé autant de temps à parler à des gens qu'il connaissait à peine : d'abord Lady Nixon et Mme Law, puis Mlle Kingman.

— Je vais vous laisser, alors. Je garderai un œil sur vous au cas où vous auriez besoin de mon aide.

Apparemment, il n'avait pas oublié comment être poli. Ce fut un soulagement surprenant.

— Merci.

Mlle Kingman se tourna vers le valet de pied pour avoir une autre flèche, et Nick prit congé.

Il jeta un œil vers Simon, mais ne trouva pas Violet à ses côtés. Un rapide coup d'œil sur le champ lui permit de la trouver debout avec leur hôtesse, la tête inclinée, en pleine conversation.

Nick avança vers Simon, qui le rattrapa plus qu'à mi-chemin et donna le ton en lui adressant un sourire narquois.

— Pour l'amour du ciel, le duc Solitaire serait-il en train de *socialiser* ?

Fronçant les sourcils, Nick grogna en réponse.

— Voilà l'ami bourru que je connais ! dit Simon dont le sourire ne faiblissait pas. Tu semblais amical avec Mlle Kingman. Y a-t-il une chance que tu aies changé d'avis quant à la recherche d'une épouse ?

— Je l'aidais à tirer. Ou peut-être étais-je en train de mesurer son intérêt pour toi. C'est toi qui veux te remarier.

Les yeux de Simon s'arrondirent brièvement.

— Grand Dieu, non ! Elle est bien trop jeune. Je préfére-rais une femme d'expérience. Peut-être une veuve.

Le regard de Nick s'égara vers Violet. Elle était veuve. Il était hors de question qu'il oriente Simon dans *cette* direction.

— Tu ne devrais pas écarter une femme parce qu'elle est

jeune. Tu pourrais être surpris. Je crois que les autres femmes célibataires présentes sont un peu plus âgées.

— Peut-être un peu, dit Simon en fixant Nick. Doux Jésus, tu essaies de jouer les entremetteurs.

— N'aie pas l'air si surpris, bon sang ! Tu as dit que tu voulais te remarier.

— Oui, mais rien ne m'oblige à la trouver ici.

Il plissa légèrement les yeux, et tourna la tête. Vers Violet.

— Lady Pendleton est plus âgée. Et elle est veuve. Et plutôt séduisante, insista-t-il en se tournant vers Nick avec une expression éhontée. Est-ce que cela te dérangerait, étant donné votre passé commun ?

Bon sang, oui, cela le dérangerait ! Nick avait souffert de l'imaginer avec son fichu mari vicomte. Mais un ami ?

Elle est ton passé, pas ton futur.

Comme toujours, il gardait ses émotions aussi cachées que possible.

— Je ne sais pas. Cela pourrait être… bizarre.

Quel foutu euphémisme ! La voir ici à cette fête l'avait secoué. Pour la première fois depuis des années, il interagissait avec les gens, et il avait des *sentiments*. Plus tôt il pourrait s'éloigner d'elle, mieux ce serait. Si elle épousait Simon – bon sang, cette pensée lui transperçait les entrailles comme un coup de poignard –, elle ferait partie de sa vie pour toujours. Il ne se croyait pas capable d'endurer cela.

— Eh bien, bizarre, ce n'est pas trop horrible, déclara Simon d'un ton affable.

Essayait-il de se montrer provocateur ? Nick réprima une nouvelle grimace et figea ses traits en un masque dur.

— Vas-tu tirer pour le concours ?

— Oui. Tu peux me battre à la pêche, mais je suis meilleur que toi au tir à l'arc.

Nick posa une nouvelle fois les yeux sur Violet. Cette fois, elle le regardait droit dans les yeux. Elle sourit, et il détourna rapidement la tête. Vicieusement. Il était agité quand il regarda Simon.

— Ce ne sera pas le cas, répondit doucement Nick en réponse à son défi. Prépare-toi à perdre.

∼

*L*e concours de tir à l'arc débuta avec les femmes, pour qui les distances aux cibles étaient légèrement plus courtes que celles des hommes. Violet tirait contre Mlle Kingman, Lady Lavinia, Hannah, et Lady Adair, la seule femme de plus de trente ans qui participait.

Elles tirèrent à la courte paille pour l'ordre de passage, et Violet, en tirant la plus courte, fut la dernière. Au premier tour, elles visèrent toutes les cibles les plus proches. Tout le monde atteignit son but et passa au tour suivant à l'exception d'Hannah qui éclata de rire et se pencha vers Violet.

— De toute façon, tu vas gagner.

Violet en était moins sûre : Mlle Kingman faisait preuve d'une certaine habileté, en dépit de son statut de débutante. Et Lady Adair avait tiré assez près du centre de la cible. Il restait à déterminer si c'était un coup de chance ou si elle était un archer accompli.

Elle tira la première au second tour, quand elles passèrent à la cible suivante qui se trouvait plus loin. Sa flèche atterrit moins près du centre cette fois. La suivante était Lady Lavinia, dont la flèche se planta pendant un bref instant, sans force, dans le bas de la cible, avant de tomber au sol. Un murmure audible refléta la déception des spectateurs. Lady Lavinia sourit et haussa les épaules en remettant son arc au valet de pied.

Mlle Kingman prit sa place sur le pas de tir, marqué d'un large ruban rouge maintenu par deux pierres à chaque bout, et leva son arc. Prenant une grande respiration, elle se concentra intensément, plissant le front. Violet avait envie de lui dire de tenir la corde plus loin le long de ses doigts. La jeune femme laissa voler sa flèche, qui atterrit largement dans la cible, à une meilleure place que celle de Lady Adair. Son exploit fut chaleureusement applaudi.

Un valet de pied tendit à Violet un arc et une flèche. Elle passa devant Mlle Kingman avec un sourire.

— Bien joué.

— Bonne chance, lui répondit la jeune femme.

Prenant sa position, Violet scruta la cible pendant un moment. Elle essaya de ne pas trop réfléchir, mais de simplement ressentir. C'était ainsi que l'oncle Bertrand lui avait appris. Elle souleva l'arc et tira sur la corde, soufflant en laissant partir la flèche, qui atterrit juste à côté de celle de Mlle Kingman.

Violet ressentit une bouffée de satisfaction devant les applaudissements et les acclamations qui l'accueillirent lorsqu'elle se détourna de la cible. Elle chercha Nick et le vit qui se tenait en périphérie des autres. Il applaudit, mais seulement brièvement. Ses traits étaient aussi stoïques qu'ils l'étaient avant le début du concours. Il ressemblait au Nick de deux jours plus tôt, et non à l'homme avec qui elle avait passé du temps la veille au soir. Cette courte promenade l'avait remplie de bonheur… et d'espoir.

— Dernière cible ! annonça Irving d'une voix forte. Celle qui s'approche le plus du centre gagnera !

Lady Adair fit une révérence aux invités avant de prendre son arc et de se diriger vers la ligne de tir. Elle leva son arc et observa la cible pendant une longue minute. Puis elle tira l'arc et relâcha la flèche. Elle n'atteignit pas la cible située à une cinquantaine de mètres.

Elle se retourna avec un petit sourire, et fit une nouvelle révérence avant de rendre l'arc au valet de pied.

Mlle Kingman était la suivante. Alors qu'elle passait devant Violet, celle-ci se pencha vers elle et lui murmura :

— Essayez de tenir la corde plus loin, derrière vos articulations plutôt que près du bout de vos doigts. Ce sera beaucoup plus confortable, et cela vous aidera à viser.

Avec un regard surpris, Mlle Kingman hocha la tête.

— Merci.

Elle fit la révérence aux invités et prit son arc avant de rejoindre la ligne de tir, où elle mit encore plus de temps que Lady Adair à se préparer. Elle leva son arc une première fois, le baissa aussitôt et changea de position. La seconde fois, elle hésita, mais après avoir plissé les yeux, elle relâcha son tir, suivant le conseil de Violet. La flèche atterrit dangereusement près du cœur de la cible.

Mlle Kingman tourna la tête vers Violet, les yeux écarquillés par le choc et les lèvres recourbées en un sourire.

— Merci ! mima-t-elle.

Violet fléchit les mains, prise d'appréhension. Elle n'aurait peut-être pas dû aider Mlle Kingman. Alors qu'elles se croisaient, Violet dit à la jeune femme :

— *Très* bien joué.

Mlle Kingman cligna des yeux, agitant ses cils sombres.

— Je suis plutôt choquée. Ce ne sera pas juste si je gagne. Vous m'avez aidée.

— Je vous ai donné un conseil. Mais ce tir, c'était le vôtre.

Violet lui jeta un regard encourageant tandis qu'elle se postait à plusieurs mètres à sa droite.

Elle fit à son tour la révérence aux spectateurs, avant de prendre son arc et sa flèche et de se tourner vers la ligne. Elle fixa la cible, se disant qu'elle avait déjà tiré plus loin que cela. Mais cela faisait un moment.

Levant son arc, elle prit une profonde inspiration, et imagina la flèche frappant le cœur de la cible. Une brise fit voleter les liens de son chapeau, et elle regretta un peu trop tard de ne pas l'avoir retiré. Avec une prise ferme, mais détendue, elle tira la corde et laissa voler sa flèche.

Qui atterrit au beau milieu de la cible. Elle avait gagné.

Tout le monde applaudit lorsque Violet se retourna. Elle leur offrit à tous une révérence plus profonde, et sa bouche se fendit d'un immense sourire incontrôlable. Elle ne put s'empêcher de regarder Nick, mais la foule s'était déplacée et elle ne le voyait pas très bien.

— Lady Pendleton a gagné un privilège qu'elle pourra réclamer au cours du reste de la fête, annonça Irving à voix haute. Bien joué, Lady Pendleton !

Tout le monde applaudit à nouveau, et Violet fit une autre révérence. Hannah se précipita vers elle pour la serrer rapidement dans ses bras.

— Je suis très fière de toi ! Je dois superviser le tour de ces messieurs. Et elle repartit aussitôt.

Les cibles furent ajustées, et les hommes en compétition se rassemblèrent près de la ligne. Le choix était vaste et incluait Simon et Nick, ainsi que tous les autres célibataires présents, Sir Barnard, Lord Adair, Lord Colton, et bien sûr, Irving Linford. Apparemment, Lord Balcombe avait des problèmes avec son épaule et n'était pas en mesure de participer.

Après avoir tiré à la courte paille, M. Seaver commença. Tout le monde passa le premier tour en touchant la cible. La flèche de Simon était la plus proche du centre, et Violet fut ravie de voir qu'on le célébrait pour cela. Elle espérait qu'il gagnerait, car elle se disait que cela ne ferait que servir leur cause pour réhabiliter sa réputation.

Mais la malchance frappa au deuxième tour lorsque sa flèche atterrit dans le cercle extérieur de la cible. Les trois hommes dont les flèches étaient les plus éloignées étaient éliminés.

Il secoua la tête et vint se placer à côté de Violet.

— C'est la faute du vent. Il s'est accentué après votre tir.

Il avait raison : les rubans de son chapeau volaient librement à présent. Elle jeta un coup d'œil au ciel et vit que des nuages plus sombres s'étaient amoncelés.

— Je crois que nos plans de cet après-midi pour les jeux de boules pourraient tomber à l'eau.

Lui aussi leva les yeux vers le ciel.

— Malheureusement, oui. Nous allons devoir trouver des divertissements à l'intérieur.

En fait, l'esprit de Violet s'y attelait déjà. Elle avait un privilège à réclamer, et elle savait précisément ce qu'elle voulait. Il lui fallait juste rassembler les plus jeunes cet après-midi.

Nick, qui passait en avant-dernier, attendait son tour. Il regardait droit devant lui, les traits impassibles.

— Nick semble être redevenu lui-même aujourd'hui, constata tranquillement Violet. Il s'est passé quelque chose ou je me trompe ?

— Je n'en suis pas certain, répondit Simon en fronçant légèrement les sourcils. Il est venu sur le terrain en compagnie de Lady Nixon et Mme Law, puis a passé du temps à aider Mlle Kingman à tirer.

Il se tut pendant que Lord Adair tirait. Puis il pivota vers la jeune femme.

— C'est peut-être simplement épuisant pour lui. Il n'a pas eu besoin de se montrer social depuis des lustres.

Oui, c'était bien possible. Surtout qu'il avait dû subir la compagnie de Lady Nixon et de Mme Law. Elles illustraient parfaitement l'adjectif « épuisantes ».

— Pourquoi vit-il aussi reclus ?

— Il a vécu un grand deuil, et je crois qu'il a oublié d'en sortir.

Un deuil. Violet songea à son frère, mais elle se souvint ensuite qu'il était également veuf.

— À cause de sa femme ?

Simon hocha la tête avec un air sinistre.

— Et de son fils.

Oh mon Dieu, il avait eu un fils ?

— Je ne savais pas.

— Cela ne me surprend pas. Ce n'est pas à moi de raconter cette histoire, mais perdre Jacinda en couches, puis Elias si peu de temps après l'a dévasté.

Il avait la voix tendue, le visage blême.

— C'est douloureux pour toi aussi, constata-t-elle doucement ; elle avait envie de le réconforter. Tu es vraiment un bon ami.

— Nous avons tous des douleurs, n'est-ce pas ?

Certes, mais quelques personnes vivaient des tragédies incroyables. Et elle commençait à comprendre comment Nick avait pu devenir le duc Solitaire. Elle se rendit compte que Simon avait vécu une calamité semblable. Pas étonnant qu'il parle de Nick avec tant de compassion. C'était peut-être pour cela qu'ils étaient des amis si proches. Elle était heureuse qu'ils puissent compter l'un sur l'autre.

— C'est vrai, confirma-t-elle.

— Quelle est la tienne ? l'interrogea Simon.

Surprise par la question, elle se concentra sur le concours pendant un moment. Lord Colton tira, et elle applaudit avec les autres. Nick était le suivant. Elle ne répondit pas pendant qu'elle le regardait prendre sa position.

Il avait une posture parfaite, et les muscles de ses longues jambes étaient visibles sous la coupe de son pantalon. Il souleva l'arc, et sa veste se plaqua sur ses épaules, témoignant qu'il était parfaitement constitué de la tête aux pieds. Mais elle le savait déjà. Elle se souvenait de ce qu'elle ressentait lorsqu'elle le touchait, si doux, chaud et dur.

La tête droite, la prise lâche, il tira la flèche en arrière, et elle se dirigea droit vers le cœur de la cible. Tout comme

Cupidon, qui avait jeté son dévolu sur elle huit ans plus tôt. Sa flèche avait visé juste, et elle était totalement tombée.

— C'est lui, dit Simon d'un ton doux. Ta douleur.

Elle tourna légèrement la tête, mais ne put le regarder alors qu'elle répondait.

— Oui.

Comme Nick, elle s'était fermée après avoir épousé Clifford. Elle avait vécu une sorte de deuil, car elle avait dû tuer le seul amour qu'elle avait jamais connu.

Les trois gentlemen dont les flèches avaient atterri le plus près passèrent à la dernière cible. Ce qui incluait M. Seaver, Sir Barnard, et Nick. Elle les observa en silence au côté de Simon, tandis que M. Seaver tirait le premier. Sa flèche se planta assez près du centre, puis Sir Barnard toucha le cœur de la cible. Les spectateurs applaudirent et retinrent leur souffle quand Nick prit place sur la ligne de tir.

— Comment pourrait-il gagner ? demanda Violet, retenant sa respiration.

— Regarde.

Elle entendit le sourire chaleureux de Simon dans sa voix.

Elle lui obéit, et fut à la fois choquée et émerveillée quand la flèche de Nick fendit celle de Sir Barnard en deux. Elle haleta.

— Je crois que nous sommes à égalité, déclara Irving.

Lord Colton secoua la tête.

— Le duc devrait être déclaré vainqueur. Son habileté exceptionnelle à fendre la flèche devrait assurément les départager.

Alors que les spectateurs échangeaient des mots avec leurs voisins, Simon hocha la tête.

— Je suis d'accord avec cela.

Violet l'était également.

Et apparemment, c'était le cas de la majorité, car plusieurs personnes exprimèrent leur soutien à haute voix.

Irving jeta un coup d'œil à Sir Barnard, qui grimaça avant de lui adresser un subtil signe de tête qui indiquait apparemment qu'il renonçait à une victoire conjointe. Scrutant la foule avec un large sourire, jusqu'à poser son regard sur Nick, Irving clama :

— Il semble que le duc de Kilve soit victorieux !

Il y eut des cris et des applaudissements. M. Seaver serra la main de Nick avec un immense sourire. Sir Barnard vint à son tour lui serrer la main, mais il semblait bien moins enthousiaste.

— On ne peut pas en vouloir à Sir Barnard d'être déçu. C'était un tir rare.

— Que Nick a déjà exécuté, apparemment, répondit Violet en se tournant vers Simon. Tu t'y attendais.

Simon acquiesça.

— Nick est fabuleux avec un arc. Nous nous rendons à mon pavillon de chasse après la partie de campagne. Tu ne sais pas ce qu'est le talent tant que tu ne l'as pas vu abattre un cerf d'une seule flèche entre les deux yeux. Rapide et sans douleur. Allons le féliciter, d'accord ?

Avant qu'elle ne puisse protester, car elle ne se sentait pas à l'aise avec son comportement d'aujourd'hui, Simon l'entraîna avec lui. Il fallut un moment pour que la foule autour de Nick se dissipe suffisamment pour qu'ils puissent avancer.

— Bien joué ! s'exclama Simon en lui tapant sur l'épaule.

— Merci.

Nick ne donnait pas l'impression d'avoir remporté un concours de tir à l'arc très serré grâce à un tir spectaculaire.

Elle le regarda timidement, se méfiant de la froideur de son expression.

— C'était incroyable.

— Félicitations pour ta victoire, répondit-il sans grande conviction.

Il le disait par pure courtoisie, pas pour exprimer qu'il était sincèrement heureux pour elle.

Le ventre de Violet se noua. Elle avait été idiote de croire qu'ils pourraient revenir à ce qu'ils avaient été. Mais n'étaient-ils pas sur la même longueur d'onde quand il s'agissait de Simon ? Elle avait un plan pour plus tard, et elle espérait que Nick se joindrait à elle pour l'exécuter. Tant que Simon était à ses côtés, elle ne pouvait pas en parler, et elle n'en avait pas envie non plus. Pas quand Nick semblait si glacial.

Irving s'avança alors vers eux, et saisit le biceps de Nick.

— C'est l'heure du déjeuner de la victoire ! C'était un tir brillant. Comment faites-vous cela ?

Irving entraîna Nick avec lui, et Simon commença à les suivre, offrant son bras à Violet.

— Tu viens ?

Elle vit Hannah à quelques mètres de là, qui parlait aux valets de pied.

— Je te rejoins vite. Je vais aider Hannah.

Elle se retourna et rejoignit son amie, pour s'accorder quelques minutes pour réfléchir.

Le regard d'Hannah reflétait sa surprise quand elle vit Violet.

— Tu ne vas pas à la maison ?

— Avec toi. Je peux t'aider ?

— Non, je donne juste les consignes pour le nettoyage. Ils vont s'en occuper, répondit-elle avec un sourire à l'intention des valets de pied, avant de prendre le bras de Violet. Allons-y.

Elles se placèrent à l'arrière du groupe qui se dirigeait vers la maison.

— Quel divertissement passionnant ! s'exclama Hannah, visiblement ravie. Lady Nixon a dit que c'était le concours de tir à l'arc le plus excitant qu'elle ait jamais vu. Tout le monde est en émoi devant le dernier tir de Sa Grâce.

Violet aurait voulu que ce soit Simon. Non seulement cela l'aurait aidé, mais elle était certaine que Simon en aurait été sincèrement heureux. Nick lui avait paru aussi distant qu'à son habitude. Mais maintenant, elle savait pourquoi, du moins en partie. Il avait perdu son frère, sa femme, son enfant. N'importe qui aurait le sentiment de n'être qu'une coquille vide après cela. Et même gagner un concours de tir à l'arc de manière spectaculaire ne suffirait pas à lui remonter le moral. Qu'est-ce qui le pourrait ?

— Il ne semblait pas particulièrement content, remarqua Violet.

Hannah agita la main.

— Oh, je me suis rendu compte que c'est simplement sa manière d'être. Cela pousse à se demander ce qui a pu arriver dans son passé pour provoquer cela.

— Moi.

Hannah faillit trébucher, mais se rattrapa. Elle tourna la tête vers Violet.

— Pardon ?

— Pas *seulement* moi, mais je n'ai pas aidé. Il a vécu de grandes tragédies.

Elle ne voulait pas en dire plus, du moins pas au sujet de choses qui ne la concernaient pas.

— Qu'est-ce que tu veux dire ? Es-tu en train de me dire que tu le connais ?

Violet hocha la tête.

— Nous nous sommes rencontrés en septembre, avant que toi et moi ne fassions connaissance.

— Tu ne m'as jamais dit que tu avais rencontré un duc ! Nous étions si nerveuses au cours de notre première saison, même si tu étais vicomtesse.

— Il n'était pas duc à l'époque.

Hannah l'observa pendant qu'elles cheminaient, le bras tranquillement passé dans celui de son amie.

— Tu crois être la raison de sa manière d'être ? Vous vous connaissiez bien ?

Violet ralentit le pas jusqu'à se retrouver à bonne distance du groupe qui les précédait.

— Comme tu le sais, mes parents m'ont envoyée à Bath pour préparer ma première saison. Je suis restée chez ma tante et mon oncle.

Durant toute son enfance, elle avait passé les étés avec eux. Comme ils n'avaient pas d'enfants, ils s'occupaient de Violet et son frère.

— J'ai rencontré Nick à l'hôtel Sydney. Il était alors M. Nicholas Bateman. Il était tellement beau et spirituel… J'ai été immédiatement séduite.

Et lui aussi l'avait été.

— Pendant une quinzaine de jours, nous nous sommes arrangés pour nous voir autant que possible.

— Vous étiez amoureux, dit doucement Hannah, la voix teintée d'admiration.

— Éperdument. Il m'a demandé de l'épouser.

Hannah hoqueta.

— Que s'est-il passé ?

— Mes parents sont arrivés, et quand je leur ai annoncé que j'étais tombée amoureuse de Nick, ils m'ont immédiatement emmenée. Un simple gentleman n'était pas assez bien, pas alors que j'étais assez jolie et fortunée pour décrocher un titre. En fait, ils avaient déjà quelqu'un d'intéressé.

— Clifford ?

Violet hocha la tête.

— Plutôt que d'attendre le printemps suivant, mon père a arrangé l'union, et nous étions mariés un mois plus tard.

— Tu n'as jamais revu Nick ?

— Non.

Violet sentit son estomac se serrer, et la nausée l'envahir. C'était arrivé déjà tant de fois au cours des années précédentes.

— Nous avions prévu de nous retrouver ce soir-là. Il y avait une fête dans le parc. Nous avions discuté de l'arrivée imminente de mes parents, et je l'avais averti qu'ils ne seraient peut-être pas favorables à notre mariage. Il m'a assuré qu'il les convaincrait. Je n'avais pas le moindre doute à ce sujet, il était si charmant.

Pendant un instant, Violet se souvint de lui tel qu'il avait été : joyeux et plein d'espoir pour l'avenir. Le duc qu'elle avait rencontré cette semaine était un étranger, l'ombre de ce jeune homme. Oh, comme elle aurait aimé pouvoir revenir en arrière et faire ce qu'il lui avait proposé.

— Il avait plaisanté en disant que s'il échouait, nous pouvions toujours nous enfuir. Nous aurions dû le faire.

— Oh, Violet ! s'exclama Hannah en serrant la main de son amie. Je sais que ton mariage n'était pas heureux, et d'ailleurs, comment aurait-il pu l'être alors que tu étais mariée à un tel coureur de jupons ? Mais avoir aimé et perdu cet amour… J'aurais aimé savoir.

Elle secoua la tête et retira sa main de celle de Violet pour passer un doigt sous son œil.

— J'ai promis à mes parents de ne jamais en parler.

De plus, Clifford le lui avait interdit. Après leur nuit de noces, quand il avait découvert qu'elle n'était pas vierge, il était devenu totalement furieux. C'était la seule fois où il avait porté la main sur elle avec colère, la poussant si fort qu'elle était tombée contre l'armoire. Cela lui avait valu une énorme bosse et une journée de vertiges et de maux de tête violents. Et cela avait créé un précédent pour la noirceur de leur mariage. Il ne l'avait plus touchée jusqu'à ce qu'il ait été certain qu'elle ne portait pas le bâtard de Nick. Puis il s'était servi d'elle comme d'une reproductrice sans ménagement ni considération. Quand elle avait échoué à lui donner un héritier, il avait décidé qu'elle ne valait rien. Mais cela signifiait aussi, heureusement, qu'il l'avait laissée tranquille la dernière année avant de tomber malade et de mourir.

Elle détestait le fait que se souvenir de Clifford lui donnait envie de s'arracher la peau.

— C'était aussi plus facile de bannir le passé. Pendant longtemps, j'ai fait comme si Nick n'avait été qu'un rêve. Je pense que j'avais fini par m'en convaincre, jusqu'à ce que je le revoie ici.

— Je n'en savais rien. Jamais je ne l'aurais invité si j'avais su que cela te causerait de la peine.

— Ce n'est pas le cas.

Au contraire, elle était ravie de pouvoir se souvenir qu'il était réel. Mais elle était presque certaine qu'il ressentait le contraire.

— Je ne suis pas certaine qu'il serait venu s'il avait su que j'étais ici. Il me détestait, et à juste titre, pour l'avoir abandonné sans un mot.

Elle ne précisa pas qu'elle avait écrit une lettre. Comme il n'avait pas reçu son explication, c'était comme si elle ne l'avait jamais écrite.

— Tu l'aimes encore.

— Je l'aimerai toujours.

— Lui as-tu dit ?

Elles étaient presque arrivées à la maison. Violet s'arrêta et se tourna vers Hannah.

— Non, et tu ne dois pas le lui dire non plus. Personne ne doit savoir. C'est un passé lointain.

— Absolument pas. Pas alors que tu l'aimes aujourd'hui et qu'il est présent.

Et il ne voulait pas non plus avoir affaire à elle, si ce n'était pour aider Simon. En supposant qu'il veuille toujours le faire. Après son comportement d'aujourd'hui, elle n'en était plus si sûre.

— Promets-moi que tu vas laisser tomber. Je vais bien. Je suis en paix avec mon amour pour lui.

Hannah fronça les sourcils.

— Je pense que tu commets une erreur. Le destin vous a réunis.

Violet éclata d'un rire un peu creux.

— C'est *toi* qui nous as réunis.

— Je suis ravie de donner un coup de pouce au destin, répondit Hannah avec un sourire. Je veux juste que tu sois heureuse, Violet. Tu le mérites plus que tous ceux que je connais.

— Je suis heureuse, lui assura son amie.

Elle se tourna vers la maison, prête à mettre derrière elle cette conversation et tous les souvenirs pénibles qu'elle avait fait surgir.

Ce que j'aimerais faire, c'est veiller à ce que Nick soit heureux aussi. Et je suis pratiquement certaine que je ne suis pas concernée.

CHAPITRE 7

ick endura le déjeuner de la victoire, et chaque fois que son attention dérivait vers Violet, il se reprenait et buvait un peu de vin. En conséquence, il se sentait bien plus détendu et agréable qu'il ne l'avait été au champ de tir à l'arc.

Ce qui ne voulait pas dire qu'il avait oublié pourquoi son humeur s'était dégradée. Pour lui, la faute en incombait au temps qu'il avait passé avec les toxiques Lady Nixon et Mme Law. Mais il ne pouvait ignorer le rôle qu'avait joué Violet. Ou plutôt, sa manière de réagir face à elle.

Simon était assis près de la jeune femme, ce qui n'arrangeait pas son humeur. Son ami ne pouvait pas avoir d'intérêt romantique pour elle, si ? Si c'était le cas, Nick pourrait avoir son mot à dire. Il ne supportait pas de les voir ensemble.

Mais si cela les rendait heureux ? Voudrait-il y mettre un terme ?

Il tendit la main pour boire encore un peu de vin, et constata, déçu, que son verre était vide. Heureusement, le déjeuner était presque terminé.

Ensuite, les invités se disperseraient, et Nick se retirerait dans sa chambre. Peut-être y resterait-il jusqu'au dîner aussi.

Quand ils se levèrent, son hôtesse, assise à sa gauche, se pencha vers lui.

— Les plus jeunes se réunissent dans la salle de bal pour faire des jeux cet après-midi. Vous *devez* y assister.

Mme Linford lui jeta un regard implorant.

Il avait envie de lui dire qu'il ne *devait* pas faire quoi que ce soit dont il n'avait pas envie, mais elle semblait si enthousiaste, si impatiente, que les mots moururent sur sa langue. Quand avait-il commencé à se soucier d'offenser les autres ?

Au lieu de cela, il la défia.

— Pourquoi ?

Surprise par sa question, elle recula légèrement, clignant des yeux.

— Parce que… ce sera incroyablement divertissant. Et vous avez gagné un privilège au concours. Ce sera l'occasion pour vous de le réclamer, dit-elle avec un grand sourire. Vous voyez ? Vous *devez* venir.

Tous les autres participants avaient quitté la salle à manger, le laissant seul avec Mme Linford. Remarquant peut-être son indécision, elle inclina la tête sur le côté.

— Comme vous devez le savoir, je suis une amie très proche de Violet. Elle aussi a gagné un privilège ce matin, et c'était son idée d'organiser ces jeux, puisque nous ne pouvons pas aller dehors pour jouer aux boules.

La pluie avait débuté juste après le concours de tir à l'arc et ne s'était pas calmée.

— Cela signifierait beaucoup pour moi si vous pouviez soutenir sa démarche. Elle a eu tellement de malheurs, vous voyez, ajouta-t-elle, avant de plaquer une main sur sa bouche, écarquillant légèrement les yeux. Pardonnez-moi. Je n'aurais pas dû dire ça.

La curiosité prit le pas sur sa résolution. Il fallait qu'il monte dans sa chambre comme il l'avait prévu, mais soudain, il ne pouvait plus bouger.

— Quel genre de malheurs ?

— Je ne devrais rien dire, dit-elle avec un geste de la main.

Mais elle baissa la voix, comme une conspiratrice.

— Vous garderez cela entre nous ?

Le voyant hocher la tête, elle poursuivit.

— Elle a eu un mariage plutôt malheureux, a perdu plusieurs enfants qu'elle n'a pas pu mener à terme, et des fêtes comme celle-ci apportent un peu de joie dans sa vie solitaire.

Elle était solitaire ?

Quelle question stupide ! Elle était seule. Sauf que cela ne signifiait pas qu'elle était solitaire. *Lui* ne le ressentait pas ainsi.

Sa solitude n'était qu'une partie du problème. Le plus inquiétant, c'était ce qu'elle avait enduré. Lorsqu'elle avait quitté Bath sans un mot, il était allé voir sa tante et son oncle, qui lui avaient appris qu'elle était partie. Il avait demandé son adresse, mais la tante de Violet lui avait dit de l'oublier. Son oncle s'était montré beaucoup plus gentil. Il avait semblé sincèrement désolé d'apprendre à Nick qu'elle devait épouser le vicomte Pendleton. Il avait dépensé beaucoup d'énergie à lui souhaiter malheur et malchance. Apparemment, ses souhaits avaient été exaucés. Bon sang, il était vraiment maudit.

— Je suis désolé d'apprendre ce qu'elle a enduré. J'avais espéré que son mariage était heureux.

C'était un mensonge, mais avec du recul, au vu de ses propres difficultés, il aurait préféré qu'elle trouve le bonheur.

— Comme je vous l'ai dit, je n'aurais pas dû révéler ses secrets. Vous ne direz rien, n'est-ce pas ?

Mme Linford se tordait les mains.

— Je ne dirai rien.

Elle soupira, soulagée, et ses traits s'adoucirent.

— Et vous allez venir dans la salle de bal ?

Apparemment, il le devait.

— Oui.

Elle lui offrit un sourire chaleureux, et ils partirent ensemble.

— La salle de bal est par là. Ce n'est pas vraiment une salle de bal, plutôt une très grande salle de réception. Nous y avons organisé un bal ou deux.

Quand ils arrivèrent, la pièce était déjà occupée par ceux que Mme Linford avait nommés « les plus jeunes ».

— Eh bien, je vous verrai au dîner, alors.

Elle se tourna pour partir.

— Vous ne restez pas ?

— J'aimerais pouvoir le faire, mais il faut que je m'occupe des autres invités. J'ai bien peur que les devoirs d'une hôtesse ne prennent jamais fin.

Avec un petit geste de la main, elle s'en alla dans un tourbillon de jupes vert bouteille.

Nick entra dans la pièce, et la conversation s'arrêta.

— Il était temps ! s'exclama Simon avec une impatience feinte.

Ou du moins, Nick pensait qu'il faisait semblant.

— Dites-nous, Lady Pendleton, qu'avez-vous prévu ?

Violet regarda les personnes rassemblées, et son regard passa rapidement sur Nick.

— Je me suis dit que nous pourrions faire quelques jeux. Nous pouvons commencer par Le Baiser de la nonne.

L'une des jeunes femmes hoqueta et porta la main à sa bouche pour étouffer un gloussement.

— Puisque c'est mon privilège, je vais choisir la nonne et la grille, annonça-t-elle en regardant les autres, front plissé. Lady Lavinia sera la grille, et Mlle Kingman la nonne.

À présent, elle regardait Nick droit dans les yeux.

Bon sang, elle n'allait quand même pas le choisir pour être le pénitent, si ? Cela faisait des lustres qu'il n'avait pas joué à ce jeu, mais il s'en souvenait vaguement. Le pénitent essayait d'embrasser la joue de la nonne à travers la grille, à savoir la main de Lady Lavinia.

— Duc, dit Violet, comme vous avez gagné l'autre privilège, voudriez-vous choisir le pénitent ?

Il y avait une sorte d'impatience dans son regard, et elle semblait vouloir lui dire quelque chose.

Il hésita un moment, l'esprit en ébullition, jusqu'à ce qu'il comprenne enfin ce qu'elle essayait de faire.

— Je choisis Romsey.

Il se tourna vers son ami avec un sourire neutre.

— Évidemment, marmonna Simon, se tournant vers les dames avec une révérence courtoise. Tout le plaisir est pour moi.

Violet tira une chaise au centre de la pièce, et l'un des autres gentlemen, M. Seaver, en plaça une autre à côté. Mlle Kingman s'assit, et Lady Lavinia prit l'autre siège.

Simon s'avança pour se tenir près d'elles.

— On commence ?

Lady Lavinia étala sa main, doigts écartés, contre la joue de Miss Kingman.

— Hélas, ces barreaux cruels, si cruels ! se lamenta Simon, mettant une grande profondeur d'émotion dans la récitation.

Les rires fusèrent, et le duc sourit.

Oh, c'était vraiment brillant de la part de Violet. Nick était heureux d'avoir laissé Mme Linford le convaincre de venir.

Mlle Kingman battit des cils en regardant Romsey.

— Ils ne sont pas si étroits, mais vous pourriez m'accorder un baiser… un baiser d'adieu !

Dès qu'elle prononça les derniers mots, Simon se pencha

et tenta de l'embrasser sur la joue. Lady Lavinia referma les doigts, et ce sont eux qu'il embrassa à la place.

— Voilà pour votre piètre attitude ! s'écria-t-elle en attrapant son oreille qu'elle tira.

— Aïe ! dit Simon en se frottant l'oreille.

Lady Lavinia blêmit.

— Je suis désolée !

Simon déposa un baiser sur la joue de Mlle Kingman.

— Ah ! Je gagne !

Mlle Kingman se renfrogna.

— Absolument pas. Vous êtes censé attendre que je dise « un baiser d'adieu » une nouvelle fois.

Simon regarda les autres autour de lui.

— C'est vrai ?

— J'en ai bien peur, répondit M. Adair, un jeune homme longiligne aux cheveux châtain clair. Je suppose que cela veut dire que vous allez devoir réessayer.

Simon poussa un soupir résigné.

— Encore une fois, alors.

— Je suis vraiment désolée pour votre oreille, lui dit Lady Lavinia.

— Il est possible que j'aie exagéré ma douleur pour gagner.

— Bravo ! cria le troisième gentleman, M. Woodward.

Lady Lavinia plissa les yeux.

— Vous avez triché.

Il avait une étincelle malicieuse au fond des yeux.

— Je me suis servi de mon avantage.

Nick ne put s'empêcher de rire. Tout le monde se tourna pour le regarder, surpris, ce qui lui rappela qu'il riait rarement. Mais ce fut l'attention de Violet qui le percuta. Il y avait une lueur de gratitude dans son regard, et un sourire effleurait sa bouche. Il était captivé.

— Bref, c'était *un peu* douloureux, dit Simon en se redressant.

Mlle Kingman lui fit un signe de tête, mais son petit sourire indiquait qu'elle trouvait la situation aussi amusante que tout le monde.

— Un baiser d'adieu !

Simon plongea dans l'action et tenta de déposer un baiser sur sa joue. Malheureusement, Lady Lavinia le mit à nouveau en échec. Elle répéta « Voilà pour votre piètre attitude ! », mais cette fois, elle toucha à peine son oreille.

Malgré cela, Simon tomba au sol et feignit l'agonie, agrippant sa tête des deux mains en gémissant tout fort. Cela fut accueilli par des rires et des applaudissements.

Cette fois, Lady Lavinia acheva son texte, lui jetant un regard noir.

— Comment osez-vous gaspiller vos baisers sur du fer froid ?

— Sont-ils gaspillés si vous les appréciez ? lui demanda-t-il d'un ton arrogant en roulant sur le côté, avant de se remettre debout.

Les autres gentlemen ricanèrent, y compris Nick.

Lady Lavinia rougit, et Simon observa la scène, les mains sur les hanches.

— Je crois que je dois tenter une stratégie différente, déclara-t-il, s'agenouillant à côté de Mlle Kingman. Y a-t-il une règle contre cela aussi ?

Elle tourna la tête et sursauta, se rendant sans doute compte à quel point il était proche. Trop proche pour la bienséance, mais ces jeux repoussaient les limites de ce qui était acceptable. Raison pour laquelle ils étaient si divertissants.

— Non, répondit Mlle Kingman, redressant sa colonne contre le dossier de la chaise, le regard fixé droit devant elle. Un baiser d'adieu !

Il avait beau être plus proche, Simon échoua une fois encore à poser ses lèvres sur sa joue, embrassant les jointures de Lady Lavinia à la place. Mlle Kingman récita ses paroles une fois encore :

— Un baiser d'adieu !

Simon gémit de frustration.

— Combien de temps dois-je continuer ainsi ?

Mlle Kingman posa un regard hautain sur lui, jouant son rôle à la perfection.

— Jusqu'à ce que vous m'embrassiez.

— Oh, mais je vais vous embrasser, annonça-t-il avec détermination, avant de s'agenouiller à nouveau près d'elle. Encore.

Elle le fixa un moment avant de tourner la tête, droit devant elle.

— Un baiser d'adieu !

Simon bougea rapidement, son corps se courbant devant le sien. Il se pencha vers l'avant, et colla sa bouche contre celle de la jeune femme. Les yeux de Mlle Kingman s'arrondirent, mais ce fut terminé presque aussitôt. Simon bondit sur ses pieds avec un cri de victoire.

— C'était juste, n'est-ce pas ?

Lady Lavinia secoua la tête, mais en riant malgré elle.

— Vous êtes censé l'embrasser sur la joue.

— Cela n'allait jamais fonctionner de cette manière, protesta Simon en jetant un regard sévère à Lady Lavinia, mais le tremblement de ses lèvres trahissait son amusement. Vous êtes une plaie, grille !

Lady Lavinia fit la référence.

— Je pense que cela signifie que je gagne. Puis-je être la nonne, maintenant ? demanda-t-elle en s'adressant à Violet.

— Je n'y vois pas d'objection ? Mademoiselle Colton, voulez-vous être sa grille ?

Simon s'éclaircit la gorge.

— Et je choisis M. Seaver pour être le pénitent, proposa Simon avant de se tourner lui aussi vers Violet. C'est à moi de choisir, n'est-ce pas ?

— Je ne vois pas de raison qui s'y opposerait.

M. Seaver se donna encore plus de mal pour tenter d'embrasser la joue de Lady Lavinia. Après six tentatives, il dit à Mlle Colton qu'elle avait une araignée sur la tête. Elle poussa un cri et se leva d'un bond, lui laissant le champ libre pour embrasser Lady Lavinia.

Tout le monde riait encore quand Mlle Kingman suggéra qu'ils jouent ensuite au Baiser à la capucine.

— Je ne suis pas sûr de me souvenir de celui-ci, dit Simon en s'essuyant les yeux.

Nick était content qu'il l'ait demandé, car lui-même ne s'en souvenait pas non plus.

— Un gentleman et une dame s'agenouillent dos à dos, expliqua Mlle Kingman. Lorsque le crieur dit « tenez-vous prêts », la dame regarde par-dessus son épaule gauche et le gentleman par-dessus son épaule droite. Au mot « présent », il se penche en avant pour l'embrasser sur la joue, et au mot « feu », il essaiera de l'embrasser, mais elle pourra se dérober.

— Comment allons-nous décider des duos ? demanda M. Adair.

Violet s'approcha d'une table.

— J'ai apporté des cartes. Les plus hautes cartes tirées par chaque sexe seront face à face ?

— Ou pas, comme le veut le jeu, plaisanta Simon.

— C'est un excellent plan, répondit Nick, la rejoignant à la table où elle avait pris le jeu de cartes. Veux-tu que je mélange les cartes ?

Elle les lui tendit, et ses doigts effleurèrent la paume du duc. Son toucher le transperça, éveillant des parties de lui qui étaient restées en sommeil depuis bien trop longtemps.

Il mélangea à plusieurs reprises le jeu dans sa main

pendant que Simon et M. Adair déplaçaient les chaises à l'écart. Quand il eut terminé, Nick posa les cartes sur la table.

Violet fit un geste vers elles.

— Si tout le monde veut bien prendre une carte...

Les dames tirèrent les premières. Violet passa en dernier, et son regard croisa celui de Nick alors qu'elle récupérait sa carte. Ses traits ne trahirent pas ce qu'elle avait tiré. C'était vraiment dommage qu'elle n'aime pas jouer aux cartes : elle aurait fait une adversaire formidable.

Les gentlemen passèrent ensuite, et Nick, tout comme Violet, fut le dernier. Un roi, ce qui signifiait qu'il serait sans doute le premier à passer. Il se crispa en attendant que chacun révèle sa carte.

— Je n'irai pas en premier, annonça Seaver. J'ai le deux de trèfle.

Il jeta sa carte sur la table. Tous les autres révélèrent la leur, et les yeux de Nick se portèrent aussitôt sur celle de Violet : une reine. Il faillit éclater de rire, mais vérifia avant si l'une des autres femmes avait une reine aussi. Ce n'était pas le cas, et il n'y avait aucun roi non plus.

— Apparemment, ce sera toi et Lady Pendleton, annonça Simon.

Il y avait un soupçon de quelque chose dans sa voix.

Nick tourna la tête vers son ami, et repéra la lueur d'un sourire dans son regard. Il s'amusait. *Il* était en train de jouer les entremetteurs. Et il avait jeté son dévolu sur Nick et Violet. *Bon sang !*

Nick avait envie d'être en colère, mais son attirance pour Violet était trop forte. Il l'avait ressentie la veille au soir, et encore aujourd'hui lorsque Simon lui avait demandé si cela le perturberait qu'il la courtise. Nick avait réprimé sa réaction : il était jaloux. Étonnamment, follement, désespérément jaloux.

Cette prise de conscience le secoua profondément.

— Qui sera le crieur ? demanda Simon.

— Pourquoi pas M. Seaver puisqu'il a gagné le Baiser de la nonne ? suggéra Adair.

Comme tout le monde était d'accord, Violet et Nick se dirigèrent vers le centre de la pièce.

— Est-ce gênant ? murmura-t-elle.

— Non.

Le pouls de Nick s'emballa. Devait-il l'embrasser, ou échouer ?

Son esprit penchait pour la seconde solution. Et vraiment, c'était pour le mieux. Jalousie mise à part, Violet et lui n'avaient pas d'avenir, pas avec un passé aussi douloureux.

Et pourtant, lorsqu'ils s'agenouillèrent dos à dos, il capta son parfum de rose et une épice terreuse. C'était très féminin, et pourtant légèrement sauvage. Au cours des huit dernières années, il n'avait pas pu sentir une rose sans songer à elle. Son corps réagit, se réchauffant avec elle si proche.

— Préparez-vous, annonça Seaver.

Nick regarda par-dessus son épaule droite et sentit l'air remuer quand elle tourna la tête par-dessus sa gauche.

— Présent.

Nick se pencha près de sa joue. Il sentait sa chaleur, qui faisait picoter sa peau.

— *Feu* !

Il se rapprocha, mais elle se leva d'un bond. Instinctivement, il essaya de l'attraper, son bras s'enroulant autour de sa taille. Il la tira vers le bas. Pour l'empêcher de heurter le sol, il pivota sur le dos et s'étala, la faisant tomber sur lui. Il posa la main sur le côté de son visage et l'embrassa, ses lèvres frôlant celles de la jeune femme pendant un bref, mais délicieux moment.

— La joue, murmura-t-elle, les yeux rivés sur ceux de Nick.

Il se pencha et frôla la chair douce de sa joue avec sa

bouche. Ses lèvres s'attardèrent peut-être une seconde de trop, mais il s'en fichait. Le désir l'envahit, et, pour la première fois depuis des années, il se sentit *vivant*.

— Bien joué ! s'écria Simon en applaudissant.

Les autres se joignirent à lui.

— Devons-nous faire un nouveau tirage ?

Nick fit rouler Violet sur le côté, la retenant avec son bras pour qu'elle ne touche pas complètement le sol. Elle avait toujours les yeux rivés aux siens, et l'intensité de leur profondeur brun-vert attisait sa faim.

Il lui prit les mains et se releva à contrecœur, l'entraînant avec lui. Elle retira ses mains des siennes, mais sans détourner le regard.

— Il n'y a pas besoin de nouveau tirage pour ce tour, déclara Simon en s'approchant d'eux, avant d'ajouter en murmurant à l'oreille de Nick, mais vous devez bouger.

Libéré de son intense stupeur, Nick se déplaça sur le côté de la pièce. Violet le suivit, mais sans trop l'approcher alors que les joueurs suivants, Mlle Colton et M. Woodward, prenaient leur place.

Nick glissa un regard à son profil et se demanda si le baiser l'avait affectée autant que lui. Puis il se demanda pourquoi cela aurait de l'importance. Comme il l'avait constaté plus tôt, ils n'avaient pas d'avenir à cause de leur passé.

Et qu'en est-il du présent ?

Nick avait envie d'ignorer cette voix, alors même que son corps réclamait une libération, qu'il la réclamait, *elle*.

Mais il était maudit. Pour cette raison, il la laisserait en paix.

∾

*A*près le dîner ce soir-là, Violet se rendit au salon avec Hannah. Le dîner s'était déroulé comme d'habitude, la plupart des conversations étant menées par Lady Nixon et Mme Law. Violet avait passé beaucoup trop de temps à regarder Nick et à repenser à son baiser. Encore et encore et encore. Bien que bref, il avait de loin surpassé ses souvenirs d'il y a huit ans.

— Plus que deux jours entiers, dit Hannah alors qu'elles approchaient de la porte du salon. C'est lors de soirées comme celle-ci que je suis heureuse que la partie de campagne ne dure qu'une semaine et non quinze jours. Je suis épuisée.

— Et ta mère est rentrée chez elle cet après-midi ? s'enquit Violet.

La mère d'Hannah, Mme Parker, aimait venir pour une partie de la fête, mais étant donné que les enfants de sa fille séjournaient chez elle près de Bath, elle avait hâte de les retrouver.

— Oui, mais je t'ai ici comme soutien.

Ses yeux s'illuminèrent et elle tira le bras de Violet, la guidant vers le côté de la porte.

— Avant que nous entrions, raconte-moi comment s'est passé cet après-midi. Je n'ai entendu que des bruits de couloir, mais j'ai cru comprendre que c'était très amusant.

Effectivement, c'était mémorable. Après Le Baiser à la capucine, ils avaient organisé plusieurs autres jeux. Mais rien n'avait pu éclipser son baiser avec Nick. En fait, elle avait du mal à se souvenir de tout ce qui s'était passé en dehors de cela.

— C'était assez divertissant, dit-elle.

Hannah lui fit la grimace.

— Quelle description banale ! N'y a-t-il rien d'excitant à partager ? Dis-moi au moins à quoi vous avez joué.

— Rien que des jeux idiots.

Son amie la regarda d'un air sceptique.

— C'est suspect. On dirait que tu me caches quelque chose. Ne m'oblige pas à demander à Lady Nixon et à Mme Law de fureter pour avoir les détails.

Violet leva les yeux au ciel.

— Tu n'oserais pas.

— Non, mais tu es tellement bizarre ! dit-elle avant de se rapprocher, baissant la voix. Quelque chose de scandaleux s'est-il produit ?

— Bien sûr que non. Comme je te l'ai dit, c'étaient des jeux stupides.

Violet ne savait pas pourquoi elle se montrait si secrète : Nick l'avait embrassée à la vue de tous, et ce n'était en fait qu'une question de temps avant que la nouvelle ne se répande. Elle était même un peu surprise que ce ne soit pas déjà le cas. Mais ce moment passé dans le salon après le dîner avec les dames pourrait encore le permettre.

— Le Baiser de la nonne, Le Baiser à la capucine, ce genre de choses, expliqua Violet.

La compréhension et l'intérêt d'Hannah firent apparaître une lueur dans son regard.

— Je vois. Qui a embrassé qui ? D'après ton comporte-ment, je sais que *quelque chose* s'est passé.

— Plusieurs baisers ont été échangés.

Violet espérait que la chaleur qu'elle sentait monter dans ses joues n'était pas visible. Mais elle savait que c'était un vœu pieux.

— Je me suis retrouvée en duo avec Nick, le duc de Kilve, pour le Baiser à la capucine.

— Et il a réussi, termina Hannah pour elle, arborant un large sourire. C'est merveilleux.

Elle se calma aussitôt. Ses yeux prirent une teinte plus sombre.

— C'était merveilleux, n'est-ce pas ?

Plus que merveilleux.

— C'était sur les lèvres.

Les yeux d'Hannah s'arrondirent, et elle plaqua une main sur sa bouche ouverte.

— Eh bien ! *Maintenant*, je comprends ton hésitation. Comment y es-tu parvenue ?

Pensait-elle que Violet en était à l'origine ?

— J'ai bondi sur mes pieds pour lui échapper, et il m'a tirée vers le bas. Nous avons perdu l'équilibre, et je... j'ai atterri sur lui. C'est *lui* qui m'a embrassée, dit-elle avec un regard ironique à l'intention d'Hannah. Si tu te souviens bien, c'est *comme ça* que l'on joue à ce jeu.

— C'est formidable ! dit-elle d'une voix à peine plus forte qu'un murmure. Dois-je organiser une rencontre secrète entre toi et lui ? Je ne sais pas si quelqu'un a déjà fait ça à une de mes fêtes.

Violet tenta de ne pas rire, en vain.

— Bien sûr que oui !

Hannah cligna des yeux.

— Je suppose qu'ils ont été assez habiles, parce que je n'ai rien remarqué ! dit-elle avec un haussement d'épaules et un petit sourire, avant de jeter un coup d'œil au salon, parlant d'un ton résigné. Je suppose que je devrais y aller. Mais si tu as besoin d'aide pour entretenir une liaison, tu n'as qu'à demander.

— Je n'en aurai pas besoin, mais merci.

Hannah lui jeta un regard grivois.

— On ne sait jamais.

Effectivement, on ne savait jamais. Mais elle n'était pas sûre de pouvoir l'imaginer. Elle avait passé tant d'années à se languir de ce qui aurait pu être, que c'était trop pour elle d'imaginer que cela pourrait être à sa portée.

Violet entra dans le salon et fut instantanément invitée à rejoindre les jeunes femmes dans leur petit coin salon.

— Lady Pendleton, nous avions peur que vous ne veniez pas, dit Lady Lavinia.

Violet prit place dans le fauteuil entre Mlle Colton et Lady Lavinia.

— Je pense qu'il est grand temps que vous m'appeliez toutes Violet.

— Alors, vous devez nous appeler Lavinia, Sarah et Diana.

Elle regarda successivement Mlle Colton et Mlle Kingman. Les deux hochèrent la tête pour marquer leur assentiment.

— Ce serait un privilège pour moi, répondit la jeune femme.

Lavinia jeta un coup d'œil derrière elle, en direction des matrones plus âgées qui tenaient leur cour. Le bourdonnement des conversations émanant de ce côté était toujours aussi intense, comme une ruche d'abeilles par une chaude journée d'été.

— Nous nous sommes tellement amusées aujourd'hui ! s'exclama Lavinia avec enthousiasme, les yeux brillants.

— Oh, oui ! approuva Sarah, dont les joues étaient d'un rose pâle ravissant. Je dois admettre que je n'ai pas fait beaucoup d'efforts pour échapper à M. Woodward dans le Baiser à la capucine, dit-elle à voix basse, mais avec une excitation grisante.

Lavinia gloussa en l'entendant.

— Je le savais ! J'étais certaine que le duc de Romsey allait m'attraper, mais il n'en a rien fait. Il était peut-être encore fâché après moi pour lui avoir pincé l'oreille.

— Il trichait, dit Diana avec un petit ricanement.

— Ce n'était pas aussi grave que quand M. Seaver a prétendu que j'avais une araignée dans les cheveux, dit Sarah en clignant des yeux. J'étais terrifiée. Je déteste les araignées.

Après un instant de silence, toutes se mirent à rire, y compris Sarah.

— Oh, merde ! murmura Violet, jetant un regard d'excuse aux autres. Je vous demande pardon. Mais préparez-vous, Lady Nixon et Mme Law arrivent.

Sarah écarquilla légèrement les yeux de peur tandis que Lavinia relevait hardiment le menton. Pendant ce temps, Diana semblait aussi sereine qu'à son habitude, et ses traits ne reflétaient rien d'autre qu'une calme indifférence. Elle était vraiment très douée pour sauver les apparences.

— Mesdames, vous avez l'air de bien vous amuser par ici, dit Lady Nixon. Racontez-nous ce qui est si drôle.

Elle arborait un large sourire, mais ses yeux étaient assombris par ses intentions malveillantes. Du moins, c'était ce que Violet pensait. Cette femme était insupportable.

— Vraiment rien, répondit Violet. Rien que des bavardages futiles.

Elle sourit en montrant les dents, consciente que certains trouvaient cela vulgaire, mais en espérant que Lady Nixon comprendrait qu'elle n'était pas du genre à se laisser faire.

Mme Law émit le genre de rire qui n'avait rien à voir avec un quelconque humour et tout à voir avec le désir de maîtriser une situation.

— Oh, s'il vous plaît, vous *devez* partager avec nous, dit-elle en regardant directement Sarah, qui se recroquevilla sur son fauteuil. Vous discutez des activités de cet après-midi ? Apparemment, il a été des plus agréables.

Violet avait envie de se lever d'un bond et d'éloigner Mme Law de Sarah. Peut-être même avec une épée, car il lui semblait que la femme ciblait Sarah à des fins stratégiques, comme si elles étaient engagées dans une bataille.

— En effet, répondit Sarah d'un ton incertain.

Lady Nixon s'assit sur le petit canapé à côté de Sarah.

— Qu'avez-vous fait ?

— Nous, euh… nous avons fait des jeux.

Mme Law s'assit de l'autre côté de Sarah, même s'il n'y avait guère de place. Elle se trouvait ainsi assez proche de Violet, qui, si elle tendait la main, pouvait boxer les oreilles de cette femme envahissante.

— Quel genre de jeux ? s'enquit Mme Law.

Sarah lança des regards aux deux femmes qui l'entouraient comme si elles menaient un siège.

— Le Baiser de la nonne.

Mme Law tapa des mains.

— Fantastique ! Qui a embrassé qui ? Devons-nous alerter les parents de quelqu'un ?

Elle rit bruyamment, et les femmes de leur groupe de l'autre côté de la pièce vinrent se placer autour de leurs fauteuils et du canapé. Toute cette attention provoqua des picotements dans le cou de Violet.

Elle décida d'en tirer quelque chose de bien.

— Tous ces messieurs se sont conduits avec noblesse et un certain charme. J'ai trouvé que le duc de Romsey était particulièrement joueur. N'êtes-vous pas d'accord, mesdames ?

Elle jeta un coup d'œil aux autres pour les inciter silencieusement à se joindre à sa campagne pour réhabiliter Simon.

— Sans la moindre réserve, confirma Lavinia. Je lui ai tiré l'oreille un peu trop fort pendant le Baiser de la nonne, et il s'est montré plutôt magnanime.

— Vraiment ? s'enquit Lady Nixon en riant. Eh bien, voilà bien quelque chose qu'un gentleman ne mérite pas.

Elle échangea un regard avec Mme Law qui rit à son tour, tout comme plusieurs autres femmes.

Violet croisa le regard affligé d'Hannah.

— Et si nous retournions nous asseoir ? proposa-t-elle d'un ton nerveux. Ces messieurs ne vont probablement pas tarder à arriver.

— Oh, et nous ne voudrions pas qu'ils sachent que nous discutons d'eux, répondit Mme Law en gloussant.

— Pourtant, c'est tout ce que nous faisons, affirma Mme Stinnet derrière le fauteuil d'Hannah. En grande partie.

De nouveaux rires accueillirent ces propos. Lady Lavinia esquissa un sourire.

Lady Nixon fixa Violet d'un regard pénétrant.

— Vous semblez faire une fixation sur le duc. Serait-il possible que vous ayez un penchant pour le duc Ravageur... pardon, *Romsey* ?

Violet serra les dents.

— Non. Cependant, il a démontré qu'il était un gentleman gentil et admirable.

— En plus, c'est Solitaire qui l'a embrassée.

Lavinia grimaça au moment où les mots quittaient sa bouche. Elle jeta un regard douloureux et désolé à Violet.

— Ah oui ? demanda Mme Law d'une voix faussement mélodieuse.

Toutes les têtes se tournèrent vers Violet, avec une expression impatiente.

— Nous jouions au Baiser à la capucine, et nous avons tiré les partenaires au sort, expliqua Violet d'un ton froid, et elle s'en moquait. Oh, regardez, ces messieurs sont arrivés.

Elle sourit à Mme Law.

— Parfait ! s'exclama Hannah, peut-être un brin trop fort. Préparons la salle de bal pour danser !

Lavinia se leva d'un bond.

— Oui, allons-y !

Sarah se joignit à elle : elle donnait l'impression de vouloir fuir au plus vite les femmes qui la flanquaient.

Les messieurs rejoignirent les femmes, et Violet entendit l'un d'eux demander pourquoi elles étaient toutes regroupées. Elle s'éloigna avant d'avoir pu entendre la réponse. Elle avait besoin d'air.

Avec l'intention de traverser le salon attenant pour accéder à une porte donnant sur le jardin arrière, elle s'écarta du reste des invités. Enfin de la plupart des autres invités. Alors qu'elle s'approchait du seuil de la porte, elle vit Nick debout près de la cheminée, les yeux mi-clos. Apparemment, il était d'humeur à broyer du noir ce soir.

Il tourna la tête, plantant son regard dans celui de Violet. Elle fit un signe du menton en direction du salon, lui demandant en silence de la rejoindre.

Après un moment d'hésitation, au cours duquel l'agacement de la jeune femme ne fit que croître, il s'écarta de la cheminée. Sachant qu'il allait la suivre, elle poursuivit son chemin dans le salon.

Elle se tourna en arrivant près de la porte donnant sur l'extérieur. Il s'avançait vers elle, grand et beau dans sa tenue de soirée noire et grise. Une chaleur l'envahit, faisant ressortir toutes les sensations du baiser de l'après-midi.

— Je vais faire un tour dehors.

Il la regarda.

— Il fait froid.

— J'ai besoin d'air. Et je dois te parler.

— Tu veux que je t'accompagne.

Ce n'était pas une question, à laquelle elle ne répondit donc pas. Au lieu de cela, elle pivota et sortit. À son crédit, il la suivit.

Dès qu'ils furent dehors, une quasi-obscurité les submergea. La lumière de la maison leur fournissait un mince éclairage, mais pas assez pour que Violet puisse distinguer les traits de Nick. À moins qu'ils ne soient proches.

Il se rapprocha d'elle et retira sa veste, qu'il drapa autour des épaules de la jeune femme sans dire un mot. Elle fut aussitôt engloutie dans son parfum épicé de girofle. Les tremblements qui parcouraient son corps depuis qu'il était entré dans le salon à sa suite s'intensifièrent.

— Je crains que notre baiser ne soit désormais de notoriété publique, mais ce n'était pas pour cela que je voulais te parler.

Elle scruta son visage, qu'elle distinguait mieux maintenant qu'il était plus proche. En dépit de cela, elle n'arrivait pas à savoir ce qu'il pensait de ce qu'elle venait de lui dire.

— J'ai un plan pour Simon, dit-elle.

— Ah oui ?

C'était une question à la fois curieuse et sceptique.

— Il a déjà conquis les plus jeunes, mais Lady Nixon et Mme Law s'avèrent plutôt horribles, dit-elle sans prendre la peine de camoufler l'acidité de son ton.

— Elles t'ont bien énervée, murmura-t-il.

— Elles sont de la pire espèce. J'ai l'intention de dire à Hannah que je refuse de participer à d'autres parties de campagne si elles sont présentes.

Elle frissonna de colère plus que de froid. En fait, elle avait bien chaud, enveloppée dans la veste de Nick. À moins que ce ne soit sa proximité qui faisait grimper la température de son corps.

— Peut-être comprends-tu maintenant pourquoi j'évite ce genre d'événements, dit-il doucement, avec plus qu'une pointe d'ironie.

— Absolument.

Mais elle savait que s'il était le duc Solitaire, ce n'était pas seulement pour éviter Mme Law, Lady Nixon et leurs semblables.

— Que comptes-tu faire avec Simon ? lui demanda-t-il.

Violet inspira profondément. L'air frais de la nuit emplit ses poumons et chassa son irritation, ne laissant plus que le bourdonnement tonitruant de son attirance pour lui. Elle lutta de toutes ses forces pour l'ignorer.

— J'aimerais en faire à nouveau un héros demain à Wells.

Nick fronça les sourcils.

— Comment ?

— Il devra sauver une des dames. Je me suis dit qu'au cours d'une visite, l'une d'elles pourrait trébucher ou rencontrer une difficulté quelconque.

— Et lui l'aiderait ?

Elle hocha la tête.

— Il faudrait qu'elle soit au courant de nos plans. Qui pourrait le faire ?

— Moi.

C'est à cet instant qu'il réagit. Ses narines se dilatèrent et sa mâchoire se crispa brièvement avant qu'il ne rectifie son expression une fois encore. Il essayait de masquer sa réaction. Pourquoi ?

— Quel est le problème ? lui demanda-t-elle.

— Sa femme est morte en tombant dans les escaliers. Nous devons faire attention.

— Alors, raison de plus pour que ce soit moi.

À nouveau les muscles de sa mâchoire se tendirent.

Elle brûlait de savoir pourquoi cela l'agitait ainsi.

— As-tu une meilleure suggestion ?

— Pas encore, mais je te ferai savoir si j'en trouve une.

— Pourquoi ce plan te dérange-t-il ?

Il fixa un point par-dessus l'épaule de Violet, dans l'obscurité du jardin.

— Il ne me dérange pas.

Elle ne le croyait pas, mais elle était également sûre qu'il ne lui dirait pas la vérité. Peut-être s'inquiétait-il simplement pour Simon. Elle n'avait pas réfléchi à une quelconque similitude avec la mort de sa femme.

— Et si je faisais semblant d'avoir un malaise et de m'évanouir ?

— Tu penses vraiment que cela va améliorer sa réputation ? Comme tu l'as dit, Lady Nixon et Mme Law semblent inflexibles.

C'était effectivement le cas. Elle sentit la frustration l'envahir, et elle fixa la cravate de Nick, les lèvres pincées.

— S'il te plaît, ne fais pas ça, lui demanda-t-il d'une voix tendue.

Elle leva les yeux sur les siens.

— Quoi ?

— Oublie ça.

Il évitait de la regarder.

Et s'il avait le même problème qu'elle ? Et si le désir qui l'envahissait était aussi en train de le traverser ?

— J'ai apprécié cet après-midi. Les jeux, précisa-t-elle, pas assez courageuse pour lui dire toute la vérité. *J'ai apprécié ton baiser.*

— Je m'excuse pour ce qui s'est passé.

Regrettait-il ? Elle ne fit pas semblant de ne pas comprendre.

— Tu regrettes de m'avoir embrassée ? Pas moi. Je suis seulement désolée que cela ait été si court.

Elle le fixa, ses yeux se délectant de la fente de son menton et de l'angle vif et séduisant de sa pommette ; elle voulait qu'il la regarde.

Son regard se posa finalement sur celui de la jeune femme. La glace et le feu semblaient batailler dans son regard.

— Cela ne se reproduira plus. Il n'y a pas d'avenir entre nous, Violet.

La faim qu'elle ressentait intérieurement se replia et se mua en colère.

— Tu as vraiment l'intention de passer le reste de ta vie seul ? Pourquoi *choisirais-tu* d'être le duc Solitaire ?

Nick se pencha en avant, son visage à quelques centimètres de celui de Violet.

— Je ne l'ai pas choisi. C'est lui qui m'a choisi.

Leurs regards restèrent accrochés un long moment avant qu'il ne recule. Quand il reprit la parole, son ton s'était refroidi.

— Que je sois seul ou non ne te concerne pas.

Les morceaux de son cœur brisé depuis si longtemps semblèrent soupirer dans la poitrine de Violet.

— Tu ne devrais pas être seul. Tu mérites le bonheur.

— Oui, eh bien, on n'a pas toujours ce que l'on mérite, n'est-ce pas ? Si je me remarie, ce ne sera pas par amour. Les rêves de contes de fées, les « ils vécurent heureux », ce n'est pas pour moi, Violet. Et j'ai comme dans l'idée qu'ils ne sont pas non plus pour toi.

Elle eut l'impression qu'il l'avait frappée. Elle hoqueta. Parce qu'il y avait de la vérité dans ses mots. Elle lui avait fait tellement de tort.

— Je crois que tu as raison, dit-elle d'une voix à peine audible.

Cela aurait dû s'arrêter là, mais elle portait sa veste.

Elle trouva le courage de lever les yeux vers lui et fut choquée de voir du désir dans ses yeux avant que le mur de glace ne retombe en place.

— Est-ce que tout cela est une comédie ? lui demanda-t-elle, sa détresse remontant à la surface.

— Quoi ?

Elle résista à l'envie de lui donner un coup de pied.

— Ta froideur. Je vois des signes du Nick que je connaissais. Juste au moment où je commence à penser que tu n'es pas l'homme froid que tout le monde croit, tu es à nouveau recouvert d'une couche de glace. Bon sang, mais qu'est-ce qui ne va pas chez toi ?

La mâchoire de Nick se crispa, et tout son corps s'échauffa.

— Tout, grogna-t-il. J'allais bien jusqu'à ce que je vienne à cette foutue fête et que je *te* voie, lança-t-il avant de se rapprocher d'elle à nouveau. Je n'aime pas ce que tu me fais ressentir.

Il était si proche… Elle avait envie de le toucher.

— Comment ça ?

Sa question sortit dans un faible halètement.

— Comme si je ne contrôlais plus rien.

La bouche de Nick était à un centimètre de la sienne.

Si elle se penchait en avant, elle pourrait l'embrasser…

Mais il se retourna et se dirigea vers la maison. Elle avait encore sa veste.

Se précipitant devant lui, elle lui bloqua le chemin. Elle se débarrassa de son vêtement et le lui tendit. Il ne le prit pas immédiatement, mais quand il le fit, il prit garde de ne pas lui toucher la main.

Sans un mot de plus, il disparut à l'intérieur.

Violet expira, la respiration irrégulière. Elle commença à trembler, et elle savait que ce n'était pas entièrement dû au froid. Fermant brièvement les yeux, elle eut l'impression de l'entendre dire à nouveau « comme si je ne contrôlais plus rien ».

C'était précisément ce qu'elle ressentait. Depuis des années. Et plus encore, elle était persuadée que ce serait toujours ainsi. Car si elle avait pu contrôler quelque chose, elle aurait choisi de ne plus l'aimer.

CHAPITRE 8

— ous y sommes, dit Simon alors qu'ils arrivaient à Wells l'après-midi suivant.

Nick détourna son esprit de là où il était resté concentré toute la matinée et la nuit passée : sur Violet. L'embrasser avait été une erreur stupide. S'il avait eu les idées claires, il s'en serait rendu compte. S'il avait *réfléchi* un tant soit peu. Au lieu de cela, son corps avait pris le dessus.

Et il avait tenté de faire de même la veille quand il l'avait accompagnée dehors. Il avait été à deux doigts de l'embrasser à nouveau, et peut-être même de la ravir juste là.

Il s'était comporté de manière abominable, mais il ne semblait pas pouvoir s'en empêcher. Il la désirait. Il n'avait pas envie de la désirer. C'était un fichu désastre.

Quand il était entré dans la maison, il s'était rendu directement à sa chambre, où une bouteille de whisky lui avait tenu compagnie. Sauf que Violet l'avait accompagné. Ou du moins, il en avait eu l'impression. Alors qu'il enfilait sa veste en rentrant, il avait été aussitôt enveloppé par sa chaleur et son parfum. La torture s'était avérée vive et durable. Même encore maintenant, il sentait le parfum des roses sauvages et se languissait d'un toucher qu'il ne pouvait avoir.

Sauf qu'il le *pouvait*. Il était quasiment certain qu'elle aurait été réceptive la veille. Elle le lui avait fait comprendre en lui disant qu'elle aurait souhaité que leur baiser dure plus longtemps. Cela avait failli lui faire perdre tout contrôle. Et c'était là que résidait son fichu problème. Il refusait de perdre le contrôle.

Ils ralentirent leurs chevaux en arrivant en vue de la cathédrale. Les autres invités voyageaient en berline et arriveraient bientôt.

— Que t'est-il arrivé hier soir ? lui demanda Simon.

Nick ricana.

— Tu en as mis du temps à poser la question.

— Cela signifie-t-il que tu es impatient de me le dire ? Parfait !

— Non, cela veut dire que je te connais, répondit Nick. Que tu ne m'aies pas immédiatement sauté dessus me laisse perplexe.

Simon guida son cheval au pas.

— C'est difficile d'avoir une conversation en chevauchant aussi vite que nous l'avons fait. Et comme tu es resté dans ton coin toute la matinée, je n'avais pas d'autre choix que d'attendre mon heure. Cesse d'éluder la question. Que s'est-il passé hier soir ? Je vois bien que tu es d'une humeur massacrante. Ou tout cela est-il dû aux bêtises d'hier après-midi dans la salle de bal ?

— Pourrait-on simplement ne pas en parler ?

Nick massa l'arête de son nez.

— On pourrait, mais ce serait ennuyeux à mourir. Je dois admettre que j'ai été choqué quand tu l'as embrassée. Est-ce que tu t'es choqué aussi ?

— Oui.

Et il venait de recommencer en répondant honnêtement.

— C'est merveilleux, répondit Simon. Et maintenant, tu es de nouveau en train de broyer du noir. Tu sembles en colère. Je devine qu'elle t'a réprimandé ?

— Non.

Au contraire, elle l'avait presque invité à recommencer. Ce qu'il aurait dû faire.

Non.

Simon sourit.

— Encore mieux.

Nick le regarda d'un air renfrogné.

— Non, absolument pas. Je t'ai dit que je ne voulais pas en discuter.

— En fait, tu m'as demandé si nous pouvions éviter le sujet, ce qui était plutôt poli de ta part.

— Tu es tout le contraire de poli.

— Pas du tout. Je pense que tu te sentiras mieux si tu en parles. Cependant, je suis confus quant à ce qui s'est passé. Elle ne t'a pas rabroué, et pourtant tu es manifestement dans tous tes états. Explique-toi.

Nick arrêta son cheval devant la cathédrale et descendit de sa monture. La frustration qu'il accumulait depuis l'après-midi de la veille explosa en lui par vagues.

— Mais que veux-tu que je fasse ?

Simon glissa à terre, les yeux légèrement écarquillés.

— Bon sang, mon ami, tu ne vas vraiment pas bien. Je crois que ce que tu dois faire est évident. Elle te veut. Tu la veux. Je pense que tu sais parfaitement ce qui se passe ensuite.

Effectivement, il le savait, et son membre frétillait carrément à cette idée. Devant une foutue cathédrale.

Il inspira profondément l'air frais de l'automne. Le temps était couvert, mais sec, et la brise avait disséminé des feuilles autour d'eux pendant qu'ils chevauchaient vers la ville.

C'était un trajet bucolique, et il aurait été agréable s'il n'avait pas été d'une humeur exécrable.

Nick attacha son cheval au poteau.

— Nous avons eu notre chance il y a huit ans, et c'est terminé.

Simon fit de même.

— C'est la chose la plus ridicule que j'aie jamais entendue. Tu as une seconde chance. Qu'est-ce que je ne donnerais pas...

Il acheva sa tâche, la mâchoire crispée.

Contrit, Nick soupira.

— C'est différent, dit-il doucement. Violet a choisi un autre chemin.

Un chemin qui avait mené à la solitude et au mécontentement. Il imaginait que c'était de sa faute, que le temps qu'elle avait passé avec lui avait causé son malheur. Il était maudit.

Simon contourna son cheval et se tourna pour regarder la cathédrale qui se dressait devant eux.

— Je pense que tu le regretteras. La vie est trop courte. Tu le sais.

Oui, il le savait. Et, oui, il donnerait tout pour avoir la chance de tenir une nouvelle fois Elias dans ses bras. Et Jacinda. Pourtant, il devait bien avouer que les sentiments qu'il avait éprouvés à son égard n'avaient jamais été aussi forts que ce qu'il avait ressenti pour Violet. Il attribuait cela au fait d'être jeune et stupide. Il n'était plus ni l'un ni l'autre, raison pour laquelle il gardait fermement son cœur.

— La seule chose que je regrette, c'est de laisser les gens s'approcher, dit-il avec un regard mécontent à l'attention de Simon. Toi y compris.

— N'importe quoi. Sans moi, tu ne serais qu'un animal, au lieu d'être juste un sauvage, répliqua-t-il en se tournant vers Nick, les yeux tristes. En fait, je ne pense pas que tu le regrettes.

Tu es triste de les avoir perdus, et je viens de comprendre que tu te sens responsable de leur perte. Tout ça, c'est un risque, Nick. Nous aimons, nous perdons, nous *ressentons*. Même lorsque la douleur est suffisante pour nous faire pleurer.

Nick n'avait pas pleuré depuis la mort d'Elias. Il s'était alors juré de ne plus jamais verser une larme. Et cela signifiait qu'il devait éliminer toute vulnérabilité.

— Tu ne peux pas tout contrôler, lui dit Simon. On a beau faire preuve de volonté, à la fin, c'est toujours le chaos.

Nick n'allait pas le contredire. Une émotion longtemps réprimée lui obstrua la gorge, mais il la ravala.

— Je déteste ça.

Il n'avait rien pu contrôler du tout. Ils étaient tous morts : son frère, son oncle, Jacinda, Elias.

— Je comprends, lui répondit Simon qui s'approcha de lui et saisit son biceps. C'est pour cela que je ne bois plus. Je n'avais pas le contrôle… à l'époque. Si je l'avais eu…, commença-t-il avant de laisser retomber sa main.

Les mots qu'il ne prononça pas restèrent suspendus dans l'air : il aurait pu sauver Miriam s'il n'avait pas été ivre. Alors que Nick, lui, n'aurait pu sauver aucun d'entre eux. À l'exception de Jacinda. Depuis qu'elle était morte en donnant naissance à Elias, il s'en voulait.

— Je ne peux pas revenir en arrière et changer les choses, reprit Simon en ramenant Nick vers le présent. Tout ce que je peux faire, c'est opter pour des choix différents. Et je choisis de *vivre*.

Il fixa son ami d'un regard intense.

Nick cligna lentement des yeux.

— Je choisis de ne pas ressentir.

Simon leva les mains en l'air.

— Tu es un cas désespéré.

— Cela te surprendrait-il que j'envisage de me remarier ?

Peut-être était-ce à cause de l'attirance qu'il ressentait

pour Violet. Ou peut-être était-ce dû au fait qu'il avait laissé les sentiments se frayer un chemin vers lui depuis qu'il était venu à cette maudite partie de campagne. À moins que ce ne soit parce que Violet répétait qu'il ne devrait pas être seul. Quelle qu'en soit la raison, il pourrait se remarier, à condition que sa fiancée comprenne ses exigences.

— Bon sang, oui, ça me surprendrait ! répondit Simon en inclinant la tête, sceptique. En fait, je ne te crois pas. Tu viens de dire que tu choisissais de ne pas ressentir.

— Je n'en ai pas besoin pour me marier.

Simon toussa.

— Va dire ça à ta femme !

— Je le ferai. Elle comprendra que je ne l'aimerai jamais. Contrairement à ce que tu prétends, je ne suis pas vraiment une bête.

— Non, juste un crétin insensible et égoïste. Néanmoins, tu n'auras sans doute aucun mal à trouver quelqu'un qui accepte tes conditions. Tu es un duc, et un Insaisissable, par-dessus le marché. Beaucoup de femmes vendraient leur âme au diable pour être ta duchesse, affirma-t-il en fronçant les sourcils. À bien y réfléchir, je pourrais me tromper. Sinon, je serais déjà remarié.

Nick était conscient que son ami essayait de ramener un peu de légèreté dans la conversation, si c'était possible.

— Je ne voulais pas que cela prenne un tour si larmoyant, dit Nick. Mes excuses.

— Ce n'était pas non plus mon intention. J'essaie simplement d'être ton ami. Je tiens à toi, que cela te convienne ou non. Et je sais que tu ressens la même chose, ajouta-t-il avec un sourire en coin à l'attention de son ami. Autant pour ton idée d'ignorer les sentiments. Viens, les berlines arrivent. Nous devons arborer nos visages de partie de campagne.

Nick acquiesça. Il tenait vraiment à Simon. Et si Violet parvenait d'une manière ou d'une autre à faire de lui le héros du jour, peut-être que ses souhaits se réaliseraient. C'était *cela* qui rendrait Nick heureux.

Ils se dirigèrent vers les berlines au moment où Violet descendait de l'une d'elles avec l'aide du palefrenier. Elle portait une robe de jour bleu foncé avec une veste spencer brune. Des boucles blondes effleuraient ses tempes sous le bord de son chapeau qui lui allait à ravir. Elle était magnifique et, à cet instant, il la désirait aussi férocement que la veille.

C'était une sacrée bonne chose que cette partie de campagne se termine deux jours plus tard.

~

*L*orsque Violet descendit de la berline, son regard se posa aussitôt sur Nick. Il se tenait aux côtés de Simon, à une vingtaine de mètres ; eux étaient venus à cheval. Il semblait robuste et magnifique dans sa tenue d'équitation, et son corps réagit par une bouffée de chaleur.

Non. Elle n'allait pas passer une nouvelle journée à se languir de Nicholas Bateman. Ou plutôt, du duc Solitaire. Il avait exprimé clairement son choix : il voulait être seul. Eh bien, elle le laisserait faire.

Diana sortit de la berline après elle, suivie de sa mère, puis d'Hannah. Ces deux dernières se dirigèrent vers un autre groupe de dames qui étaient descendues d'une autre berline, laissant Violet et Diana marcher ensemble vers l'impressionnante entrée ouest.

La jeune femme jeta un regard sur le côté, en direction de Nick et Simon.

— Les ducs sont là.

— Oui.

Violet n'avait pas particulièrement envie de parler d'eux.

Elle leva plutôt les yeux sur l'impressionnante façade.

— La cathédrale est magnifique.

— En effet. J'ai visité la cathédrale de Canterbury. Il me semble qu'elle est plus grande que celle-ci.

— Celle où l'archevêque Thomas Becket a été tué ? s'enquit Violet. Quel horrible événement. Je ne crois pas que Wells ait quelque chose de si dérangeant à proposer.

— Non, mais j'ai entendu dire que la bibliothèque est excellente, et que la salle capitulaire octogonale est particulièrement remarquable.

— J'ai hâte de voir cela, dit Violet. Qu'espérez-vous faire aujourd'hui ?

— Rien de particulier, répondit Diana avec un nouveau regard en direction des ducs. Puis-je vous demander quelque chose ? Je crains que ce ne soit un peu audacieux.

Intriguée, Violet étudia le profil de la jeune femme. Elle était aussi placide qu'à son habitude, ne trahissant rien. Peut-être que Nick et elle feraient bon ménage, se dit-elle un peu amèrement. Agacée contre elle-même d'avoir ce genre de pensées peu charitables, elle soupira.

— Oui, vous pouvez me demander n'importe quoi. Je répondrai du mieux que je peux.

Diana tourna brièvement la tête, avec un peu d'appréhension dans son regard.

— Y a-t-il… Y a-t-il quelque chose entre vous et le duc de Kilve ?

Un tremblement secoua Violet, et elle tâcha d'imiter la sérénité de sa compagne.

— Non.

C'était la vérité absolue. *Aujourd'hui.*

— Oh. Je me demandais… après le Baiser à la capucine. Quand il vous a embrassée sur la bouche…

— Je pense qu'il a simplement oublié les règles.

Et elle lui en serait éternellement reconnaissante. Avoir ce

simple baiser, même si c'était le dernier, signifiait tout pour
elle.

— Vous avez tous les deux disparu pendant un moment
hier soir.

Bon sang ! Violet avait espéré que personne ne le remar-
querait. Elle était allée dans la salle de bal après son entrevue
avec Nick à l'extérieur, mais lui n'y était pas. Cela aurait
semblé plus suspect s'ils étaient arrivés tous les deux, et elle
avait été soulagée qu'il reste à l'écart. Et c'était aussi parce
qu'elle n'était pas certaine de pouvoir rester dans la même
pièce que lui après ce qu'il lui avait dit. Savoir qu'il perdait le
contrôle à cause d'elle, mais qu'il ne ferait rien à ce sujet était
exaspérant.

— Je suis sortie quelques minutes. Je n'ai aucune idée de
l'endroit où le duc a pu aller. J'ai l'impression qu'il n'aime pas
vraiment la danse.

Il l'aimait, autrefois. Il avait dansé avec elle plusieurs fois
au cours de leur histoire d'amour, et c'était un merveilleux
danseur. Elle se demanda s'il valsait. Sans doute pas.

— Merci pour votre honnêteté, répondit Diana, et les
entrailles de Violet se contractèrent. Mes parents apprécie-
raient beaucoup que je m'unisse à lui. Je suis censée passer du
temps avec lui aujourd'hui, ajouta-t-elle avec un sourire en
coin à l'attention de Violet. J'ai bien peur de ne pas vraiment
savoir comment m'y prendre. Il ne semble pas particulièrement intéressé par la cour.

Violet lui avait dit qu'elle ferait savoir que le mariage ne
l'intéressait pas.

— Non, c'est clair.

— J'ai entendu dire que sa femme et son enfant sont
morts, dit Diana. C'est si tragique. Et c'est normal qu'il soit si
réservé, et qu'il ait peut-être peur de se remarier.

— Oui, je suppose que vous avez raison.

Sans doute Diana le comprenait-elle mieux que Violet.

Mais cette dernière avait l'avantage de l'avoir connu avant que la tragédie ne le frappe. C'était une personne différente à l'époque. Cet homme, ce duc Solitaire, n'était pas quelqu'un qu'elle voulait. Et c'était peut-être ce qu'il y avait de plus douloureux. Le Nick qu'elle avait aimé et sur lequel elle avait fantasmé était désormais un rêve inaccessible.

Violet se tourna vers Diana alors qu'elles approchaient de l'entrée de la cathédrale.

— Seriez-vous heureuse avec quelqu'un comme lui ?

Une fois encore, elle se demanda s'ils ne seraient pas parfaitement assortis avec leurs attitudes distantes et leurs façades soigneusement élaborées.

— Autant que faire se peut, je crois.

Quelle réponse énigmatique !

— Bonjour, mesdames, les salua Simon.

Violet était tellement concentrée sur sa conversation avec Diana qu'elle ne les avait pas entendus approcher.

— Bonjour.

Elle lui fit une révérence, ainsi qu'à Nick, bien qu'elle n'ait pas regardé le visage de ce dernier. Elle ne pouvait pas.

— Puis-je vous escorter à l'intérieur ? proposa Simon en offrant son bras à Diana.

— En fait, duc, dit Violet, saisissant l'opportunité d'aider la jeune femme dans son entreprise, pourriez-vous m'escorter jusqu'à la salle capitulaire ? Je suis impatiente de la voir.

— J'en serais ravi, dit doucement Simon en présentant son bras à Violet.

Nick fit de même avec Diana, et ils entrèrent les premiers dans la cathédrale, se dirigeant vers l'allée du côté droit de la nef.

— Je crois que la salle capitulaire se situe par-là, affirma Violet en inclinant la tête vers la gauche.

Simon la guida dans cette direction, et lui adressa un regard confus.

— Pourquoi as-tu fait ça ? lui demanda-t-il.

— Fait quoi ?

— Associer Mlle Kingman avec Nick. Fais-tu semblant d'être obtuse ?

Violet ignora sa question.

— Ses parents espèrent qu'ils pourront s'unir.

Simon secoua la tête.

— Je ne vous comprends pas, ni toi ni Nick. Clairement, vous vous désirez mutuellement, vous êtes sans doute amoureux l'un de l'autre, et pourtant vous partez en courant dans des directions opposées.

Violet jeta un regard vers Nick et Diana. Il semblait… attentif. La jalousie s'empara d'elle.

— Nick a clairement exprimé sa position. Ce que nous avons partagé appartient au passé.

— C'est ce qu'il dit, répondit Simon avec un ricanement. Je l'ai vu hier quand il t'a embrassée dans la salle de bal. Ce n'est pas le geste d'un homme qui ne ressent rien. Et je me fiche de ce qu'il peut dire.

Elle l'avait pensé aussi, mais il s'était montré très direct sur leur avenir : il n'existait pas. Elle lui jeta un autre regard à la dérobée, puis reporta son attention sur les escaliers qui menaient à la salle capitulaire.

— Je l'aime depuis huit ans, et je me suis accrochée à un fantasme que je n'aurais jamais cru possible. Le rencontrer lors de cette partie de campagne m'a semblé être une seconde chance que m'accordait le destin. Mais je me suis trompée. Je dois le laisser partir.

— Nick est un idiot, marmonna Simon.

Elle ne pouvait pas le contredire sur ce point.

— Regarde cet escalier ! s'exclama Violet, heureuse de changer de sujet. Allons-nous monter à la salle capitulaire ?

— Oui, allons-y.

Alors qu'ils gravissaient l'escalier, Violet songea à son plan pour aider Simon. Peut-être pourrait-elle s'évanouir dans la salle capitulaire. Elle jeta un coup d'œil derrière elle pour voir si quelqu'un les avait suivis, mais fut déçue de constater que ce n'était pas le cas.

— Cesse de regarder Nick, lui dit Simon d'un ton bourru. Il ne mérite pas ton attention.

— En fait, ce n'est pas ce que je faisais. Il semble bien que nous soyons seuls.

Il lui jeta un regard malicieux.

— Quel scandale !

Elle rit doucement alors qu'ils achevaient leur ascension. La salle capitulaire octogonale s'étendait devant eux. Une colonne centrale soutenait un plafond à voûtes d'ogives. Des fenêtres ornées de tracés géométriques se succédaient tout autour de la pièce, et sous celles-ci se trouvaient des niches surmontées de diverses sculptures. C'était magnifique.

— Je vois pourquoi tu as voulu venir ici, déclara Simon.

Elle lâcha son bras et se dirigea vers l'une des niches. Elle portait la tête d'un roi souriant. Elle n'osa pas toucher la pierre ancienne, mais l'étudia attentivement, s'émerveillant de sa beauté.

— Cela a dû prendre tellement de temps. Toutes ces sculptures complexes... et ce n'est qu'une petite partie du bâtiment.

— Effectivement,

Simon se tenait à quelques niches de là. Il passa ses doigts gantés sur le visage d'un ecclésiastique.

— C'est merveilleux.

Ils s'attardèrent un peu plus longtemps, se croisant alors qu'ils faisaient le tour de l'octogone chacun à son rythme. Cette exploration apaisa l'humeur de Violet. Se retrouver à l'intérieur d'un magnifique ouvrage d'ingénierie grandiose était une leçon d'humilité et offrait une perspective bienvenue. Elle avait survécu sans Nick et continuerait de le faire, tout comme cette pièce vieille de cinq cents ans.

— Es-tu prête à continuer ? lui demanda Simon près du sommet de l'escalier.

— Oui.

Elle le rejoignit, et il lui offrit son bras. Alors qu'ils descendaient, elle espéra qu'ils tomberaient sur quelqu'un dans la nef, pour qu'elle puisse mettre à exécution son plan pour le faire passer pour un héros.

C'était un héros, avait-elle décidé. Cette attention qu'il portait à Nick, qu'il lui portait à elle, faisait de lui un homme rare.

Sur la dernière marche avant le palier qui débouchait sur une rampe d'escaliers menant aux cloîtres, son talon glissa. Elle trébucha, ses jambes cédèrent alors qu'elle tombait en avant.

Et Simon ne l'arrêta pas.

Elle tomba sur la pierre. Ses mains amortirent sa chute, de sorte que son visage ne s'écrasa pas contre le sol.

— Mon Dieu, *Violet* !

Simon fut à ses côtés en un instant, la faisant rouler sur le dos.

Elle leva les yeux vers lui et essaya de retrouver ses esprits. Son cœur battait à tout rompre, et elle tremblait de partout. Elle ferma les yeux et tenta de respirer profondément.

Il passa la main sous son dos, la soulevant de la pierre froide, puis il la remonta contre son cou. Elle ouvrit les yeux et constata qu'il la regardait fixement.

— Dis-moi que tu vas bien, ordonna-t-il.

Son expression d'ordinaire avenante était empreinte de terreur, ses yeux étaient sombres et ses lèvres pâles.

— Je vais bien. Je crois.

Ses mains lui faisaient mal, mais la douleur commençait déjà à s'estomper. Elle s'était un peu tordu la cheville, mais même cela s'atténua alors qu'elle commençait à se rendre compte qu'elle était hors de danger. Quand elle avait glissé, le reste de l'escalier s'étirait devant elle. La chute aurait été sévère jusqu'à la nef.

Frissonnant, elle tourna la tête pour regarder, et se figea instantanément. Debout au bas de l'escalier, les yeux rivés sur Violet dans les bras de Simon, se trouvaient Lady Nixon, Mme Law, Mme Stinnet et Mme Padmore. Les quatre pires personnes au monde pour être témoins de cet événement.

— Simon, murmura Violet avec insistance.

Il porta le regard au bas des escaliers et elle le sentit se raidir aussitôt.

— Mon Dieu, que s'est-il passé ? s'écria Lady Nixon.

— Êtes-vous *tombée* ?

L'accusation était nette dans la question de Mme Law. Le sous-entendu était limpide : une fois encore, Simon se retrouvait seul avec une femme qui avait dévalé les escaliers.

— J'ai trébuché, dit Violet à voix haute. Aide-moi à me relever, dit-elle bien plus doucement ensuite, de sorte que seul Simon puisse l'entendre.

Il la souleva pour la mettre debout.

— Tu es sûre que tu vas bien ? murmura-t-il.

— Un peu secouée, mais je vais bien, dit-elle, toujours à voix basse, avant de lancer un sourire éclatant à leur public indésirable.

Elle enroula son bras autour de celui de Simon, et ils commencèrent à descendre les escaliers.

D'autres personnes s'étaient jointes aux spectatrices, y compris Hannah et son mari, Sir Barnard et Lady Kingman, Diana, et Nick. Il les regardait fixement, son expression bien plus limpide que d'ordinaire. Ses yeux étaient écarquillés par l'appréhension et sa mâchoire était tendue comme s'il serrait les dents.

Lorsque Violet et Simon furent à quelques marches du bas, quelqu'un chuchota :

— Est-ce qu'il l'a *poussée* ?

Violet reconnut cette voix stridente comme appartenant à Lady Nixon.

Le corps de Simon devint totalement raide. Elle sentait le malaise qui irradiait de lui. Elle lui serra le bras et jeta un regard méchant à la vicomtesse.

— Il ne m'a *pas* poussée. Et je ne tolérerai pas d'aussi méchantes rumeurs.

Lady Nixon lui lança un regard impérieux.

— Il n'y a pas de rumeur. J'ai simplement posé une question.

— À laquelle j'ai répondu, répliqua froidement Violet. En fait, le duc m'a sauvée d'une vilaine chute. J'ai eu de la chance qu'il ait été là pour me secourir.

Elle tourna la tête vers Simon et lui sourit. Lui posa sur elle un regard confus, puis détourna brusquement la tête.

— Pourrions-nous continuer notre visite ?

Il acquiesça, mais la fit tourner vers l'entrée ouest.

— Je dois y aller, dit-il d'une voix faible, étranglée.

— Non, nous devrions continuer la visite comme si rien ne s'était passé, répondit-elle avec un soupir de frustration. Il ne s'est *rien* passé.

— Tu as bien failli tomber dans les escaliers. Et je ne t'ai pas sauvée.

Elle le regarda à nouveau, détestant la noirceur de son ton.

— Tu ne m'as pas non plus poussée. J'ai glissé, dit-elle avant de marquer une pause, enfonçant les doigts dans son bras. Tu n'as pas à t'en vouloir. Je ne le permettrai pas.

— Tu as menti. Tu as dit que tu avais trébuché et que je t'avais sauvée.

— Je dirai tout ce qu'il faut pour garder ces harpies à distance. Tu ne mérites pas leur réprobation.

Il continua de marcher, et elle suivit son rythme.

— Nick et moi allons arranger ça... ne t'inquiète pas.

— Nick ? répéta-t-il en lui jetant un regard. Nick et toi allez arranger ça, continua-t-il d'un ton sceptique. Vous ne pouvez pas trouver le moyen d'être ensemble, mais vous êtes capables d'unir vos forces en mon nom ? Je trouve cela difficile à croire.

— En fait, nous l'avons fait toute la semaine. Les jeux dans la salle de bal, c'était mon idée. Je voulais que tout le monde voie l'homme que je vois.

Ils avaient atteint le bout de la nef, et Simon retira la main de Violet de son bras. Il lui adressa un sourire triste.

— L'homme que tu vois n'est qu'une façade. Ou une coquille. Ou quelque chose entre les deux. Tu ne peux pas réparer ça. Nick ne peut pas réparer ça. Personne ne le peut.

Il se retourna et s'en alla, ses longues jambes le portant loin de la cathédrale, comme si le diable lui-même le chassait.

Violet le regarda partir, la gorge serrée par la tristesse. Cela s'était avéré un désastre total. Rien ne se passait comme elle l'avait prévu ou espéré. Elle aurait voulu pouvoir courir après lui depuis la cathédrale.

Au lieu de cela, elle décida de tirer profit de son environnement et de prier.

CHAPITRE 9

*D*ès que Simon et Violet eurent parcouru la moitié de la distance de la nef, le bourdonnement des conversations s'amplifia au point que Nick fut contraint de s'en éloigner. Ou peut-être avait-il simplement envie de s'en prendre à son ami.

Bon sang, mais que venait-il se de passer ? Quand il avait vu Simon penché sur Violet, la première idée qui lui était venue, c'était qu'ils partageaient une sorte de moment intime. Le visage de son ami reflétait de l'inquiétude, et il la touchait d'une manière que Nick n'avait pas osée, du moins, pas au cours des huit dernières années.

Mais il réalisa ensuite qu'ils n'allaient rien faire de romantique au vu de tous, sur le fichu palier d'un escalier, au sein d'une cathédrale. L'une de ces vieilles poules bavardes avait raison : Violet était tombée. Cependant, il était inconcevable que Simon l'ait poussée.

Surtout vu la manière dont elle s'était précipitée pour le défendre. Elle s'était accrochée à son bras, le tenant avec beaucoup d'attention. Les voir ensemble éveillait en lui un sentiment de jalousie.

Il les regarda s'arrêter au bout de la nef, puis Simon dit quelque chose et partit. Nick ne réfléchit pas avant de se diriger vers l'endroit où Violet se tenait à présent seule.

Il n'avait pas eu l'intention de lui parler, mais de suivre Simon. Néanmoins, il s'arrêta auprès d'elle.

— Que diable vient-il de se passer ?

— Tu as vu. Tu as entendu, lui dit-elle d'une voix froide, détachée.

— Oui, j'ai vu. Est-ce qu'il y a quelque chose entre vous deux ?

Elle se retourna pour lui faire face, les yeux brillants.

— Cela ne te regarde pas. Ton ami souffre. Tu as entendu ce que ces affreuses femmes ont dit.

Oui, il avait entendu. Il devait aller chercher Simon. Il sortit de la cathédrale et se dirigea vers son cheval, peu surpris de constater que celui de Simon n'était déjà plus là. Il s'élança à sa poursuite, quittant la ville à vive allure en direction du manoir des Linford. Alors qu'il gravissait une colline à mi-chemin de sa destination, il aperçut le cheval de Simon près d'un petit ruisseau.

Ralentissant sa monture, Nick s'écarta de la route et la guida vers l'eau. Simon était assis sur un rocher, le regard rivé sur un point quelconque au-delà du ruisseau.

Nick descendit de cheval, les idées confuses. Il ne croyait pas vraiment qu'il y avait quelque chose entre Simon et Violet, et elle avait raison : son ami avait besoin de lui en ce moment.

Simon ne tourna pas la tête.

— Pourquoi m'as-tu suivi ? Je vais bien.

— Cela devrait être évident. Je suis ton ami. Je ne peux pas croire que tu vas bien.

— Je vais aussi bien que toi.

Simon se leva du rocher. Il agrippa son chapeau d'une main, et le vent s'engouffra dans ses cheveux.

— Tu tournes le dos à quelque chose pour lequel la plupart des gens mourraient.

Nick savait combien Simon avait aimé sa femme, à quel point elle lui manquait, et à quel point sa mort avait été dévastatrice. Ou l'était encore, apparemment. Le regard tourmenté de son ami le rongeait.

— Tu veux parler de toi, dit-il doucement, et il eut peur que le vent ait emporté ses mots.

Les yeux sombres de Simon scintillaient dans la lumière du soleil qui filtrait à travers les nuages épars.

— Oui, je mourrais si cela pouvait ramener Miriam et mon enfant à naître. Tu as une foutue seconde chance. Mais tu préfères la balancer. Violet est une femme incroyable. Tu n'es qu'un imbécile.

— Tu devrais peut-être la courtiser. Elle est tout ce que tu recherches chez une femme : mature, veuve, expérimentée. Elle est intelligente, pleine d'esprit, et il est clair qu'elle tient à toi.

Nick ne put réprimer la jalousie dans sa voix. Il était censé aider Simon, pas se comporter comme un con.

Avec un léger haussement d'épaules, Simon tourna la tête vers le ruisseau.

— Peut-être que je devrais. Elle mérite d'être heureuse, et je sens qu'elle ne l'est pas.

Une colère intense enfla dans la poitrine de Nick, mais il avait bien trop de vécu en matière de gestion des émotions. Il la refoula, car la raison lui disait que Simon ne faisait que le provoquer. Ou détourner son attention du véritable problème.

Nick prit une profonde inspiration et fit ralentir son pouls.

— Laisse-moi m'occuper de Violet.

En avait-il vraiment l'intention ? Ce n'était pas le moment d'y réfléchir.

— Tu ne dois pas laisser ce qui s'est passé dans la cathédrale t'entraîner dans les ténèbres.

— Pourquoi ? Cela te ferait de la compagnie.

Nick fut incapable de contenir sa frustration plus longtemps, pas entièrement.

— Bon sang, il ne s'agit pas de moi !

— Non, effectivement, répondit Simon en le regardant. Mais excuse-moi si je ne veux pas recevoir de conseils de la part de quelqu'un qui ne fait rien pour améliorer son sort.

— Il n'y a rien à faire, répondit Nick, s'accrochant au peu de contrôle qui lui restait. Je suis maudit. Il n'y a aucun espoir pour moi.

— Et c'est là que toi et moi divergeons. J'ai encore de l'espoir. Que Dieu me vienne en aide, même après la débâcle d'aujourd'hui, j'ai encore de l'espoir. Si ce n'était pas le cas, autant abandonner. Honnêtement, je ne sais pas ce qui te pousse à continuer.

Frappé de mutisme, Nick le regarda fixement. Qu'est-ce qui le poussait à continuer ? Il se levait chaque jour et faisait ce qu'il avait à faire : il gérait son domaine, exerçait ses fonctions ducales, prenait plaisir à monter à cheval, pêcher… *Bon sang !* Il était *seul*. Et il avait fallu cette infernale partie de campagne pour qu'il en prenne conscience.

Il baissa brièvement les yeux vers le sol, puis hocha la tête.

— Je comprends ce que tu veux dire. Enfin.

Simon ricana.

— Eh bien, voilà quelque chose. J'espère que cela signifie que tu vas arranger les choses avec Violet.

Une vague d'appréhension envahit Nick. Il n'était pas certain que ce soit la chose à faire. Se rendre compte qu'il était peut-être prêt à opérer un changement, à essayer de permettre à quelque chose d'entrer dans sa vie, ne voulait pas nécessairement dire que ce quelque chose était Violet. Il l'associait au début de son malheur. Il s'était souvent demandé si son propre comportement n'était pas la cause de tout cela. Il avait entretenu une liaison avec une jeune femme hors mariage, et peu importe qu'il ait eu l'intention de l'épouser...

— Je ne sais pas, dit-il, ne trouvant rien d'autre. Je préfère me concentrer sur toi. Je veillerai à ce que tout le monde sache que Violet est *tombée*.

— Peu importe. Il y a bien longtemps que le tribunal populaire m'a jugé, et j'étais idiot de croire que je pouvais espérer autre chose. Alors je vis en marge de la société, dit-il avec un haussement d'épaules, comme s'il s'en fichait, mais Nick savait que c'était faux. Je le fais depuis un certain temps déjà.

— Ce ne sera pas toujours comme ça, affirma Nick. Lady Nixon et ses semblables oublieront. Ou mourront.

— Je ne sais pas pour la première option, mais la seconde est une certitude. Pour nous tous, ajouta Simon en remettant son chapeau. Je vais retourner à la maison, et ensuite je partirai.

— Tu ne peux pas.

Simon fronça les sourcils en resserrant son gant autour de sa main gauche.

— Pourquoi pas ?

— Nous avons un marché.

Le vent amplifia le rire de Simon.

— Le marché, c'était que tu devais rester une nuit.

— Nous étions censés repartir ensemble pour ton pavillon de chasse.

— Je n'irai pas. Mais tu peux y aller, bien entendu.

Nick plissa les yeux.

— Où vas-tu, alors ? Cela n'a pas d'importance. Tu devrais rester. Montrer à ces mégères que tu n'es pas ébranlé. Si les rôles étaient inversés, tu ne me laisserais pas m'en aller.

Simon grogna.

— Je pars quand même. Tu devrais rester, et explorer les

choses avec Violet. Ou pas. Mais si tu ne le fais pas, je te promets que je te harcèlerai pour cette erreur jusqu'à la fin de tes jours.

Il se dirigea vers son cheval qu'il enfourcha.

— Ce pourrait être la fin de notre amitié, cria Nick.

Simon le fixa un moment puis secoua la tête avant de se retourner et de partir vers le nord-ouest.

Nick ramassa une pierre qu'il jeta dans le ruisseau. Sans Simon, il n'avait vraiment personne, et à présent qu'il se rendait compte de ce qu'il manquait dans sa vie, il ne pouvait se permettre de perdre son seul ami. Cela signifiait-il qu'il devait essayer d'arranger les choses avec Violet ?

Il jura. Bon sang, ce n'était pas la vie de Simon ! Il ne comprenait pas les choses complexes qui entouraient leur relation, les promesses non tenues, la culpabilité, les sentiments irrésolus. Ne valait-il pas mieux pour Nick de tout recommencer ?

Mlle Kingman était belle et charmante, bien que réservée. Et aujourd'hui, dans cette cathédrale, elle avait fait preuve d'une intelligence vive lors de leurs discussions sur la Réforme et la guerre civile. S'il voulait faire disparaître le vide de sa vie, il ne pouvait trouver mieux qu'une personne comme elle. Si elle acceptait ses conditions et qu'elle n'attendait aucun amour de sa part, il ne risquait pas de perdre son cœur. Ni de perdre la tête à cause du chagrin si la tragédie venait à frapper, comme il s'y attendait presque à coup sûr.

Et pourtant, il ne pouvait ignorer les sentiments latents qu'il éprouvait pour Violet, le désir brûlant qui le transperçait dès qu'elle était près de lui. Bon sang, chaque fois qu'il *pensait* à elle comme il le faisait maintenant ! Il se souvint de cette nuit, il y a si longtemps, quand elle avait feint d'être souffrante, avant de se faufiler hors de la maison de son oncle et de sa tante. Nick l'avait attendue dehors, et ensemble ils s'étaient rendus à la maison de ville de son oncle, mais

celui-ci était absent. Il n'y avait que Nick et une poignée de
domestiques, et il avait été facile de la faire monter en secret
dans sa chambre à l'étage. Sous le clair de lune qui filtrait par
sa fenêtre, ils avaient fait l'amour pour la première fois, et il
avait savouré la joie de savoir qu'ils seraient ensemble pour le
reste de leur vie.

Il ferma les yeux et la vit telle qu'elle était alors : son corps
doux et voluptueux, si sensible à son toucher. Elle avait crié
son nom encore et encore et lui avait déclaré son amour
entre des baisers bouleversants. Jamais il n'aurait imaginé
que leurs plans s'effondreraient autour de lui moins d'une
semaine plus tard.

La colère familière n'était pas aussi puissante maintenant
qu'elle l'avait été, mais la revoir l'avait ravivée. Ce que Simon
ne comprenait pas, c'était que Nick devait gérer toutes ces
émotions contradictoires quand il s'agissait de Violet. Et il
n'était pas sûr de pouvoir le faire.

Il ouvrit les yeux et se dirigea vers le rocher que Simon
avait quitté. Se laissant tomber dessus, il observa les collines
de Mendip, sans se préoccuper du vent qui se levait, ou des
nuages qui s'assombrissaient au-dessus de sa tête.

Lorsque la première goutte de pluie tomba sur son
épaule, il leva les yeux. Une autre goutte éclaboussa sa joue. Il
était sur le point de se faire tremper.

Marmonnant un juron, il monta sur son cheval et rentra
au manoir au grand galop. Il était, comme il fallait s'y
attendre, totalement ruisselant quand il arriva aux écuries. Il
chercha le véhicule de Simon, et, ne le voyant pas, il demanda
si le duc était parti. On l'informa que c'était le cas. Bon sang,
Simon était parti à une vitesse incroyable !

Il avait sans doute voulu éviter de croiser qui que ce soit,
et il avait réussi, car les berlines revenaient tout juste du
village.

Nick entra dans la maison et demanda un bain et un

whisky. Avec un peu de chance, la combinaison des deux lui donnerait un indice sur la voie qu'il devait suivre.

~

$\mathcal{V}$iolet se tenait dans le salon de l'étage, qui offrait une vue sur l'allée principale, et observait les dames qui montaient dans les berlines pour partir faire du shopping à Wells cet après-midi. Après le désastre de la veille à la cathédrale, elle avait voulu s'enfermer dans sa chambre pour le restant de la partie de campagne, mais Hannah l'avait convaincue de venir dîner. Violet avait cédé, convenant que ce serait mieux pour Simon si elle montrait à tout le monde qu'elle allait bien et répétait qu'il ne l'avait pas poussée.

Elle aurait simplement voulu qu'il ne soit pas parti. Tous les efforts que Nick et elle avaient déployés pour redorer sa réputation avaient été balayés.

Hannah s'était sentie très mal. Elle avait juré de ne plus jamais inviter Lady Nixon et Mme Law à quoi que ce soit. C'était bien que la partie de campagne prenne fin après le bal de ce soir. Violet avait hâte de partir le lendemain matin.

Elle voulait mettre autant de distance que possible entre elle et cette fête. Et pas seulement à cause de ce qui s'était passé avec Simon. Non, pour être honnête, c'était surtout à cause de Nick.

Il était venu au dîner la veille au soir, et s'était montré distant comme à son habitude. Malgré cela, elle l'avait surpris à la regarder plusieurs fois. Non pas qu'elle ait été capable de dire pourquoi. Ses traits étaient toujours aussi impassibles.

Pourtant, elle avait été consciente de sa présence, et de son attirance indéfectible pour lui durant toute la soirée. Elle ne le supportait plus. Peut-être pourrait-elle s'absenter du bal de ce soir, et prétendre qu'elle était souffrante. Tout le monde avait vu qu'elle allait parfaitement bien hier. Ils n'en rejetteraient pas la faute sur Simon.

Sauf qu'ils le feraient. Ils le faisaient déjà.

Fronçant les sourcils, elle se détourna de la fenêtre et se figea aussitôt.

Debout dans l'embrasure de la porte, appuyé contre le cadre, le regard rivé sur elle, se trouvait Nick. Il portait la même tenue qu'au déjeuner : une veste vert foncé, un pantalon couleur chamois et un gilet d'un brun chaud.

— Tu n'es pas en tenue d'équitation, fut tout ce qu'elle trouva à lui dire.

Les hommes partaient faire du cheval pendant que les femmes se rendaient au village.

— Non, ils viennent juste de partir. Il s'écarta du montant de la porte et la ferma. Puis il avança lentement vers le centre de la pièce avant de s'arrêter.

Pourquoi avait-il fermé la porte ? Elle ignora l'aimant invisible qui l'attirait vers lui.

— J'allais me rendre à ma chambre, dit-elle.

— Reste, dit-il en faisant un pas de plus vers elle. S'il te plaît.

— Je ne devrais pas, répondit-elle, et pourtant, elle ne bougea pas.

— Après-demain, je doute que nous nous revoyions. J'avais l'impression…

Il s'éclaircit la gorge et fit encore un pas. Que diable faisait-il ?

Il plissa le front, réduisant à néant la contenance prudente qu'il arborait toujours. Allait-il être le Nick dont elle se souvenait ? Le Nick qu'elle appréciait ? *Le Nick qu'elle aimait ?*

Non. Elle ne l'aimait plus. Pas ce duc Solitaire.

Il passa une main sur sa bouche, un geste qu'il faisait souvent quand ils étaient plus jeunes. Cela la surprit.

— Je me sens en conflit, commença-t-il, la transperçant d'un regard tourmenté, où elle put lire la bataille qui se déroulait dans ses yeux. Je... je voudrais aller de l'avant, mais je ne sais pas si je peux. Pas tant que je n'aurai pas mis le passé derrière moi. Je ne m'en étais pas rendu compte avant de te voir ici.

À présent, c'était en elle que le conflit s'enflammait. Elle avait été tellement heureuse de le revoir. Soudain, tous les rêves qu'elle avait enfouis avaient resurgi, et pour la première fois, ils lui avaient semblé *réels*. Jusqu'à ce qu'elle ait vu ce qu'il était devenu. À présent, elle devait accepter que ses rêves n'étaient plus, qu'ils étaient morts huit ans plus tôt. Et pourtant, il se tenait là, devant elle, l'homme qui avait ravi son cœur, l'homme qu'elle aurait tout donné pour récupérer. Sa raison lui disait de s'enfuir, mais elle était ancrée au sol.

— Moi aussi j'ai besoin d'aller de l'avant.

Elle ne reconnut pas le son de sa voix. Elle était sombre, dure. Froide.

— J'espérais qu'ensemble, nous pourrions le faire. Trouver un moyen de laisser le passé là où il doit être.

Elle avait gardé son amour tout près d'elle pendant si longtemps qu'il faisait simplement partie d'elle. Elle ne parvenait pas à imaginer comment elle pouvait s'en séparer et se sentir à nouveau entière.

— Comment ?

Il parcourut la distance qui restait entre eux. Ses yeux, si pâles et brillant dans la lumière de l'après-midi qui provenait de la fenêtre derrière elle, se plantèrent dans les siens.

— Comme ça.

Il s'approcha d'elle et passa la main autour de sa taille. Elle inspira brusquement, et le désir la consuma lorsqu'il l'attira contre sa poitrine.

La contemplant comme s'il ne l'avait pas vraiment vue depuis huit ans, il passa son index sur son front, puis sur sa tempe et sur sa pommette jusqu'à sa mâchoire. Sans jamais quitter sa peau, il arriva à sa bouche. Dès que le doigt de Nick toucha ses lèvres, elle les ouvrit et attira le bout dans sa bouche, sans jamais rompre leur contact visuel.

Il abaissa les paupières, et son regard se fit aussitôt séducteur. Elle suça son doigt, mais il le retira, et elle crut qu'il allait partir à ce moment-là.

Au lieu de cela, il baissa la tête et l'embrassa. Ce contact était comme un feu de joie qui s'embrase, envoyant la chaleur vers l'extérieur jusqu'à ce que tout brûle.

Il avait le goût de cette chaleur et de ce désir. Il avait le goût de la maison.

Ce n'était plus un simple effleurement des lèvres comme l'autre jour dans la salle de bal. C'était la passion dont elle se souvenait, le corps de Nick plaqué contre le sien, sa bouche qui s'ouvrait et envahissait la sienne, sa langue qui taquinait celle de Violet. Et elle répondait à chacune de ses provocations, se tendant contre lui, enroulant les bras autour de son cou, l'attirant vers elle de peur qu'il ne décide que c'était une erreur.

Peut-être que c'était le cas. Elle s'en fichait. Ce n'était pas le duc Solitaire. C'était Nick, l'homme à qui elle avait donné son cœur, son amant.

Il enfonça les doigts dans son dos tandis qu'il l'embrassait avec un désir féroce. Elle répondit à son désespoir par le sien, se cramponnant à son cou et glissant ses mains dans son col. Inclinant la tête, elle se plaqua plus fort contre lui, le désir palpitant entre ses jambes. Cela faisait si longtemps qu'elle n'avait pas été avec un homme. Et jamais elle n'avait connu l'extase depuis Nick.

Il glissa sa main sous le bras de Violet, le long de ses côtes, jusqu'à trouver son sein. Il la massa à travers les couches de ses vêtements, lui donnant envie de pleurer de désir.

— Toujours trop de foutus vêtements, marmonna-t-il

contre la bouche de la jeune femme sans vraiment rompre leur baiser.

Elle mêla sa langue à celle de Nick, lui coupant la parole. Un son vibra au fond de la gorge du jeune homme, qu'elle ressentit plus qu'elle ne l'entendit. La joie l'envahit. Cela faisait si longtemps qu'elle imaginait ce moment. Et cela dépassait largement ses fantasmes.

Le pouce de Nick remonta le long de son corsage et effleura sa chair. Elle avait envie de retirer ses vêtements, et de faire de même avec les siens. Faisant glisser sa main le long de son cou jusqu'au bord de sa clavicule, elle tira sur sa cravate pour en desserrer le nœud.

Il mit fin à leur baiser avec un gémissement, et ouvrit les yeux, le corps frémissant.

Il recula, passant à nouveau sa main sur sa bouche, les yeux fous de désir.

— Je croyais que j'allais t'embrasser, et que ce serait suffisant. Qu'ensuite nous nous séparerions en termes amicaux.

Elle avait envie de rire devant l'absurdité de la chose. Un baiser ne leur avait jamais suffi après cette première fois. Garder leurs mains à distance de l'autre avait posé un sérieux problème dans leur courte, mais torride relation.

— Et ça l'est ? Suffisant, je veux dire.

— Non, gronda-t-il.

Mais il se retourna et se dirigea vers la porte. La déception la gagna, même si son instinct lui disait que c'était pour le mieux.

Puis elle entendit le déclic de la serrure juste avant qu'il ne pivote, le dos contre la porte.

— Tu veux que je m'en aille ? lui demanda-t-il.

Elle secoua la tête, incapable de parler.

— Il y a deux autres portes.

Il se dirigea vers l'une d'elles, et elle l'entendit tourner le verrou tandis qu'elle se précipitait vers l'autre.

— Il n'y a pas de verrou sur celle-ci. Avant qu'elle ne puisse se retourner, elle le sentit s'approcher dans son dos.

— Alors nous devrons être discrets. Et espérer que personne n'essaie d'entrer. Si ma mémoire est bonne, nous avons déjà dû faire ça une fois.

La troisième, et dernière fois qu'ils avaient été ensemble. Ils avaient tiré parti d'un salon rarement utilisé lors d'une soirée. Ils étaient jeunes et stupides, submergés par leurs sentiments et le désir physique. Ils auraient dû être plus sages aujourd'hui, faire preuve de prudence et de réserve.

Et pourtant, elle ne s'en sentait pas capable, surtout quand elle se retrouvait enveloppée de son parfum épicé, et que son souffle chatouillait sa nuque. Comme s'il lisait dans les pensées de Violet, il concentra son attention sur cet endroit, ses lèvres caressant sa peau.

Elle ferma les yeux et appuya son front contre la porte. Au cours des minutes suivantes, il fit des choses à son cou avec ses lèvres et sa langue qui l'excitèrent plus qu'elle ne l'aurait jamais cru possible. Elle plaqua une main sur la porte au niveau de son épaule pour se soutenir, et elle tendit l'autre main vers l'arrière pour agripper la cuisse de Nick. Ses muscles étaient tendus sous sa paume, et il rapprocha son corps du sien, son aine s'enfonçant dans son postérieur.

Il respirait fort et vite contre sa peau. Elle s'accrocha à lui, elle en voulait plus. Le bruissement de sa jupe rompit le silence tandis qu'il soulevait sa robe par-derrière. L'air frais passa sur l'arrière de ses jambes. Quand le tissu fut replié entre eux, elle sentit son toucher, la douce caresse de ses doigts sur l'arrière de sa cuisse.

De sa langue, il suivit le contour de son oreille.

— Écarte les jambes, murmura-t-il.

Elle lui obéit et les ouvrit plus grand. Il déplaça sa main vers l'avant et trouva son intimité. Il titilla légèrement sa chair, tournant autour de la partie la plus sensible d'elle tandis que ses lèvres et sa langue ravageaient son oreille. Elle tourna la tête et posa la joue contre le bois, la respiration haletante tandis que son pouls s'emballait.

— Tu es très humide pour moi, murmura-t-il en déposant des baisers le long de sa mâchoire. Tu te souviens comment c'était ?

Il la tourmentait toujours jusqu'à ce qu'elle soit non seulement mouillée et supplie qu'il la soulage, mais il n'arrêtait pas jusqu'à ce qu'elle jouisse. Ce n'était qu'ensuite qu'il prenait son propre plaisir. Il n'y avait eu qu'une seule fois où le plaisir de Nick était venu en premier…

Ses pensées furent interrompues par la pression de son doigt en elle. Il procéda avec une lenteur séduisante, avec des gestes méthodiques. Elle haleta doucement devant cette intrusion bienvenue, et elle ne put empêcher ses hanches de se cambrer en arrière.

— Tu en veux plus ? lui demanda-t-il, se retirant brièvement avant d'entrer à nouveau.

Elle garda les yeux fermés, toute son attention concentrée sur l'extase qui montait en elle.

— Je veux tout.

Elle tourna davantage la tête, cherchant son baiser.

La bouche de Nick s'empara de la sienne tandis que son doigt s'enfonçait profondément en elle. Elle aurait crié si elle n'avait pas été accaparée par son baiser. Leur position n'était pas très commode et il ne tarda pas à détacher ses lèvres des siennes pour les ramener dans son cou. Les hanches de Violet remuaient au rythme des poussées de sa main, et elle se hissa sur ses orteils à mesure que le désir se renforçait en elle. Son plaisir augmenta, et son corps se tendit.

— Jouis pour moi, Violet.

Il prononça son ordre tout contre son oreille, et elle n'eut pas besoin de plus d'encouragements.

Ses muscles se contractèrent, et elle inspira brusquement

quand son orgasme l'envahit.

— Chut.

Il embrassa son oreille, son cou, sa mâchoire, sans jamais ralentir l'assaut implacable de sa main.

Avant que les sensations ne se soient estompées, il la souleva dans ses bras et la porta jusqu'à une méridienne, où il la déposa sur les coussins. Elle ouvrit les yeux et lut sur ses traits qu'il avait du mal à maintenir son contrôle. Ses yeux étaient sombres et ses lèvres s'entrouvrirent alors qu'il retirait sa cravate. Il enleva promptement sa veste et la laissa tomber au sol.

Il s'arrêta et la contempla.

— Était-ce suffisant ? lui demanda-t-il timidement.

Elle retira ses chaussures et tendit la main vers lui, tirant sur les boutons de son gilet.

— Mon Dieu, non !

— Bien.

Il semblait soulagé, ce qui la fit sourire.

— Continue de faire ça.

Il se pencha et l'embrassa fort et vite, glissant sa langue contre celle de Violet, attrapant ses lèvres avec ses dents alors qu'il se redressait pour retirer son gilet.

— De faire quoi ? Sourire ? demanda-t-elle.

Devant son hochement de tête, elle lui fit remarquer :

— Tu souris rarement. Ça me manque.

Il baissa sur elle son regard séducteur et familier, et ses lèvres se retroussèrent très lentement. Son sourire s'élargit jusqu'à tendre ses pommettes et illuminer ses yeux.

Elle fondit complètement.

— Nick, souffla-t-elle, car il était enfin là. Viens là. *Je t'en prie.*

Elle s'allongea et écarta les jambes.

Il souleva ses jupes et contempla son sexe. Autrefois, elle aurait cédé à la gêne et aurait serré les jambes, mais Nick lui avait appris à être fière et confiante, à se servir de son corps pour se donner du plaisir et lui en donner à lui aussi. Lorsqu'elle avait attendu son nouveau mari nue dans leur chambre à coucher, il l'avait horriblement réprimandée. Ensuite, quand il avait découvert qu'elle n'était pas vierge, il l'avait traitée de prostituée.

Elle ferma les yeux pour chasser ces souvenirs.

— Qu'y a-t-il ?

La douce question de Nick la surprit alors que ses lèvres parcouraient sa joue.

Elle ouvrit les yeux.

— Rien. Je ne veux pas penser à autre chose. Rien que toi. Nous. Ici. Maintenant.

Elle enroula sa main autour de son cou, attira ses lèvres contre les siennes et l'embrassa. Sa langue glissa dans sa bouche pour le revendiquer, même si ce n'était que pour quelques instants. Il s'installa entre ses jambes, et elle remonta ses jupes, regrettant de ne pas pouvoir se déshabiller. Mais ils n'osaient pas. Il faudrait que cela soit suffisant. Elle sentit la longueur de son membre contre son sexe. Les vêtements de Nick constituaient la seule barrière entre eux.

Pendant que sa main était dans les parages, elle en fit bon usage, et déboutonna sa braguette. Elle glissa la main à l'intérieur et trouva la chaleur de sa chair. Il gémit dans sa bouche.

Il plaqua ses hanches contre celles de Violet, écrasant sa main entre eux. Il établit un contact délicieux avec sa chair affamée. Elle fit glisser sa main le long de son membre, et après l'avoir taquiné quelques instants de plus, elle le libéra.

Les doigts de Nick effleurèrent son clitoris, la propulsant vers l'extase une fois de plus. Puis il écarta ses chairs, et elle le guida en elle. Il entra lentement, et le corps de la jeune femme l'accueillit avec un frémissement. Puis il la remplit complètement, et elle connut une joie qu'elle n'aurait jamais cru revivre.

Il commença à bouger, se retirant avant de revenir de plus en plus vite. Elle s'agrippa à ses fesses, l'attirant plus profondément en elle. Elle leva les jambes et les enroula autour des hanches de Nick. Ses coups de reins s'accélérèrent, et il arracha sa bouche de celle de Violet, haletant.

Elle planta ses doigts dans son corps et se redressa pour le suivre, leurs corps s'entrechoquant dans un rythme familier. Ils allaient parfaitement ensemble, comme dans son souvenir.

Ses pensées disparurent de son esprit quand son corps prit le dessus. Elle n'était plus consciente que de la chaleur de Nick, ses coups de reins insistants, et du rythme dur de sa respiration. La pression monta en elle, puis se libéra. La lumière explosa derrière ses yeux, et elle lutta de toutes ses forces pour ne pas crier.

— *Violet.*

Elle reconnut le désespoir dans sa supplique, tout comme la crispation des muscles de son dos. Elle l'embrassa, dévorant son gémissement alors qu'il se déversait en elle.

Ils continuèrent à bouger à l'unisson, à un rythme qui s'apaisa à mesure que la satisfaction les envahissait. Violet se détendit contre les coussins, libérant la bouche de Nick pour pouvoir reprendre de l'air. Il fit de même, s'efforçant de calmer son pouls. Au bout d'un moment, il la quitta pour s'asseoir au bord de la méridienne.

Il la regarda et récupéra sa cravate avant de la lui proposer.

— Tu veux utiliser ça ?

Elle secoua la tête.

— Les jupons ont plus d'une utilité, dit-elle, puis elle se redressa et abaissa ses jupes, remettant discrètement en ordre leur pagaille. Je suis surprise que tu ne t'en souviennes pas.

— Je m'en souviens, en fait, répondit-il ; il avait détourné le regard, mais à présent, il la transperçait de son regard intense. Je me souviens de tout. Tout comme je me souviendrais de ça.

Cela semblait plutôt définitif. Il avait voulu laisser leur passé derrière, et apparemment, il pensait que cela ferait l'affaire.

— C'est suffisant, alors ? lui demanda-t-elle doucement.

— Je crois que ça doit l'être, pas toi ? lui demanda-t-il, passant sa main sur sa bouche, tirant brièvement sur son menton. Nous sommes des personnes différentes maintenant. Tu t'en rends sûrement compte.

Oui, elle s'en rendait compte. Ce moment avait été merveilleux, et lui rappelait effectivement ce qu'ils avaient partagé. Mais cela avait été différent aussi. Il y avait du désir et du désespoir, quelque chose de perdu et que l'on ne pourrait retrouver.

— Nous ne pouvons pas revenir en arrière.

Il secoua la tête.

— Peu importe à quel point nous le voulons.

Elle comprenait. Et elle était reconnaissante pour cela. Peut-être qu'à présent elle ne penserait plus à lui avec un regret brûlant et une abjecte culpabilité. Peut-être que maintenant elle pourrait penser à lui et sourire.

Il ramassa les chaussures de Violet et les lui glissa aux pieds, comme si elle était Cendrillon. Sauf que ce n'était pas un conte de fées. Il n'y aurait pas de fin heureuse ni de « ils vécurent heureux ».

Elle se leva et secoua ses jupes. Avec un sourire, elle lui dit :

— Je te chérirai toujours, et je te souhaite bonne chance.

Puis elle quitta la pièce en douceur, prenant soin de refermer la porte derrière elle.

CHAPITRE 10

*L*es sabots d'Oberon martelaient le sable mouillé, faisant voler le sel et les embruns alors que Nick le faisait courir sur la plage. Le temps avait été trop orageux ces deux derniers jours pour pouvoir monter à cheval. L'homme et la bête étaient ravis d'être dehors, même si les cieux crachaient ponctuellement de la pluie.

La dernière semaine avait passé à un rythme particulièrement lent. Depuis qu'il était rentré de la partie de campagne, Nick n'avait pas été dans son état normal. Les choses qu'il faisait habituellement pour passer ses journées, comme travailler dans son bureau ou sur le domaine, pêcher, ou même monter à cheval comme maintenant, n'étaient pas parvenues à le satisfaire. Il avait quitté la maison des Linford en se sentant remarquablement bien. Son expérience sexuelle avec Violet l'avait comblé d'une manière qu'il n'avait pas connue depuis des années. Ce sentiment avait duré environ une journée.

Le temps qu'il rentre à Kilve Hall, il avait commencé à tout remettre en question. Bon sang, il avait commencé à tout remettre en question dès l'instant où il avait retrouvé

Violet à la fête. Elle l'avait réveillé d'un long et lugubre sommeil, et il était surpris de constater qu'il ne voulait pas y retourner.

Ce qui le poussait à se demander ce qu'il allait bien pouvoir faire ensuite.

Simon avait disparu dans un endroit inconnu, ce qui avait obligé Nick à interroger son personnel. Et eux aussi étaient perplexes devant son comportement. Nick avait presque envie de sourire de les voir si stupéfaits. Pauvre Rand. La veille au soir, Nick avait demandé à son valet s'il devait se remarier. Rand l'avait dévisagé, puis avait supposé qu'il plaisantait. Quand il lui avait affirmé que ce n'était pas le cas, les yeux du pauvre valet avaient failli lui sortir de la tête. Au final, il avait affirmé être incapable de donner des conseils.

Alors, aujourd'hui, Nick était à la recherche d'un conseiller digne de ce nom. Il remonta le chemin de la plage jusqu'au petit cimetière qui surplombait l'océan. Descendant de sa monture, il laissa Oberon brouter dans un coin familier, puis se rendit sur la tombe de Jacinda. Juste à côté se trouvait une pierre tombale plus petite qui était celle de leur fils.

— Je suis désolé de ne pas être venu vous rendre visite depuis un moment. J'assistais à une partie de campagne, dit-il, se penchant pour brosser le sable de son nom sur la pierre. Tu aurais aimé. Il y avait du tir à l'arc... Non, ça ne t'aurait pas intéressée. Tu aurais aimé les jeux idiots et la danse. Et la sortie shopping.

À la mention de cette dernière activité, il ne put s'empêcher de songer à Violet, et à la chance qu'il avait eue qu'elle choisisse de ne pas faire l'excursion.

Il s'était rendu au salon pour regarder les femmes partir, mais n'aurais pas imaginé qu'elle serait là. Il n'avait pas prévu de coucher avec elle, mais l'occasion était trop parfaite. Et il avait *vraiment* espéré que peut-être ils pourraient faire table rase du passé une fois pour toutes. Au lieu de cela, il craignait qu'ils n'aient rendu l'oubli plus difficile encore.

Pour lui, du moins. Il n'avait aucune idée de ce qu'elle ressentait. Il était tout à fait possible qu'elle soit passée à autre chose, et une partie de lui l'espérait. Il était bien plus aisé de penser à elle poursuivant sa vie plutôt que d'imaginer qu'elle songeait à lui de la même manière que lui à elle.

Il rêvait d'elle. Il revivait cet après-midi. Il la voulait.

Devant la tombe de sa femme, il essaya de convoquer l'image de Jacinda dans son esprit. Elle avait deux ans de plus que lui, c'était une beauté pâle aux cheveux noirs avec des yeux de la couleur de la terre riche et sombre après une pluie de printemps.

Il l'avait épousée après être revenu de la guerre et avoir hérité du duché. Il lui fallait une femme, et elle était parmi les premières qu'il avait rencontrées quand il s'était rendu à Londres pour la saison. Pressé d'éviter le tourbillon social, il avait pris la décision de l'épouser assez rapidement. Elle était bien élevée, venait d'une excellente famille, et elle était dotée d'une intelligence vive. Il n'avait pas envie de tomber amoureux, pas après avoir perdu Maurice, puis son oncle.

— Rétrospectivement, ce n'était pas très juste pour toi, dit-il doucement. Je sais que tu m'aimais, et je crains de ne pas l'avoir mérité.

Il ne l'avait pas aimée, mais il l'avait beaucoup appréciée. C'était sûrement sa manière à lui de s'entraîner à devenir le duc Solitaire, un homme qui ne ressentait rien. Mais il lui avait fallu une autre tragédie horrible, la perte de son fils, pour qu'il devienne pleinement cet homme. Aimer signifiait souffrir, et il l'avait assez fait pour toute une vie.

Et il s'était préparé à se préserver de cette émotion chaotique pour toujours. Jusqu'à ce qu'il retrouve Violet. Comme elle l'avait fait la première fois, elle avait tout fichu en l'air.

Pourtant, se rendre compte qu'il ne voulait pas être seul

n'était pas tout à fait la même chose que de vouloir tomber amoureux. Il pourrait prendre une autre duchesse dans les mêmes circonstances qu'il avait épousé Jacinda.

— Ce n'était pas horrible, si ? demanda-t-il. Tu étais heureuse, il me semble. J'ai essayé de te rendre heureuse.

Du mieux qu'il avait pu. Il s'était bien occupé d'elle et l'avait traitée avec respect et affection. Il pourrait faire la même chose pour une autre femme, disons, Mlle Kingman. Elle ferait une duchesse pratique.

Pratique ?

Même lui se rendait compte que c'était affreux. Elle ferait une *excellente* duchesse.

Qu'en est-il de Violet ?

Son traître d'esprit ne pouvait s'empêcher de penser à elle, et son corps tout aussi perfide de la désirer. Au lieu de la reléguer dans le passé, elle le consumait comme elle l'avait toujours fait.

Pourraient-ils retenter le coup ?

Les supplications de Simon résonnaient dans l'esprit de Nick. Il était tellement tourmenté par la mort de sa femme. S'il avait eu l'occasion d'avoir une seconde chance, Simon n'y aurait pas réfléchi à deux fois.

C'était si difficile de garder espoir quand votre vie entière avait été remplie de tragédies et de malchances. Il avait tout d'abord perdu quatre jeunes frères et sœurs ainsi que sa mère en mettant au monde le dernier de ses enfants. Puis était venu le tour de son père, puis de son frère et de son oncle. Et finalement, sa femme et son enfant avaient péri. Eh oui, il avait aussi perdu Violet, même si ce n'était pas la mort qui la lui avait enlevée. Ce qui signifiait qu'elle représentait sa seule opportunité de seconde chance.

S'il avait le courage de risquer un nouveau désastre.

Il regarda le nom de son fils et songea à son visage minuscule et parfait. S'il pouvait ressentir ce sentiment d'amour et de dévotion inconditionnels, cela en vaudrait la peine.

Nick posa la main sur chaque pierre, ses doigts s'attardant sur le nom de son fils. Puis il se retourna et remonta Oberon. La pluie tombait dru alors qu'ils arrivaient aux écuries. Quand Nick entra dans sa chambre, il avait déjà commencé à retirer ses vêtements détrempés.

— Laissez-moi vous aider, Votre Grâce, proposa Rand, se précipitant pour aider Nick avec sa veste.

— Je vais avoir besoin d'un bain, annonça ce dernier.

— Il est déjà en train de couler, et il sera prêt quand vous serez déshabillé.

Rand posa la veste sur le sol tandis que Nick s'asseyait au bord d'une chaise.

Il étendit la jambe pour que Rand puisse lui retirer ses bottes.

— Parfait. Ensuite, je voudrais que vous prépariez les bagages pour un long voyage.

Rand releva brusquement la tête, s'arrêtant de tirer sur la seconde botte.

— Si tôt ?

— Je sais que c'est une surprise. Ça l'est pour moi aussi.

Rand retira les chaussettes de Nick pendant qu'il se débarrassait de son gilet.

— Où allons-nous ?

— À Bath. Veuillez informer M. Lovell que je dois le voir après mon bain pour faire les préparatifs.

Le secrétaire de Nick serait sans doute tout aussi surpris que Rand.

— Tout de suite.

Le valet le regarda comme s'il voulait dire quelque chose, mais s'abstint.

— Crachez le morceau, exigea Nick qui se relevait pour ôter le reste de ses vêtements.

— J'espère que vous ne me trouverez pas impertinent, Votre Grâce, mais vous avez changé depuis votre retour de la partie de campagne.

Nick retira sa chemise en la passant par sa tête, et la tendit au valet.

— C'est ce qu'il semblerait.

— En mieux, si je peux pousser mon impertinence.

— Merci, Rand.

Nick fit rouler son pantalon sur ses jambes.

— Tout le monde le dit.

— Ne poussons pas le bouchon trop loin.

Nick sourit à l'homme qui écarquilla les yeux, puis il acheva de se déshabiller, et se dirigea vers son bain.

Il ne pouvait s'empêcher de penser à la ville où il avait rencontré Violet. Et il avait hâte d'y être.

≈

*V*iolet était étonnamment satisfaite en regardant Bath depuis la fenêtre de sa berline. Pendant huit ans, elle avait vécu dans l'ombre d'un « si seulement... » et même si elle était toujours peinée de la façon dont les choses avaient tourné, pour la première fois, elle avait le sentiment qu'elle pouvait laisser Nick derrière elle.

Oh, c'était toujours douloureux, et elle savait qu'elle l'aimerait toujours, mais elle avait un ultime souvenir heureux pour la faire sourire.

Ils ne s'étaient plus retrouvés seuls ensemble à la partie de campagne après leur aventure dans le salon. Mais avant de partir, il lui avait pris la main et s'était incliné, lui disant qu'il lui souhaitait tout le bonheur possible dans le futur. Cela ressemblait à un adieu, et elle savait que c'en était un.

Oui, c'était cela qui lui semblait différent. Huit ans plus tôt, elle était simplement partie avec ses parents, et comme il n'avait jamais reçu sa lettre, elle avait gardé une blessure à vif. Avec un peu de chance, cette histoire était à présent terminée, et ils pourraient tous les deux aller de l'avant sans regret ni amertume.

Alors qu'elle parcourait Great Pulteney Street, elle se demanda à quoi ressemblait cette nouvelle voie qu'elle prendrait. Peut-être qu'Hannah pourrait lui permettre de réfléchir à tout cela. Violet était ravie qu'elle soit venue en ville, et s'attendait à passer un bel après-midi avec son amie.

Elle sortit de sa berline devant l'hôtel Sydney et s'engouffra à l'intérieur, où elle chercha Hannah. Son cou la picotait, comme s'il y avait quelque chose qui n'était pas... normal. Elle était venue ici une centaine de fois, et même plus, probablement, mais n'avait jamais ressenti cette impression d'avoir fait exactement *cela* auparavant. Elle observa le cadre familier, les fenêtres donnant sur les jardins, et elle se figea.

Alors qu'il se levait d'une table sous l'une d'elles, les yeux de Nick se plantèrent dans les siens. Il était vêtu un peu différemment, mais les couleurs étaient identiques : une veste bleu foncé, un pantalon brun, et la cravate la plus raide qu'elle avait jamais vue. Il offrait une représentation époustouflante d'élégance masculine et de charme robuste. Avant même d'être un duc, il en avait eu l'allure, comme s'il pouvait commander le monde.

Violet fut incapable de bouger pendant un moment. La situation lui était si familière qu'elle faillit croire qu'il s'agissait d'un rêve. Ce jour-là, huit ans plus tôt, elle avait quitté la table où elle était assise avec sa tante et son amie, les laissant bavarder pendant qu'elle allait faire un tour dehors. Jamais elle n'aurait imaginé qu'une décision aussi simple changerait sa vie à jamais.

Nick s'était levé, et elle l'avait vu. Leurs regards s'étaient brièvement croisés avant qu'elle ne continue son chemin vers la porte menant aux jardins, sa servante sur les talons. Durant tout ce temps, son cœur avait battu la chamade tandis que le bel inconnu la fixait. Sur les traces du passé, elle mit un pied devant l'autre et se dirigea vers la porte.

Il se précipita pour l'ouvrir pour elle, tout comme il l'avait fait huit ans auparavant. Elle sortit dans la fraîcheur de la fin d'après-midi d'octobre, la respiration bloquée.

Nick la rejoignit et lui offrit une profonde révérence.

— Puis-je vous escorter dans les jardins ?

Parce qu'elle ne voulait pas, ou peut-être ne pouvait pas, rompre le charme qui lui avait été jeté, elle jeta un regard en arrière par-dessus son épaule, comme si elle allait voir sa tante à l'intérieur. À cette époque, elle était trop accaparée par ses ragots pour prêter attention à ce que faisait Violet, et celle-ci avait saisi sa chance.

Elle lui fit une révérence.

— Oui, j'en serais ravie.

Il lui offrit son bras, et, au moment où elle enroula son bras autour du sien, ce fut comme s'ils avaient été transportés. La journée sembla soudain plus lumineuse, plus proche de juillet que d'octobre, et l'air était chargé des parfums enivrants du milieu de l'été. Elle fut prise de vertige et son ventre se contracta. Il dégageait du charme et du magnétisme, et il voulait marcher avec *elle* !

Violet ne pouvait s'empêcher de sourire.

Les questions se bousculaient dans son esprit : que faisait-il ici ? Pourquoi était-il venu ? De quoi s'agissait-il ? Mais une seule franchit ses lèvres.

— Hannah n'est pas là, n'est-ce pas ?

Il secoua la tête.

Le mot d'Hannah n'était pas de sa main, que Violet connaissait aussi bien que la sienne. Il disait que c'était le secrétaire de son mari qui rédigeait, car elle s'était brûlé le doigt. Apparemment, Nick était aussi rusé que dans son souvenir.

— Voulez-vous voir le canal ? lui demanda-t-elle. Il y a un pont charmant construit dans un style chinois.

Il faisait tout exactement comme huit ans plus tôt. Elle voulait en faire autant.

— Cela semble merveilleux. J'adorerais le voir.

Il la guida le long du chemin en direction du pont en disant :

— Nous n'avons pas été officiellement présentés, ce qui, je suppose, rend cette situation plutôt scandaleuse.

Violet étouffa un rire. Oui, cette initiative avait donné le ton à toute leur relation. Ils n'avaient guère suivi les règles. Ils avaient été emportés par l'excitation et l'amour, et se fichaient des principes de la société.

— Je suis M. Nicholas Bateman, dit-il.

— Mlle Violet Caulfield.

— Enchanté de vous rencontrer, mademoiselle Caulfield. Vous n'êtes pas de Bath, n'est-ce pas ? Je crois que je vous connaîtrais si c'était le cas.

— En effet ; cependant, ma tante et mon oncle vivent ici, et je leur rends visite chaque été.

— Je suis profondément attristé que nous ne nous soyons rencontrés avant aujourd'hui. Je vis à l'extérieur de la ville avec mon oncle.

— Je fais mes débuts, dit-elle en observant son profil.

Elle essayait de le voir comme elle l'avait fait alors, mais c'était difficile. Parce qu'elle le connaissait, et qu'elle ne pouvait pas oublier tout ce qui s'était passé. Cependant, elle pouvait faire semblant et elle en avait envie.

— Cela signifie-t-il que vous assisterez au bal costumé de jeudi ? s'enquit-il.

Le son éclatant de l'espoir résonnait dans sa question aujourd'hui comme huit ans auparavant.

Elle hocha la tête.

— J'y serai. Et j'ai l'autorisation de me rendre à la Pump Room, le salon de thé des thermes.

— Dites-moi quand vous comptez y aller, et j'y serai aussi.

Ils atteignirent le pont, et elle dit :

— Oh, c'est magnifique ! Merci de m'avoir amenée.

Le bras toujours enroulé autour du sien, elle baissa les yeux sur le canal. Puis elle se tourna face à lui.

— Y a-t-il des bateaux ?

Il se tourna avec elle, et son visage lui parut si familier, si cher. Le duc Solitaire n'était nulle part en vue aujourd'hui. Ce Nick semblait plus jeune, plus doux, plus détendu. C'était peut-être *vraiment* un rêve.

— Oui. Aimeriez-vous en prendre un, un jour ?

— Je devrai demander à mon oncle et à ma tante.

Elle se souvint de ce qu'elle avait pensé à l'époque, qu'elle ne voulait pas leur parler de Nick, qu'elle craignait qu'ils ne lui disent qu'elle ne pouvait pas le voir. Elle était jeune, elle n'avait que dix-neuf ans, et n'était pas tout à fait sur le marché du mariage.

— Ils n'y verront pas d'inconvénient, lui dit-elle comme à l'époque, car elle avait l'intention de se promener en bateau sur le canal avec lui, avec ou sans leur approbation.

Elle avait su alors que quelque chose de magique était en train de se produire, que cette rencontre fortuite allait changer le cours de sa vie.

— J'ai hâte d'y être, dit-il, en la regardant avec une telle chaleur qu'elle avait envie de se jeter dans ses bras, comme elle avait eu envie de le faire à ce moment-là.

Ensuite elle avait aperçu sa servante à environ cinq mètres, et s'était rendu compte qu'il fallait qu'elle retourne à l'hôtel avant qu'on la cherche.

— Je devrais y retourner.

Elle leva les yeux vers lui, mais ne bougea pas. Elle ne voulait pas y retourner.

Elle comprit que c'était également le cas pour le passé. Après des années passées à vouloir remonter le temps, elle n'en avait plus envie. Elle le voulait dans le présent. Elle voulait croire qu'ils étaient faits pour être ensemble, même si cela leur avait pris beaucoup de temps pour y parvenir.

— J'espère que vous ne m'en voudrez pas de le dire, mademoiselle Caulfield, mais vous êtes très belle. La plus belle femme que j'aie jamais vue.

— Encore ?

Elle prononça ce mot dans un murmure rauque, à peine audible alors que la brise agitait les feuilles des arbres dépouillés.

— Toujours.

Il se pencha en avant, et elle anticipa son baiser.

Mais il se contenta de faire demi-tour et de repartir vers l'hôtel, ce qui la fit frémir de frustration. Comment avait-elle pu penser qu'ils en avaient terminé ? Qu'elle pourrait aller de l'avant comme si le passé était définitivement réglé ? Cela ne serait jamais réglé entre eux. Pas pour elle. Elle l'aimait de tout son cœur, l'homme tendre et charmant de sa jeunesse, et le duc Solitaire sombre et torturé.

— Dites-moi, mademoiselle Caulfield, qu'aimez-vous faire ?

— De la broderie, du chant, de la lecture.

Il s'arrêta et la regarda avant d'éclater de rire.

— Vraiment ?

Elle se joignit à son hilarité, se rappelant ce moment comme s'il datait d'hier.

— Pour la lecture, oui. Pour le reste, peut-être pas autant que ma mère le voudrait. J'adore monter à cheval, et je suis plutôt douée au tir à l'arc.

Elle se rappelait avoir rougi et avoir regretté son excès d'arrogance.

Mais cela n'avait fait que renforcer son rire, ses yeux stupéfiants pétillant d'hilarité.

— J'aimerais bien voir ça. Je pourrais peut-être trouver un endroit où nous pourrions tirer.

Il se pencha plus près en le disant, et dans son esprit, Violet entendit le léger raclement de gorge de sa servante.

Oh, Letty ! Elle avait été la gouvernante de Violet et avait accepté le poste de servante ce printemps-là pour préparer ses débuts. Elle avait aimé la jeune femme comme sa fille et avait constaté à quel point Violet était tombée amoureuse de Nick, et elle avait compati. Avec le recul, elle aurait dû confier la lettre qu'elle avait écrite à Letty. Mais elle avait été renvoyée quand ils avaient quitté Bath et ils avaient installé à sa place une servante bien plus sévère. Ses parents avaient rejeté en partie le comportement de Violet sur Letty. Plus tard, après la mort de Clifford, Violet avait recherché Letty et lui avait offert une pension avec laquelle elle pouvait prendre sa retraite. Elle était décédée l'année précédente.

Nick plissa le front, sans doute en réponse à ses réflexions. Violet chassa ces pensées larmoyantes de son esprit, et lui sourit.

— Je pensais simplement à ma servante. Je pense qu'elle aimerait que je retourne à l'hôtel.

Le regard de Nick se porta sur un point indistinct derrière elle. Peut-être pensait-il aussi à Letty.

— Je l'aimais bien, dit-il, rompant avec leur scénario vieux de huit ans.

— C'était une femme adorable.

— Était ?

Violet hocha doucement la tête.

— Elle est décédée l'année dernière.

Il ferma brièvement les yeux et, pendant un instant, elle

vit le duc Solitaire. Non, elle n'allait pas le laisser gâcher cette journée parfaite.

Violet lui serra le bras.

— Viens, Letty voudrait que nous profitions de notre voyage dans le passé. Elle te trouvait plutôt beau, tu sais. Mais d'un autre côté, je me souviens que tout Bath était tombé à tes pieds.

Quand elle était arrivée au bal costumé, elle avait entendu parler du spectaculaire M. Bateman. Les jeunes femmes se demandaient s'il allait danser avec elles. Elle avait craint qu'il ne la distingue pas au milieu de toutes ses admiratrices. Et elle avait été stupide de penser une telle chose. Elle était la première personne qu'il avait invitée à danser.

— Je n'ai vu personne d'autre que toi, lui dit-il en l'entraînant sur le chemin.

Elle savait que c'était la vérité, mais cela la fit frissonner malgré tout.

— Maintenant, cessez de parler comme si c'était le passé, mademoiselle Caulfield.

Sa gentille remontrance la fit sourire. Apparemment, il tenait à ce qu'ils continuent leur comédie.

Elle essaya de se rappeler ce qui s'était passé ensuite… Oh ! Elle plaqua une main sur sa bouche et se mit à rire. Reprenant ses esprits, elle se calma.

— Mon Dieu, regardez-moi ça !

Elle ne pointait rien du tout, se demandant s'il se souviendrait de ce qu'ils avaient vu.

Il inspira brusquement, et elle comprit que c'était le cas.

— Grands Dieux ! serait-ce Lady Fairhaven, et serait-elle en train de… danser ?

La comtesse de Fairhaven se déplaçait sur la pelouse, les mains dans les airs.

— Je n'ai pas souvenir d'un type de danse qui nécessite de

pousser des cris en même temps ! répondit Violet en souriant.

Il s'était avéré que la comtesse avait vu une araignée grimper sur sa jupe : cette histoire avait tourné en boucle pendant des jours après cela. Ce qui rappela à Violet les jeux auxquels ils avaient joué à la partie de campagne, et M. Seaver qui avait prétendu que Sarah avait une araignée dans les cheveux.

— Non, à mon avis cela n'existe pas. Vous imaginez ? demanda-t-il en levant le bras avant de se mettre à l'agiter comme un oiseau qui prendrait son envol. Ajoutez-y les cris, et nous serons obligés de lui donner un nom ornithologique.

— Peut-être le butor, suggéra-t-elle.

Il inclina la tête sur le côté comme s'il voyait vraiment Lady Fairhaven et son activité effrénée.

— En effet. Elle ressemble un peu à un butor avec son cou allongé et son long nez. Peut-être faudrait-il plusieurs noms en fonction du danseur. Vous, par exemple, vous seriez un cygne.

Elle haleta et lui jeta un regard sévère, même si ses lèvres se retroussèrent avec humour.

— Les cygnes peuvent se montrer assez désagréables.

— Je suis sûr que vous conviendrez qu'ils sont incontestablement les plus beaux des oiseaux, dit-il en la regardant fixement, d'un regard doux, mais séducteur. Et je suis certain que vous ne sauriez pas comment être désagréable même si vous essayiez.

Il l'avait dit à l'époque, mais le croyait-il aujourd'hui ? L'espace d'un instant, la réalité envahit leur charmante petite représentation. Tant de choses s'étaient produites depuis que ce jour avait réellement eu lieu. Elle s'était montrée plus que désagréable. Elle lui avait brisé le cœur. Était-il trop tard pour eux de récupérer ce qu'ils avaient perdu ? C'était ce qu'elle avait cru. Elle s'était résignée à cette conclusion, et s'était préparée à aller de l'avant. Mais maintenant, il était là...

Les questions qu'elle avait mises de côté revinrent en force, et elle n'était pas certaine de pouvoir les tenir à distance. C'était un jeu agréable, mais ils ne pouvaient pas y jouer éternellement.

Il secoua la tête, les yeux sombres, comme s'il lisait dans ses pensées. Tournant vers l'hôtel, il la raccompagna.

— Pourrais-je vous retrouver à la Pump Room demain après-midi? Si vous avez l'intention de vous y rendre, bien sûr.

— Maintenant, c'est le cas.

Son esprit s'était mis en branle pour tenter de trouver un moyen de convaincre sa tante de l'autoriser à y aller. Cela n'avait au final posé aucune difficulté, car son oncle avait insisté pour qu'on la voie. Après tout, le but était qu'elle gagne en confiance et en assurance cet été-là.

Nick ne la raccompagna pas à l'intérieur, mais retira son bras, tout comme il l'avait fait huit ans plus tôt.

— Je devrais prendre congé, dit-il. Merci pour la promenade. Je suis impatient de vous voir demain.

Après avoir exécuté une parfaite révérence, il partit.

Violet le suivit du regard, et les questions qu'elle avait refoulées lui brûlèrent la langue. Très bien, elle les lui poserait le lendemain. À ce moment-là, elle veillerait à ce qu'ils vivent dans le présent. Autant elle aimait revivre leur passé idyllique, autant elle en connaissait la fin.

Et elle refusait que l'histoire se répète.

CHAPITRE 11

*L*a musique provenant de la galerie offrait une toile de fond animée au bourdonnement des conversations de la Pump Room. Nick n'était pas venu ici depuis huit ans. Son oncle lui avait acheté une commission l'automne suivant sa rencontre avec Violet, et il était parti à la guerre, rejoignant son frère dans la compagnie de la 4ᵉ division d'infanterie de Wellington. Il repoussa promptement ces trois années de son esprit.

À la place, il se concentra sur la veille, sur Violet. Son plan s'était déroulé aussi parfaitement qu'il avait pu l'espérer. Une partie de lui avait craint qu'elle ne se détourne de lui, mais cela n'avait pas été le cas. Non, elle s'était prêtée au jeu de son imagination, et ils avaient passé un après-midi absolument délicieux.

Il se tenait près des fenêtres et observait les déambulations des femmes tandis que d'autres étaient assises et goûtaient les eaux des thermes. Son regard s'égarait souvent vers la porte, dans l'attente de l'arrivée de Violet.

Et elle fut là.

Elle portait une robe de ville ravissante avec un spencer

bleu clair et une coiffe astucieuse qui encadrait parfaitement son visage. Aussi belle qu'elle soit, il lui retirerait tout jusqu'à ce qu'elle soit nue. Il se rendit compte que c'était ainsi qu'il la préférait. Et comme il n'avait pas pu accomplir cela lors de la partie de campagne, il était impatient de le faire. En admettant qu'elle souhaite raviver leur liaison.

Elle balaya la pièce du regard jusqu'à le trouver, et ses traits s'illuminèrent. Il se fraya un chemin le long de la pièce tandis qu'elle entrait.

— Bonjour, Lady Pendleton.

Il lui prit la main et s'inclina.

Elle fit la révérence et murmura :

— Je suis Lady Pendleton aujourd'hui ?

Il ne répondit pas, et lui offrit un sourire narquois.

— Allons-nous goûter les eaux, ou ferons-nous une promenade ? Ou les deux ?

— Les deux, je crois.

Il passa la main de Violet autour de son avant-bras et la conduisit à l'autre bout de la pièce.

— Duc, commença-t-elle, le poussant à jeter un coup d'œil dans sa direction.

Ce mot semblait si étrange venant d'elle. Il avait eu du mal à s'adapter à son titre, et cela le ramenait à cette époque.

— Je suis surprise de vous voir à Bath.

— Je l'imagine. Il m'a semblé après notre dernière rencontre qu'il y avait peut-être… plus à dire.

Ou à faire.

Elle lui jeta un regard surpris.

— J'aimerais connaître vos intentions.

Il laissa échapper un petit rire.

— Vous ressemblez à une mère inquiète. Si ce n'est pas évident, j'ai pensé que nous pourrions voir si nous pouvions nous correspondre.

Elle trébucha et plongea en avant, mais il resserra sa prise avant qu'elle ne tombe.

— Attention !

Le regard qu'elle posa sur lui à présent était teinté d'exaspération.

— Tu crois que c'est aussi simple que ça ? demanda-t-elle d'une voix basse et insistante.

— Non, mais il faut bien commencer quelque part.

Huit ans, et une multitude de sentiments et de blessures inconnus se tenaient entre eux. Ils allaient devoir les régler, si tant est qu'ils puissent le faire.

Deux femmes légèrement plus âgées que Violet s'arrêtèrent devant eux. Elles adressèrent un regard interrogateur à la jeune femme avant de faire des révérences à Nick.

— Permettez-moi de vous présenter le duc de Kilve, dit Violet. Nous avons fait connaissance récemment à la partie de campagne d'une amie commune, expliqua-t-elle en tournant la tête vers lui. Duc, voici Mmes Dunweavy et Frye.

Les femmes le fixèrent bouche bée pendant un moment.

Mme Frye fut la première à retrouver sa langue.

— C'est un plaisir de vous rencontrer, Votre Grâce.

Elle lui offrit une nouvelle révérence.

— Êtes-vous venu en ville pour voir la reine ? s'enquit Mme Dunweavy.

Ce n'était pas le cas, mais il sauta sur cette excuse, car il ne pouvait pas vraiment leur dire qu'il était venu à Bath pour séduire son ancienne amante.

— Oui.

— C'est merveilleux, dit Mme Frye avec un sourire. Tout le monde est très excité à l'idée qu'elle vienne en ville. J'imagine que vous serez à son audience.

Nick n'y avait pas vraiment songé, mais bien sûr qu'il y serait. Cela faisait partie de la vie d'un duc. Lorsque la reine venait en visite, vous y assistiez. Violet y serait également, étant donné son statut de vicomtesse.

— J'ai hâte d'y être, répondit Nick.

Ils échangèrent encore quelques politesses avant de se séparer. Nick et Violet continuèrent leur chemin jusqu'à l'autre bout de la pièce.

Alors qu'ils passaient devant une table, un homme bedonnant, ayant largement dépassé la cinquantaine, se pencha en avant, scrutant Nick.

— Ne serait-ce pas Nicholas Bateman ?

Nick le reconnut, c'était un vieil ami de son oncle.

— Effectivement. Comment allez-vous, monsieur Eames ?

— Je vais plutôt bien, vraiment.

Son regard se porta sur Violet.

— Puis-je vous présenter mon amie Lady Pendleton ? dit Nick.

Elle fit une révérence à l'homme plus âgé avec le sourire qui ne manquait jamais de faire frémir le cœur de Nick.

M. Eames reporta son attention sur Nick avec un rire.

— J'ai bien peur d'avoir oublié que vous étiez un duc, Votre Grâce. C'est un plaisir, my lady, ajouta-t-il en inclinant la tête vers Violet. Voudriez-vous vous asseoir et divertir un vieil homme ? Il me reste une tasse d'eau à finir. Je ne veux pas me priver, pas si cela me permet de rester jeune. Mais c'est pour cela que notre reine vient, n'est-ce pas ? Ces eaux sont magiques, je vous le dis.

Il but une longue gorgée et termina sa boisson. Il tendit la tasse vide à Nick.

— Pourriez-vous la remplir à nouveau pour moi, Votre Grâce ?

Personne n'aurait osé demander à un duc de faire cela, mais cela ne dérangeait pas Nick. Au contraire, il aimait se sentir utile, en particulier auprès des personnes qu'il connaissait et appréciait. Eames avait été un ami proche de son oncle. Il se sentit soudain navré de n'avoir pas gardé le contact avec cet homme.

— Sans aucun problème.

Il se retira et alla faire remplir la tasse d'Eames à la pompe. Pendant qu'il était là, il demanda deux tasses supplémentaires pour Violet et lui-même. Il jeta un coup d'œil sur elle, assise à côté d'Eames, leurs têtes penchées l'une vers l'autre, en pleine conversation. Elle rit à quelque chose que l'homme dit, et Nick ne pouvait qu'imaginer quelle histoire il racontait.

Tenant les trois tasses en équilibre, il retourna à la table.

— Et voilà.

Eames prit sa tasse.

— Merci, merci. Maintenant, asseyez-vous. Je régale la belle Lady Pendleton des anecdotes de votre jeunesse, comme la fois où vous et votre frère vous êtes faufilés dans les bains de la Croix.

Nick gémit.

— Nous avons eu énormément d'ennuis pour ça.

Son oncle avait banni Nick et Maurice des écuries pendant une semaine.

— Certes, mais votre oncle et moi en avons beaucoup ri.

— Voilà qui est bon à savoir, déclara Nick avec ironie.

Eames regarda Violet en levant sa tasse.

— Vivez-vous à Bath, Lady Pendleton ?

— Oui. Cela me semblait un endroit agréable où m'installer après le décès de mon mari. J'ai passé du temps ici dans ma jeunesse et j'en garde de bons souvenirs. Y vivre m'a permis de les garder toujours vifs dans mon esprit.

Son regard s'égara vers Nick, et elle lui jeta un regard timide.

Elle avait déménagé ici pour se sentir plus proche de lui, de ce qu'ils avaient partagé ? Il avait passé des années à la détester, et apparemment, elle avait ressenti le contraire.

Mais qu'aurait-il pu faire différemment ? Elle avait épousé quelqu'un d'autre.

Eames jeta un regard à Nick.

— Le domaine de votre oncle se porte plutôt bien. M. Prendergast s'est révélé être un excellent fermier.

Nick avait vendu la ferme après avoir hérité du duché. Il ne voulait rien qui lui rappelle tout ce qu'il avait perdu.

— Je suis ravi de l'entendre.

— Vous devriez aller lui rendre visite si vous le pouvez, suggéra Eames. Je suppose que vous êtes ici à cause de la reine. J'imagine que cela doit être très prenant d'être un duc. Il y a tellement de sollicitations et d'exigences.

Alors que Nick buvait une gorgée dans sa tasse, il remarqua le vif intérêt de Violet. Son regard oscillait entre Eames et lui avec la même fascination que pour un match de badminton passionnant.

— Voilà quelque chose que je ne m'attendais pas à apprendre.

— Votre oncle non plus. Il a été sacrément choqué par le décès de son cousin et de ses héritiers.

Nick se souvint de la lettre que Maurice et lui avaient reçue après cet événement. L'oncle Gilbert avait rappelé Maurice à la maison parce qu'il était soudain devenu l'héritier présomptif d'un duché. Mais il n'y était jamais arrivé. Ils étaient partis se battre à Badajoz quelques jours plus tard, et Maurice était mort.

— Alors, votre pauvre frère…

La voix d'Eames s'éteignit, et Nick fut soulagé que l'homme n'ait pas achevé cette pensée.

Toute cette conversation le poussait vers un point qu'il essayait de fuir.

Eames but encore un peu de son eau, puis claqua sa tasse sur la table. Il se tourna vers Violet.

— Comment avez-vous fait la connaissance de Sa Grâce ?

Les yeux de Violet se tournèrent vers ceux de Nick, et il y lut sa question muette.

— Nous avons récemment assisté à la même partie de campagne.

Ce n'était pas tout à fait un mensonge.

— Une partie de campagne ? Je n'ai jamais participé à ce genre d'événement. Qu'y fait-on ?

— Un certain nombre de choses, lui dit Violet. Il y a eu de la danse, une excursion à la cathédrale Saint-André de Wells. Et de la pêche.

Eames regarda Nick, les yeux brillants.

— Je suppose que cela vous a plu. Vous vous souvenez que vous m'apportiez du poisson ?

— Oui.

Maurice et lui attrapaient souvent tant de poisson qu'ils devaient les partager avec les voisins. Eames était toujours leur premier arrêt.

— Lady Pendleton n'a pas mentionné le tir à l'arc, où elle a gagné le concours des dames.

Le gentleman plus âgé posa un regard admiratif sur Violet.

— Vraiment ? Bien joué !

Elle rougit joliment.

— Le duc a remporté le concours des hommes.

Eames gloussa.

— Oh, mais vous iriez bien ensemble, alors !

Il termina sa tasse d'eau, puis se leva. Nick commença à se lever, mais Eames lui fit signe de rester assis.

— Asseyez-vous, mon garçon. Euh… Votre Grâce. Ce fut un plaisir de vous voir. Si vous passez voir Prendergast, j'espère que vous viendrez me rendre visite.

Nick lui adressa un sourire chaleureux.

— Je le ferai.

Eames fit une révérence à Violet.

— Ce fut un plaisir, my lady.

— Le plaisir était pour moi, lui répondit-elle doucement, puis elle sourit en le regardant partir. Quel charmant gentleman. Tu le connaissais bien ?

— C'était un bon ami de mon oncle.

— Je me souviens que tu avais parlé de lui, de ton oncle. Je suis désolée de ne pas l'avoir rencontré, lui dit-elle avant de boire une gorgée d'eau. Que s'est-il passé ? Il a hérité du duché, et il a été brièvement transmis à ton frère ?

— Non. Mon frère a été tué au combat avant de pouvoir rentrer à la maison. Quand je suis devenu l'héritier présomptif, on m'a démobilisé, mais je n'ai pas pu rentrer en Angleterre avant le décès de l'oncle Gilbert.

Elle tendit la main vers lui à travers la petite table, mais s'arrêta avant de toucher la sienne.

— Je suis tellement désolée.

— Je préfère ne pas en parler, expliqua-t-il. Du moins, pas aujourd'hui. Pas ici.

Elle hocha la tête pour lui dire qu'elle comprenait.

Puis ils gardèrent le silence un moment avant qu'elle ne dise :

— J'avoue que je ne sais pas vraiment comment procéder. Tu as dit que tu voulais voir si nous pouvions nous correspondre.

— C'est le cas. Mais je suppose que cela n'a aucune importance si tu n'es pas d'accord avec ça.

— J'ai passé huit ans à espérer que nous puissions recommencer, que les choses soient différentes, dit-elle, détournant brusquement le regard. Je sais que ce n'est pas vraiment possible.

Il détestait la tristesse et les regrets dans son ton, mais il ne pouvait pas les réfuter.

— Tu as raison.

— Je suppose que nous devrions apprendre à nous

connaître, comme nous sommes en train de le faire. Autant j'ai aimé hier, autant nous ne pouvons pas continuer ainsi.

— Non, ce n'était pas non plus mon intention.

Il avait songé à les ramener à ces jours magnifiques, mais il savait qu'ils devaient régler ce qui les séparait. S'ils le pouvaient. Il y avait tant de choses qu'il ignorait à son propos, et qu'il désirait ardemment connaître. Il commença par quelque chose de simple.

— Comment as-tu fait la connaissance de Mme Linford ?

Un éclat apparut dans ses yeux, et elle rit doucement.

— En réalité, c'est une histoire terrible. Enfin, pas *terrible*, mais gênante. J'assistais à mon premier bal à Londres après mon mariage.

Elle lui jeta un regard nerveux, et il prit note de lui dire qu'ils ne pouvaient pas continuer à laisser cela se mettre entre eux. Pas s'ils voulaient vraiment se tourner vers l'avenir.

Elle s'éclaircit la gorge.

— Hannah, Mme Linford, était présente aussi. C'était son *deuxième* bal depuis qu'elle avait épousé Irving. Mon mari est parti aussitôt, et je ne l'ai pas revu durant tout le reste de la soirée. Hannah et Irving ont eu la gentillesse de me raccompagner à la maison.

— Il t'a simplement abandonnée là ?

Elle hocha la tête.

— Je n'avais pas encore compris que je m'amuserais bien plus sans lui. Mais il ne m'a pas fallu longtemps pour apprendre.

— Ce type a l'air d'être un vrai foutriquet.

Si l'homme en question n'avait pas déjà été mort, Nick l'aurait volontiers frappé pour l'avoir traitée de la sorte.

— C'est une excellente description, répondit-elle. Heureusement, Hannah m'a trouvée, et elle est restée à mes côtés toute la soirée. Nous sommes amies depuis lors.

— Elle semble être une femme charmante, dit Nick, songeant qu'il aurait dû mieux se comporter lors de sa partie de campagne.

Il repensa à Violet qui l'avait réprimandé pour avoir presque gâché sa fête, et il grimaça.

— Qu'y a-t-il ? s'enquit Violet.

— J'étais juste en train de me dire que j'aurais dû vouloir apprendre à mieux connaître Mme Linford pendant sa fête. J'étais, euh… un peu rouillé en matière de relations sociales.

— Tu l'as dit, répondit Violet avec ironie. Ceci dit, personne ne t'aurait pris pour une mouche du coche.

Il se mit à rire en essayant de s'imaginer en train de courir partout pour discuter avec les gens.

— Je ne pense pas qu'on aurait pu me prendre pour ça.

— J'en doute, mais je me souviens que tu étais plutôt agréable. Comme je l'ai dit hier, les femmes se jetaient sur toi, et cela avant même que tu deviennes duc. Que s'est-il passé après que tu as hérité ? J'aurais aimé voir ça.

Sa voix était devenue plus hésitante avec cette question et sa déclaration. Encore une fois, elle se montrait prudente, et il ne pouvait pas lui en vouloir.

Il but un peu de son eau.

— Je me suis rendu à Londres pour la saison, c'était en 1813. C'était difficile. Je ne m'étais pas encore fait à l'idée d'être duc, mais j'avais l'impression que je n'avais pas le choix, il fallait que je m'y mette.

Violet n'avait plus passé de saisons à Londres. Clifford avait décrété que ce n'était pas nécessaire, mais elle savait que c'était pour pouvoir poursuivre ses activités lubriques sans qu'elle soit dans les parages.

— C'est là que tu as rencontré ta femme ?

— Oui.

— Est-ce que tu es tombé amoureux ? lui demanda Violet, essayant de garder un ton nonchalant.

— Violet, râla-t-il. Tu veux vraiment parler de ça ?

— Il faut que nous nous comprenions. Que nous apprenions à nous connaître. Je voudrais savoir tout ce qui t'est arrivé.

Et il voulait la même chose d'elle. Il avait vu l'éclair de douleur dans son regard quand elle avait évoqué son mari. Cela ne devait pas être aisé de parler de lui, surtout à son ancien amant.

— J'ai rencontré Jacinda très peu de temps après mon arrivée à Londres. Elle était l'incarnation de la grâce et de la gentillesse, et je savais qu'elle ferait une excellente duchesse. Je ne suis pas tombé amoureux d'elle.

— Oh !

Il laissa échapper un rire.

— Tu as l'air soulagée.

Elle grimaça.

— Je ne voulais pas. Je ne veux pas manquer de respect à ta femme.

— Elle comprenait que je ne l'aimais pas. Elle avait l'habitude de dire qu'elle avait assez d'amour pour nous deux.

Le remords le saisit et sa poitrine se contracta. Elle avait mérité plus que ce qu'il pouvait donner. S'il s'était montré honnête dès le départ, il aurait peut-être ressenti autre chose. Mais à ce moment-là, il ne savait pas qu'il ne l'aimerait pas. Il n'avait pas encore réalisé que son cœur appartenait encore à Violet. Et que ce serait sans doute toujours le cas.

Il termina son eau.

— Aimais-tu ton mari ?

Il pensait déjà connaître la réponse, et fut tout aussi soulagé qu'elle l'avait été.

— Absolument pas ! répondit-elle aussitôt avec véhémence. Mes parents ont arrangé le mariage, et c'était aussi horrible que je me l'étais imaginé.

Elle prit une profonde inspiration. La couleur qui avait envahi ses joues s'estompa légèrement.

— Je m'en voulais, en me disant que j'étais un horrible parti, parce que je t'aimais toujours. Je voulais me montrer juste, donner à cette union, à lui, une chance… mais c'était un homme affreux.

Ils conversaient très tranquillement, et entre la musique et les discussions autour d'eux, il était certain que personne ne pouvait entendre ce qu'ils disaient. Même ainsi, cela semblait trop privé pour être partagé ici.

— Veux-tu plus d'eau ? demanda Nick.

Elle cilla, sans doute parce qu'il avait brutalement changé de sujet.

— Est-ce que nous allons consommer toute la quantité recommandée ?

— Je n'en ressens pas l'obligation, et toi ? Alors, partons, conclut-il quand elle secoua la tête.

Il se leva et lui offrit son bras.

Elle le prit, et ils se dirigèrent vers la sortie.

— Ai-je dit quelque chose qu'il ne fallait pas ?

— Pas du tout. Je pense simplement que notre conversation serait mieux adaptée dans un autre endroit, expliqua-t-il en l'escortant à l'extérieur. Est-ce que ta berline est là ?

Elle fit un mouvement de la tête vers le bas de la rue.

— En bas.

— Je t'y accompagne.

Alors qu'il repensait à ce qu'elle lui avait dit et à ce qu'il avait déduit de son comportement, il conclut que son mari était un type qu'il aurait voulu affronter dans un match de boxe et réduire en bouillie.

— Est-ce qu'il t'a déjà fait du mal ?

Il n'avait pas eu l'intention de poser la question, mais elle lui était venue à l'esprit, et était sortie toute seule.

— Une fois.

Tous les muscles du corps de Nick se tendirent. Mais une fois encore, il se rappela qu'il n'aurait rien pu faire.

— Si je l'avais su, je l'aurais tué, dit-il tranquillement, le regard fixé droit devant lui.

— Je n'en méritais pas moins après ce que j'avais fait.

Nick s'arrêta. Il se tourna, sans se soucier du spectacle qu'il offrait, et lui serra la main tandis qu'elle s'accrochait encore à son autre bras.

— Ne dis jamais ça.

Sauf qu'il lui avait souhaité du mal, et qu'il pensait avoir payé de sa souffrance ses pensées vengeresses. Tous deux avaient vécu une histoire compliquée.

— Tu ne méritais pas ça.

— Je suis heureuse de te l'entendre dire. Peut-être que maintenant je vais y croire.

Elle lui sourit, le regard plein d'espoir.

Bon sang, qu'il avait envie de l'embrasser ! De la toucher. De la serrer dans ses bras. De ne plus jamais la laisser partir.

Mais il s'était déjà suffisamment donné en spectacle. Il retira son bras et recula d'un pas.

— C'est ta berline ?

Elle jeta un œil par-dessus son épaule et hocha la tête. Le cocher sauta à terre pour lui ouvrir la porte.

— Viendras-tu au bal costumé demain soir ? demanda-t-il.

— Je croyais que nous allions vivre dans le présent.

Il lui adressa un sourire et vit le changement subtil dans ses yeux. Ils s'assombrirent de façon séduisante, et son sexe se raidit.

— Il se trouve qu'il y a un bal costumé demain soir… dans le présent.

Elle lui rendit son sourire et il usa de toute sa volonté pour ne pas la suivre dans la berline et la prendre dans ses bras.

— Alors oui, j'irai, répondit-elle, se tournant vers la porte que son cocher venait d'ouvrir.

Avant d'y grimper, elle regarda Nick par-dessus son épaule.

— Es-tu vraiment venu présenter tes respects à la reine ?

Il posa sur elle un regard intense qui portait tout le poids de son désir.

— Non. Je suis venu pour toi.

CHAPITRE 12

Quand Violet entra dans les Upper Assembly Rooms le soir suivant, c'était exactement comme huit ans auparavant, mais en pire. Les femmes et les hommes, qui réclamaient l'attention de Nick, étaient au nombre de quatre ou cinq. Elle s'attendait à devoir attendre au moins une heure avant qu'il ne la voie.

Elle l'avait sous-estimé.

Plus grand que la moyenne, il avait pu voir par-dessus la foule et avait instantanément réagi à l'arrivée de Violet. Il s'était empressé de s'excuser, et, à peine cinq minutes plus tard, il était à ses côtés.

Ensuite, il avait rapidement demandé à danser avec elle pour le prochain tour. Elle ne l'avait jamais vu aussi joyeux depuis qu'elle l'avait croisé chez Hannah. Il dansait comme dans ses souvenirs, le pied léger, le sourire large, le rire facile. Et Violet avait l'impression de flotter dans l'air. Elle n'avait pas souvenir d'avoir vécu soirée plus parfaite.

Sauf que, *si*, elle s'en souvenait.

Ils avaient dansé huit ans plus tôt à ce bal costumé, et cela avait été tout aussi marquant. La seule différence était qu'il n'avait pas été accosté par des gens, à peine sorti de la piste de danse. Aujourd'hui, cependant, il était duc, et les gens aimaient bien parler aux ducs, surtout juste avant la visite de la reine. Ils se chamaillaient pour avoir la possibilité d'assister à sa réception du lundi.

Violet se rendit au salon de thé pour le dîner. Elle prit place à une table avec des sœurs qui vivaient à Sydney Place. Lady Andromeda Spier était veuve comme Violet, et sa jeune sœur, Cassiopeia Whitfield, était une vieille fille convaincue.

Cette dernière, qui avait le même âge que Violet, ajusta ses lunettes à monture dorée.

— Comment était la partie de campagne, Violet ?

— Très agréable, merci.

— Elle était organisée par votre amie, Mme Linford ? s'enquit Andy.

Elle et sa sœur étaient plutôt portées sur les livres et ne prêtaient pas toujours attention aux événements sociaux. En fait, Violet était un peu surprise de les voir ici ce soir. Cependant, elles n'avaient pas dansé.

— Effectivement.

— Qui était ce gentleman avec qui vous dansiez ?

Cassie prit un gâteau dont elle croqua un morceau, le regard poliment inquisiteur.

Violet réprima un sourire. Cela ne la surprenait pas que Cassie ne sache pas qui était Nick.

— Oh, c'était M. Bateman, répondit Andy. Je me souviens de lui quand il vivait ici avant. Pas toi ? demanda-t-elle en tournant la tête vers sa sœur.

Elles se ressemblaient un peu : Andy avait des cheveux blonds tandis que Cassie avait un peu de roux avec le doré. Mais leurs yeux étaient plutôt reconnaissables, même en faisant abstraction des lunettes de Cassie. Andy avait des yeux gris sereins et intelligents, tandis que ceux de Cassie étaient d'un noisette vif avec des mouchetures dorées.

Cassie inclina la tête sur le côté, réfléchissant à la question de sa sœur aînée.

— Je n'en suis pas sûre. M. Bateman…

— C'est le duc de Kilve maintenant, précisa Andy, se tournant vers Violet. N'est-ce pas ?

Elle hocha la tête.

— Et comment le connaissez-vous ? s'enquit Cassie de façon plutôt distraite en prenant un autre gâteau.

— Ils se connaissaient avant, répondit Andy, prenant Violet de court.

Elle se figea. Elle n'avait pas envisagé que quelqu'un puisse le savoir. Mais se connaître, ce n'était rien, se raisonna-t-elle. Andy venait d'admettre qu'elle-même le connaissait quand il n'était encore que M. Bateman.

— Oui, je l'ai rencontré à Bath il y a huit ans, avant de me marier. Nous avons refait connaissance à la partie de campagne d'Hannah.

Andy lui adressa un sourire narquois.

— Eh bien, il semble s'être pris d'affection pour vous. Je me souviens avoir pensé qu'il vous aimait bien à l'époque aussi. Ou bien ma mémoire est-elle défaillante ?

Elle tapota brièvement son doigt contre sa lèvre avant de le laisser retomber sur ses genoux.

— Non, j'en suis tout à fait sûre, mais je suis très observatrice.

Cassie leva les yeux au ciel.

— Oui, oui. On sait.

Violet préféra changer de sujet. Elle ne voulait pas attirer l'attention sur elle ou sur Nick. Ou pire, sur tous les deux. Ensemble.

Pourquoi ?

Parce que… et s'il ne se passait rien ? Et s'ils décidaient qu'ils n'étaient pas compatibles ?

La conversation d'hier à la Pump Room avait été révélatrice. Même s'il avait fortement attisé son désir en affirmant qu'il était venu à Bath pour *elle* – elle frissonna à nouveau, rien qu'en se rappelant le regard qu'il lui avait lancé –, elle ne se berçait pas d'illusions sur la perfection de la situation. Il y avait encore beaucoup de choses à régler. Mais ce qu'il avait dit l'avait encouragée : elle n'avait pas mérité son mariage malheureux. Peut-être allaient-ils pouvoir se retrouver. Elle avait presque peur d'espérer.

Comme si ses pensées l'avaient conjuré, Nick entra dans le salon de thé. Il parcourut la pièce du regard, posant les yeux de table en table jusqu'à ce qu'il aperçoive Violet. Quand il la trouva, il se faufila dans sa direction.

Violet ne voulait pas qu'il vienne ici. Cela ne ferait que renforcer les spéculations des sœurs. D'un autre côté, ce n'était pas comme si elles étaient des commères. Au contraire, elles étaient plutôt réservées, et restaient entre elles.

De toute manière, il était trop tard, parce que Nick était déjà arrivé à la table.

— Bonsoir, mesdames, dit-il.

— Bonsoir, Votre Grâce, dit Cassie avant de boire une gorgée de son verre de ratafia. Nous parlions justement de vous.

— Ah oui ?

Son regard se posa sur Violet, et elle décela une pointe d'humour.

— Nous essayions de vous situer, expliqua Andy. Je me suis souvenue de vous quand vous viviez ici. Avant que vous ne deveniez duc. Kilve n'est pas si loin… vous revenez souvent ?

— Non, en fait. Mais je pourrais rectifier cela. J'avais oublié à quel point j'apprécie Bath.

Il coula un regard vers Violet, un sourire aux lèvres. Elle le regarda fixement, tentant de lui faire comprendre, sans parler, qu'il devrait s'abstenir de dire de telles choses. En toute honnêteté, ce n'était pas tant ce qu'il disait que la manière dont il le disait. Il flirtait. Devant les gens. Elle n'était pas prête pour ça. Et en toute franchise, elle était surprise qu'il le soit.

Cassie se leva brusquement.

— Je dois aller au cabinet de toilette. Je vous prie de m'excuser.

La bouche d'Andy se crispa en une petite grimace devant le commentaire indélicat de sa sœur : Cassie n'était pas très douée pour les relations sociales. Elle s'empressa de la rejoindre.

— Je viens avec toi, dit-elle avant d'adresser un sourire à Violet et Nick. C'était un plaisir de vous voir tous les deux. Vous devriez venir prendre le thé, Violet.

— Je le ferai, merci.

Elle avait beau ne pas être une amie proche des sœurs, elle pouvait les compter comme plus que des connaissances. Elles étaient intelligentes, quoiqu'un peu excentriques.

Après leur départ, Violet s'affaissa contre le dossier de sa chaise.

— Il y a un problème ? lui demanda Nick en s'asseyant près d'elle.

— Elles se sont souvenues que nous nous connaissions il y a huit ans.

— Et alors ?

— Alors elles ont aussi remarqué que nous avons dansé ce soir, expliqua-t-elle, jetant un coup d'œil autour d'elle, se demandant si quelqu'un regardait dans leur direction. Avons-nous envie d'attirer l'attention sur nous ?

Il garda le silence un moment.

— Je n'y avais pas réfléchi. Je suppose que nous devrions le faire… Y réfléchir, je veux dire.

— Il semble plus prudent de ne pas avoir l'air de nous courtiser.

— Les règles sont un peu différentes une fois que l'on est veuf, non ? demanda-t-il avec un sourire en coin. Je dois admettre que je n'en sais vraiment rien.

Elle rit doucement.

— Je n'en sais rien non plus. Ce que je sais, c'est que nous devons faire preuve de prudence. Et sur ces paroles, je crois que je vais rentrer chez moi.

— Es-tu venue à pied ? Je pourrais te raccompagner.

— Non. Ma maison n'est pas si proche, surtout avec le temps exécrable de ce soir.

Ils étaient arrivés sous une pluie froide et persistante.

— Je sais où se trouve ta maison. La mienne se trouve à l'extrémité de Royal Crescent.

Elle le fixa.

— Ce n'est pas loin du tout de chez moi. Tu as prévu ça.

Il afficha un lent sourire d'autosatisfaction.

— J'ai tout prévu, précisa-t-il en haussant une épaule. Presque. Tout dépend de toi, évidemment. Si tu veux partir maintenant, je crois que je pourrais m'en aller aussi. J'ai peut-être quelque chose à faire, en fait, lui dit-il, l'air interrogateur.

Non. Il semblait *l'inviter.*

— Je crois que je suis prête à m'en aller.

Elle se leva, et il se fit un devoir de lui prendre la main et de s'incliner.

— Au plaisir de vous revoir, Lady Pendleton.

Le cœur de Violet s'emballa, et sa respiration s'accéléra. Un sentiment d'impatience l'envahit, et elle se força à ralentir le pas en quittant le salon de thé. Elle était douloureusement consciente de son regard qui lui brûlait le dos.

Cela lui prit une éternité pour arriver à sa berline, et comme elle ne vit pas Nick quitter les Assembly Rooms derrière elle, elle craignit qu'il ne vienne pas. Cependant, alors que son véhicule partait, elle l'aperçut en train de sortir.

Dès son arrivée dans sa petite maison de ville, elle avertit son majordome qu'elle se retirait. Il ferait de même, et il ne resterait que le valet de nuit. La femme de chambre de Violet, Chalke, qui faisait également office de gouvernante, rejoindrait sa chambre dès qu'elle aurait terminé d'aider Violet à se préparer à se coucher.

Elle se demandait comment Nick allait entrer dans la maison, mais comme il avait affirmé avoir tout prévu, elle devait partir du principe qu'il avait les choses bien en main. Cela incluait-il de connaître l'emplacement de sa chambre à coucher ?

Chalke, une femme d'âge moyen avec des cheveux d'un roux flamboyant, la retrouva à la porte de sa chambre.

— Bonsoir, my lady. Avez-vous passé un bon moment ?

Violet sourit à la femme de chambre qu'elle avait engagée lors de son déménagement à Bath voilà deux ans et demi. Elle avait aimé Chalke immédiatement. La femme avait un air maternel, mais aussi un esprit espiègle et chaleureux dont Violet avait cruellement besoin dans sa vie après la mort de Clifford.

— Oui, merci.

Elle entra dans son dressing, la femme de chambre sur les talons.

Violet déposa son réticule et retira ses boucles d'oreilles tandis que Chalke défaisait les perles qui ornaient son cou.

— Avez-vous dansé ? demanda la domestique.

— Oui.

Violet posa les bijoux sur la coiffeuse.

Après avoir placé le collier à côté des boucles d'oreilles, Chalke entreprit de dénouer le dos de sa robe.

— Mais vous n'êtes pas restée jusqu'à la fin du bal. Est-ce que vous vous sentez bien ?

— Oui, merci.

Chalke émit un bruit de gorge qui semblait légèrement désapprobateur.

— Je sens à quel point vous êtes tendue. Si vous ne me dites pas quel est le problème, je vous ferai boire un de mes grogs. Et pas l'un de ceux que vous aimez.

Violet jeta un œil par-dessus son épaule, et croisa le regard de Chalke.

— Êtes-vous en train de me menacer ?

Elle lui fit un sourire qui ressemblait davantage à un rictus.

— Je vous embête. Je crois qu'en secret, vous aimez ça.

— Je vais bien vraiment.

— Cela fait quelques jours maintenant que vous êtes sur les nerfs. C'est comme si vous étiez en train d'attendre que quelque chose se passe, constata Chalke en l'aidant à retirer sa robe qu'elle rangea dans l'armoire. Vous pouvez vous confier à moi. Si vous en avez envie.

Oui, elle pouvait lui parler. En fait, depuis qu'elle l'avait embauchée, Violet l'avait fait à de nombreuses reprises. Elle savait tout de l'homme de son passé, celui dont elle était tombée amoureuse et dont elle avait dû s'éloigner. Ce que Chalke ne savait pas, c'est que Violet avait repris contact avec lui. Violet n'avait pas souhaité parler de lui, surtout quand elle semblait aller de l'avant seule. Puis, lorsqu'il était apparu à l'hôtel Sydney, elle avait eu peur de partager son enthousiasme. Elle avait tellement peur qu'il disparaisse. Oui, elle attendait que quelque chose se passe, bon ou mauvais.

Violet retira ses chaussures d'un coup de pied.

— Vous vous souvenez de l'homme de mon passé ?

— Celui que vous avez rencontré ici à Bath ? demanda Chalke en revenant pour dénouer son corset.

— Lui-même. Je ne vous l'ai pas dit, mais il était présent à la partie de campagne d'Hannah.

Les yeux de Chalke s'arrondirent et elle leva les yeux vers Violet.

— Vous avez gardé des secrets! Comme c'est adorable, dit-elle avec un petit gloussement. J'imagine à quel point c'était merveilleux de le voir.

— C'était assurément surprenant. Eh bien... il est ici maintenant.

Chalke retira le corset et le mit de côté avant de revenir pour aider Violet à passer son jupon par-dessus sa tête.

— Ici, à Bath? C'est extraordinaire! Était-il au bal ce soir?

— Il était là.

— Rien d'étonnant à ce que vous soyez nerveuse. Y a-t-il un espoir que vous vous rapprochiez?

— Oui.

Mais pour l'instant, c'était tout ce qu'elle avait, un espoir. Ils n'avaient pas discuté de l'avenir. Et mieux valait ne pas le faire. Pas tant qu'ils n'aient décidé s'ils étaient compatibles. Il y avait tant de choses qu'elle voulait savoir sur lui. Peut-être pourrait-elle lui demander ce soir, à condition qu'il vienne effectivement.

Penses-tu que vous allez parler?

Violet réprima un sourire.

— Je sens la joie en vous. J'espère vraiment que tout s'arrangera.

— Merci, Chalke.

Quand Violet fut prête à aller se coucher, elle entra dans sa chambre où elle fit les cent pas. Sa fenêtre donnait sur le minuscule jardin arrière, qui était si sombre qu'elle ne pourrait pas le distinguer, s'il passait par là.

Si jamais il venait.

Pourquoi doutait-elle de lui? Parce qu'elle n'arrivait toujours pas à croire qu'il était là, et qu'ils avaient *peut-être* une chance.

Débordante d'énergie nerveuse, elle resserra sa robe de chambre autour d'elle et quitta sa chambre. Elle descendit l'escalier et se rendit au salon avant. La rue était relativement éclairée, avec des lanternes diffusant de la lumière par intervalles.

Soudain, elle entendit du remue-ménage en bas. Il y eut plusieurs bruits distincts : un chat qui hurlait, suivi du cri d'une femme, et de vaisselle brisée.

Violet se précipita vers les escaliers de derrière et fila jusqu'au niveau inférieur. En voyant le spectacle dans la cuisine, elle plaqua une main sur sa bouche et ouvrit les yeux, choquée.

Nick était étalé sur le sol. La cuisinière, Mme Spindle, se tenait au-dessus de lui, respirant fort, le visage rouge. Elle pointait le doigt vers lui.

— Voleur !

Chalke débarqua à son tour dans la cuisine à demi vêtue : elle avait passé une robe de chambre par-dessus sa chemise de nuit, mais n'avait pas eu le temps de l'attacher. Elle tenait une bougie.

— Que se passe-t-il ?

— Un voleur ! répéta Mme Spindle.

Violet abaissa sa main.

— Ce n'est pas un voleur.

Chalke croisa son regard un instant, puis elle éclata de rire.

— Oh, doux Jésus !

Elle savait précisément qui était leur invité.

— C'est, euh… un ami à moi, dit Violet d'une voix faible.

— Oui, un ami, répéta Chalke, qui tentait de contenir son hilarité.

Le majordome arriva en courant dans la cuisine à ce moment-là, la veste de travers, et les cheveux en bataille.

— Qu'est-ce…

Il observa la scène, puis son regard se posa sur Chalke, en cillant.

— Nous avons un léger problème, expliqua Violet avec un sourire serein qui contrastait avec le martèlement de son cœur. Rien que je ne puisse gérer moi-même si vous vouliez bien retourner au lit, Lavery.

Le majordome redressa sa veste.

— J'ai entendu Mme Spindle crier « voleur ». Dois-je alerter la police ?

— Non, je vous remercie, Lavery, répondit Violet avec empressement. Il n'y a pas de cambriolage en cours. Rien qu'un peu de remue-ménage.

Elle lui sourit, espérant qu'il irait se coucher.

— Regardez-moi ce désordre ! s'exclama Mme Spindle avec un geste en direction des morceaux de céramique qui jonchaient le sol.

— Il a trébuché sur le bol de lait de Ginger et a fait valser une partie de la vaisselle. Voleur ou pas, c'est un danger.

Ginger, la chatte tigrée orange, revint en rôdant dans la cuisine. Elle s'approcha de Nick qui lui lança un regard sévère. En réponse, elle se blottit contre son bras et se mit à ronronner.

— Traîtresse ! marmonna Mme Spindle.

Nick caressa la tête du chat avant de se lever.

— Je vous demande pardon d'avoir cassé la céramique. Peut-être que le seuil de la porte n'est pas le meilleur endroit où poser la gamelle d'un chat.

— Peut-être que s'introduire dans la maison des gens n'est pas la meilleure manière de passer la soirée ! rétorqua la cuisinière.

— Alors il y a *vraiment* un cambriolage ? demanda Lavery, qui semblait incroyablement perplexe.

Il jeta un œil à Chalke, qui semblait incapable de s'arrêter de rire. Violet devait bien admettre que toute cette situation était plutôt amusante.

— C'est une excellente alarme si quelqu'un, comme vous, décide d'envahir la maison de Lady Pendleton, affirma Mme Spindle avant de se tourner vers Violet. Pourquoi votre ami se faufilerait-il par la porte de derrière ?

Chalke cessa de rire et toussa. Elle toucha le bras de la cuisinière, tout en faisant signe à Violet d'emmener Nick à l'étage.

— Laissez-moi vous aider à nettoyer, madame Spindle.

Violet prit la main de Nick et le traîna dans les escaliers jusqu'au rez-de-chaussée. Elle continua de gravir les marches, mais à mi-chemin du premier étage, elle se tourna et éclata de rire, incapable de se contrôler plus longtemps.

— Mais bon sang, que faisais-tu ?

L'applique murale éclairait faiblement la cage d'escalier, mais elle distinguait l'arc de son front.

— N'est-ce pas évident ?

— Je suppose que oui, mais n'aurais-tu pas pu être plus… discret ?

— J'aurais pensé que me faufiler par l'entrée des domestiques *était* discret.

Elle rit plus fort en secouant la tête.

— Est-ce que cela va poser un problème ? lui demanda-t-il. Non, bien sûr que non. Sinon, tu m'aurais fait partir.

Prenant une grande inspiration, Violet s'essuya les yeux.

— Ma femme de chambre va arranger les choses avec Mme Spindle.

— Et ton majordome ? Il semblait perturbé. Enfin, quand il n'était pas confus.

Violet se remit à rire, et Nick passa la main sous son coude, pour la guider en haut des escaliers.

— Allons dans ta chambre.

Elle s'arrêta sur le palier suivant, luttant pour reprendre son souffle.

— Sais-tu où elle est ?

Il hésita avant de répondre.

— Non.

— Alors, que je comprenne bien, dit Violet, qui essayait de ne pas se remettre à rire, en vain. Ton plan, c'était de te faufiler dans ma cuisine et de rôder dans ma maison jusqu'à ce que tu tombes sur ma chambre à coucher ?

— En général, j'ai pour règle de ne pas rôder…

Elle agita une main pour le couper, et parvint à cesser de rire un moment.

— Oh, je crois que tu as beaucoup rôdé à la fête d'Hannah.

— Rôder, ce n'est pas la même chose que broyer du noir.

Il passa un bras autour de la taille de Violet, et l'attira tout contre son torse.

Elle cessa aussitôt de rire, mais son rythme cardiaque élevé ne s'apaisa pas. Au contraire, son pouls s'emballa.

— Je suppose que non.

— Maintenant, vas-tu me mener à ta chambre, ou dois-je continuer de mettre mon *plan* à exécution ici même ?

Il glissa ses doigts dans son dos et de son autre main, il lui enserra la taille, la maintenant fermement contre lui. Les tissus de sa chemise de nuit et de sa robe de chambre étaient bien plus fins que ses vêtements habituels. Elle le sentait, sa chaleur, sa dureté, *tout*, très distinctement. Ses genoux étaient prêts à céder et elle se voyait déjà le faire basculer dans les escaliers. Il ne manquait plus que ça pour conclure cette soirée.

Non, il fallait qu'il l'emmène dans sa chambre. *Maintenant.*

— Au prochain étage, tourne à gauche, et ce sera la première porte à gauche.

Elle semblait essoufflée et désespérée. Ce qui était logique, vu qu'elle l'était, et plus encore.

— Je ne sais pas, dit-il, baissant la tête et frôlant délicatement son cou avec ses lèvres, la faisant frissonner. Il y a
quelque chose de délicieusement coquin dans notre situation
actuelle.

Il la lécha jusqu'à l'oreille.

— Les domestiques peuvent arriver à tout moment.

— Exactement...

Oh, bon sang, les domestiques ! Que diable allaient-ils
dire ? Elle imaginait que Chalke allait la féliciter, car elle avait
dit maintes fois qu'elle voulait seulement voir Violet
heureuse. Mais Mme Spindle ? Ou pire, Lavery ? Il serait
choqué. Le savoir ne la fit pas changer d'avis.

Elle glissa les mains dans l'épaisse masse sombre de ses
cheveux.

— Je me fiche de l'endroit où nous sommes, du moment
que nous sommes ensemble.

La main de Nick remonta dans son dos pour saisir son
cou, la positionnant de sorte de pouvoir s'emparer de sa
bouche. Et il s'en empara ! Les lèvres du jeune homme s'écrasèrent sur les siennes avec un abandon irréfléchi, sa langue se
glissant dans sa bouche pour revendiquer ce qu'elle allait lui
offrir librement.

Après une exploration minutieuse et très agréable, il la
souleva dans ses bras. Elle s'accrocha à lui pendant qu'il
gravissait les escaliers. Il parvint à ouvrit la porte du premier
étage avec sa main tout en continuant à la tenir fermement. Il
trouva facilement sa chambre, et une fois qu'ils furent à l'intérieur, il la porta jusqu'au lit, où il la déposa doucement sur
la couverture.

— Dois-je verrouiller la porte ? lui demanda-t-il.

— Je ne suis pas certaine que ce soit nécessaire, répondit
Violet d'un ton ironique. Tout le monde sait que tu es ici. Je
pense pouvoir dire que nous ne serons pas dérangés.

Il était debout près du lit, et il se passa une main sur la

bouche. La lumière de la bougie posée à côté de son lit vacillait sur ses beaux traits.

— Devrais-je m'en aller ? Je ne voulais pas mettre le bazar.

— Ce n'est pas un bazar que je ne peux pas arranger. Et de toute façon, je m'en fiche.

Elle avait passé bien trop d'années à rêver de lui, à le désirer. Il était hors de question qu'elle le rejette. Pas maintenant. Probablement jamais. Elle s'agenouilla sur le lit et écarta sa robe de chambre, avant de la laisser tomber sur le sol.

— Viens ici.

Il s'avança près du lit et baissa les yeux sur elle. Ils étaient d'un gris sombre et tumultueux.

— Vous êtes trop habillé, duc.

— Peut-être voudriez-vous remédier à cela, my lady.

— Avec plaisir.

Violet arracha le nœud de sa cravate et tira le tissu de son cou. Elle glissa les mains sur sa poitrine et repoussa sa veste de ses épaules. Alors que le vêtement tombait au sol derrière lui, elle déboutonna son gilet. Pendant tout ce temps, elle le regardait dans les yeux, refusant de briser la connexion qu'il y avait entre eux. Cela faisait tellement longtemps qu'elle ne s'était pas sentie aussi proche de quelqu'un. Et à présent qu'il était là, elle voulait savourer chaque moment.

Il se débarrassa de son gilet et recula, et elle s'alarma aussitôt.

— Je retire mes bottes.

Elle souffla en le regardant s'asseoir sur une chaise dans le coin de la chambre, où il ôta ses bottes. Ses chaussettes suivirent, et il s'avança pieds nus jusqu'au lit.

Tendant la main vers lui, elle la posa à plat contre son torse. Son cœur battait fort et régulièrement sous le lin de sa chemise. Elle tira l'ourlet de sa ceinture et remonta le tissu sur sa poitrine. Il leva les bras pour le faire passer par-dessus sa tête.

Alors qu'elle découvrait l'étendue nue de son buste, elle passa ses mains sur ses muscles. Il était tellement différent de celui qu'il était avant, plus dur, plus large.

— On dirait que tu fais beaucoup de travail manuel.

Elle fit courir le bout de ses doigts sur sa chair, savourant la sensation.

— Je travaille avec mes locataires à l'occasion. Et je fais du cheval. Et je pêche, bien sûr.

Elle caressa ses clavicules, ses épaules, et ses biceps.

— Tu rames toujours.

Elle se souvint du jour où il l'avait emmenée sur le canal dans les Sydney Gardens.

— C'est vrai. C'est un peu plus délicat dans l'océan.

Elle le regarda avec insistance.

— Est-ce sans danger ?

— Y a-t-il quelque chose qui le soit ?

Elle s'étonna de sa question, mais pas longtemps, car il fit passer sa chemise de nuit par-dessus sa tête. L'air frais la balaya, et ses mamelons se raidirent sous l'effet du froid.

— On dirait que tu as froid. On ne peut pas laisser les choses comme ça.

Il abaissa la tête et aspira sa chair dans sa bouche, ses lèvres caressant son sein tandis qu'il léchait son mamelon.

Le désir envahit Violet, vite et fort alors que les sensations se déchaînaient en elle. Cela faisait si longtemps qu'elle n'avait pas été touchée comme ça. Elle ne pouvait pas le comparer à Clifford. Il n'y avait absolument aucune similitude, en dehors du fait qu'ils étaient dans un lit.

Il saisit ses seins, les souleva tandis qu'il se régalait de l'un puis de l'autre, ses lèvres et sa langue déclenchant un délicieux chaos dans ses sens. Elle ferma les yeux et rejeta la tête en arrière, s'abandonnant à son toucher.

D'une main, il agrippa sa nuque et la fit reculer jusqu'à ce qu'elle soit allongée sur le lit. Elle étendit ses jambes, qui pendirent par-dessus le bord du matelas. Il se tint debout entre elles, la laine de son pantalon frôlant les cuisses nues de la jeune femme.

Continuant à prodiguer ses délicates attentions à ses seins, il déplaça une main vers son clitoris. Il lui avait appris ce mot huit ans auparavant, juste avant de lui procurer le premier orgasme qu'elle ait jamais connu. Puis il lui avait expliqué qu'il allait poser sa bouche sur elle à cet endroit. Elle avait essayé de l'arrêter, horrifiée qu'il puisse suggérer une telle chose. Ensuite, il avait embrassé sa chair, et elle s'était libérée.

Il sépara ses replis intimes avec ses doigts tandis que son pouce œuvrait pour faire monter la pression en elle jusqu'au paroxysme. Elle cria alors que ses hanches se mettaient à bouger d'elles-mêmes. Elle n'aurait pas pu bloquer les réactions de son corps, même si elle l'avait voulu.

La bouche de Nick abandonna son sein, sa langue remontant le long de son sternum jusqu'à sa clavicule, puis dans son cou pour finir par lécher sa mâchoire.

— Violet, tu te souviens quand nous étions ensemble avant ?

— De chaque instant.

Elle avait survécu grâce à ces souvenirs.

— Ouvre les yeux.

Elle obéit et le vit la contempler, le regard sombre et dangereusement séducteur. Le corps de Violet frémit de désir.

— La dernière fois, nous n'avions pas parlé avant. S'il y a quelque chose que tu ne veux pas que je fasse, ou quelque chose que tu ne veux…

— Embrasse-moi simplement, Nick.

Elle agrippa son cou et abaissa sa tête pour lui montrer à quel point elle le voulait. Elle cambra tout son corps, plantant sa langue dans la bouche de Nick.

Il inclina la tête, et ses doigts s'enfoncèrent tendrement dans son cou alors qu'il la retenait prisonnière. Le baiser était profond et ténébreux, presque douloureux. C'était tout ce qu'elle avait désiré d'aussi loin qu'elle se souvenait.

Les hanches de Nick se plaquèrent contre les siennes, et elle sentit la longueur de son érection à travers ses vêtements. Elle se colla contre lui à son tour, et enroula les jambes autour de sa taille. La main de Nick qui se trouvait toujours entre eux tourmenta sa chair jusqu'à ce qu'elle se retire et crie, incapable de contenir sa passion.

— Embrasse-moi partout, dit-elle d'une voix rauque.

Il s'exécuta, sa bouche parcourant sa joue jusqu'à son oreille et amorçant une descente lente et sensuelle. Il s'attarda à nouveau sur ses seins, et il se servit de ses dents, cette fois, pour pincer légèrement sa chair tendue. Elle gémit et fit tournoyer ses hanches, en quête de jouissance.

Puis il posa les lèvres sur son abdomen, laissant une traînée de feu et de désir sur sa chair. Il l'agrippa par les hanches et fit glisser sa langue vers le bas.

— Ouvre les jambes.

Il lui écarta les cuisses et fit de même avec ses replis intimes, se servant de ses pouces pour la caresser et la titiller. Aveuglée de désir, elle se cambra sur le lit.

Puis il répondit à ses supplications silencieuses et posa la bouche sur elle. Il commença par la toucher doucement, en la léchant délicatement tandis que son pouce se promenait sur sa chair. Elle plongea les mains dans ses cheveux et tira sur les mèches, le pressant de lui offrir ce qu'elle voulait, ce dont elle avait besoin.

Il suça son clitoris, attisant son orgasme jusqu'au point de rupture. Lorsqu'il glissa un doigt en elle, elle bascula et l'extase s'empara de son corps. Elle fut secouée par sa puissance ; ses jambes tremblaient et sa respiration était haletante.

Il s'occupa d'elle, sa bouche et ses doigts la transportant à travers son extase jusqu'à ce qu'elle émerge de l'autre côté, épuisée et satisfaite.

— Bon sang, Violet, tu es la plus passionnée des femmes, murmura-t-il avant de s'approcher et de l'embrasser presque sauvagement, grognant contre sa bouche. Tu es un cadeau.

Dire qu'elle était « satisfaite » était peut-être prématuré. Le désir enfla en elle une fois encore, rapide et brûlant. Elle passa la main entre eux et voulut déboutonner sa braguette, mais ses doigts étaient complètement mous.

Il s'écarta d'elle et détacha son pantalon, puis le retira aussi vite que possible. Elle se tourna sur le lit et il grimpa à côté d'elle.

Elle lui caressa l'épaule, le dos, laissant descendre sa main jusqu'à atteindre son postérieur.

— Cela fait si longtemps que je rêve de ce moment, murmura-t-elle.

Il se déplaça entre ses jambes, baissant les yeux sur elle.

— Je mentirais si je disais que j'ai fait la même chose, répondit-il d'une voix enrouée. J'ai dépensé une énergie folle pour ne pas penser à toi.

— Je comprends, dit-elle, et c'était vrai, mais elle sentit les larmes qu'elle n'avait pas versées lui picoter la gorge. Je sais que je t'ai blessé, et si je pouvais revenir en arrière, je le ferais.

— Chut, murmura-t-il, se penchant pour frôler ses lèvres des siennes. Ce n'était pas ton choix. Je le sais.

— Non, mais j'avais des choix.

Une larme coula de son œil et serpenta le long de sa tempe pour glisser dans ses cheveux.

Il embrassa son front, sa paupière, sa tempe mouillée de larmes, puis lissa ses cheveux en arrière, ses doigts effleurant tendrement les mèches.

— Non, c'est faux. Pas vraiment. Et j'aurais dû le comprendre.

— Tu l'aurais fait si tu avais reçu ma lettre, dit-elle d'un ton amer.

— Nous ne pouvons plus regarder en arrière. Je n'en ai pas envie.

Elle sentit qu'il se tendait, et se demanda s'il cherchait à se convaincre autant qu'il voulait qu'elle le croie. Elle posa la main sur le côté du visage de Nick, couvert d'une fine couche de barbe à cette heure tardive.

— Je veux regarder vers l'avenir. Avec toi.

Il l'embrassa à nouveau, leurs bouches se mariant en parfaite harmonie. Il passa la main entre eux, caressant sa chair avide. Elle gémit quand il glissa à l'intérieur.

Elle enroula ses jambes autour de lui, mais il ne bougea pas. Il resta simplement là, la comblant, tout en l'embrassant tendrement.

La joie l'envahit à mesure que l'extase enflait, prête à exploser en elle une fois encore. Elle se cramponna à lui alors qu'il commençait à palpiter en elle, se retirant légèrement avant de revenir, renforçant ainsi sa sensation de plénitude. C'était comme si elle avait trouvé la partie d'elle qui manquait.

Elle lui pinça les fesses et resserra les jambes autour de lui. Il se retira alors, presque totalement, avant de replonger en elle. Et il recommença. Et encore. Et encore, jusqu'à ce que le besoin la submerge. Elle s'accrocha désespérément à lui, et ses cris sauvages emplirent la pièce. Alors qu'elle pensait ne pas pouvoir survivre une seconde de plus, elle jouit, son esprit et son âme se brisant en petits morceaux extatiques qu'elle savait qu'il pourrait reconstituer. L'avoir ici signifiait qu'elle pouvait être entière.

Le corps de Nick se tendit, et elle le serra fort contre elle alors que son orgasme l'envahissait. Il cria et elle éclata de rire, incapable de contenir son bonheur.

Elle lui caressa le dos jusqu'à ce que son rythme s'apaise,

même si sa respiration était toujours aussi forte et rapide. Il l'embrassa, touchant son visage, avant de rouler sur le côté. Elle se rapprocha et apposa sa main sur sa poitrine qui se soulevait et s'abaissait, jusqu'à atteindre une cadence presque normale. Sa peau était chaude, et elle se pencha pour déposer un baiser près de son mamelon.

— Je crois que je n'ai pas de mots, dit-il finalement.

— Je ne crois pas en avoir non plus, mais nous devrions probablement en trouver.

Elle roula loin de lui et se leva pour se nettoyer devant la bassine posée dans le coin de la chambre. Elle revint au lit avec un linge pour lui.

Il le prit et elle se tourna pour aller chercher sa robe de chambre. Avant qu'elle ne puisse l'enfiler, il lui dit :

— Non. S'il te plaît. Reviens avec moi.

Il tira la couverture et se glissa dans les draps, puis lui fit signe de le rejoindre.

Ce qu'elle fit, se sentant soudain timide, ce qui était idiot. Il la connaissait plus intimement que quiconque. Comme jamais personne ne la connaîtrait.

Elle se glissa dans le lit à côté de lui, et il l'attira plus près. Il embrassa la racine de ses cheveux, ses lèvres, s'attardant contre elle.

— Quels mots penses-tu que nous devrions trouver ?

Rassemblant son courage, elle se tourna pour le regarder dans les yeux.

— Les mots qui nous ramèneront l'un à l'autre.

CHAPITRE 13

*N*ick était confus.

— Je pensais que c'était le cas.

Elle laissa glisser son doigt le long de sa poitrine.

— Il y a encore des choses que nous ne savons pas. Huit ans, c'est long.

Ses caresses étaient distrayantes, et il songeait déjà aux autres choses qu'il voulait lui faire ensuite.

— Si tu n'arrêtes pas ça, il n'y aura pas de mots. Du moins pas d'autres que « s'il te plaît », « ne t'arrête pas », ou peut-être « plus fort ».

La main de Violet s'immobilisa, mais ses lèvres se retroussèrent en un sourire sensuel.

— Tu essaies d'éviter la discussion.

— Peut-être.

Ce n'était pas qu'il n'en avait pas envie. Mais, en fait… c'était précisément cela.

— Il m'est difficile de parler du passé.

Il était stupéfiant que son présent soit joyeux. Il avait peur de compromettre sa chance.

— Veux-tu que je commence ? s'enquit-elle tranquille-ment, avec un tendre et doux sourire.

Il attira la tête de Violet vers le bas pour l'embrasser. Elle s'écarta au bout d'un moment, et il lui adressa un sourire en coin.

— Si tu y es obligée.

Elle lui donna une tape sur la poitrine, et s'allongea à côté de lui, se blottissant dans le creux de son bras, sa tête sur son épaule.

— J'aurais voulu que nous nous soyons enfuis ensemble. Dans ma tête, nous l'avons fait. Je nous imaginais nous enfuyant en Écosse pour ne plus jamais revenir. Nous aurions vécu dans un cottage des Highlands où nous aurions eu nos enfants et notre amour, et nous n'aurions eu besoin de rien d'autre.

Cela semblait idyllique.

— Pourquoi les Highlands ?

Elle haussa les épaules.

— Je ne sais pas. Parce que c'était loin, je suppose.

— Je nous imaginais plus loin que ça… en Amérique.

— Ah oui ? demanda-t-elle, se penchant pour le regarder à nouveau. Je croyais que tu me détestais.

— C'est vrai, mais de temps en temps, je me laissais aller à fantasmer sur ce qui aurait pu être.

Surtout quand il s'était retrouvé malheureux au cours de la campagne avec la 4e division.

— Si tu n'avais pas été…, commença-t-il, avant de s'arrê-ter, de peur de dire quelque chose de grossier qu'il regretterait.

Elle ne méritait pas ça. Il pensait ce qu'il lui avait dit, qu'elle n'avait pas vraiment eu le choix. Le jeune homme qu'il était à vingt-deux ans n'avait pas été assez intelligent pour s'en rendre compte.

— Pardonne-moi, lui dit-il.

Le regard de Violet se fit plus doux.

— Il n'y a rien à pardonner.

Elle l'embrassa sur la joue, puis se réinstalla contre lui.

Il se rendait compte qu'il avait envie de connaître les détails. Après tout ce temps, il pouvait bien apprendre la vérité.

— Combien de temps après avoir quitté Bath as-tu épousé Pendleton ?

Il se rappelait avoir lu quelque chose à ce sujet, mais il ne s'en souvenait pas. À moins qu'il n'ait oublié à dessein.

— Presque immédiatement. Cela devait faire environ quatre semaines, je crois. Juste le temps pour mon père d'arranger le contrat de mariage et de faire lire les bans.

— Tu n'as pas eu ton mot à dire dans cette union ?

— Aucun. Je me demande parfois s'ils n'ont pas choisi exprès la pire personne possible, celle qui allait forcément me rendre malheureuse.

Quand il songeait à ce qu'elle lui avait déjà dit sur Pendleton, il avait envie de réveiller l'homme d'entre les morts pour le tuer à nouveau. Mais peut-être sa colère était-elle mal placée. Peut-être fallait-il qu'il la dirige contre les vivants, à savoir sa mère et son père.

— Tes parents ne se montreraient quand même pas aussi cruels ?

— Je ne l'aurais pas cru, mais ils ont refusé de me laisser épouser l'homme que j'aimais.

Aimais. Elle avait parlé au passé. Il pensait qu'elle l'aimait encore, mais elle ne l'avait pas exprimé clairement. Est-ce que lui l'aimait ? Il l'avait aimée à l'époque. Même s'il avait fini par la détester, il ne doutait pas qu'il avait commencé par l'aimer.

— Parle-moi de Pendleton, lui demanda-t-il d'un ton bourru.

Il était partagé entre la volonté d'attiser sa haine envers

cet homme, et le fait de savoir que ce serait une torture à entendre. Il la soupçonnait d'avoir envie de révéler ses secrets. C'était elle qui avait voulu cette conversation.

Elle hésita avant de lui demander :

— Que veux-tu savoir ?

— Tout ce que tu voudras me dire.

Et quand cela serait trop pour lui, il le lui dirait.

— C'était un coureur de jupons. Je détestais être mariée avec lui.

— Je suis navré d'apprendre que tu as dû endurer un tel mariage. Et vous n'avez pas eu d'enfants ?

Il savait bien sûr qu'elle n'avait pas pu en porter, car Mme Linford le lui avait dit. Il songea à son rêve des Highlands : elle avait mentionné des enfants.

— Je ne peux pas en avoir, répondit-elle d'une voix si faible qu'il dut se concentrer pour l'entendre. Je suis tombée enceinte plusieurs fois. Après la troisième fausse couche, Clifford a décidé que je ne valais pas la peine qu'il couche avec moi. J'avais beau être triste, mon soulagement fut encore plus grand.

Nick la serra contre lui. La douleur associée à la perte d'un enfant était unique, et il se doutait que cette souffrance était identique, même s'ils n'étaient pas nés.

— Le destin ne s'est pas montré particulièrement clément avec nous deux. Comment est mort Pendleton ?

— D'une longue maladie, aggravée par une consommation excessive d'alcool, je dirais. Et peut-être de laudanum. Il a commencé à en prendre pour soigner des quintes de toux. À la fin, il ingurgitait bien plus que la quantité prescrite.

— Je ne peux pas croire que tu aies été triste quand il est mort.

— Non, effectivement, ce qui m'a fait me sentir un peu coupable.

Nick embrassa Violet sur la tête une fois encore.

— Tu ne devrais pas.

— Ton mariage était-il heureux ?

— Oui.

Aussi heureux qu'il s'attendait à l'être après avoir perdu d'abord Maurice, puis son oncle.

Elle se redressa sur son coude et le regarda.

— Rien que « oui » ?

Ses muscles se crispèrent en même temps qu'un malaise l'envahissait.

— Que pourrais-je te dire de plus que tu aurais vraiment envie d'entendre, Violet ?

Il se redressa ; il était peut-être temps pour lui de partir.

Elle s'assit à son tour et se rapprocha de lui, posant la main sur son épaule.

— Pardonne-moi, s'il te plaît. Je ne voulais pas insister. Je suis certaine que c'était une femme charmante, sans quoi tu ne l'aurais pas choisie.

Il inclina le haut de son corps vers elle. Elle était tellement belle dans la faible lumière de la bougie dans son dos. Ses yeux étaient vifs et couleur terre, ses cheveux pâles et éthérés. Aux yeux de Nick, elle était un savant mélange de lumière et d'obscurité, de ses moments les plus heureux et les plus tristes. Il ne voulait plus de tristesse.

Il souleva une boucle des cheveux de Violet sur son épaule et caressa les douces mèches.

— Je préfère ne pas regarder en arrière. Ce qui ne veut pas dire que je ne veux pas partager des choses avec toi. Je veux juste aller de l'avant.

— Je comprends.

— Et pour l'instant, je me concentre sur le fait que nous sommes tous les deux ici, et que grâce à toi, je me sens plus léger que je ne l'ai été depuis des années, lui dit-il avec un sourire. Enfin, une fois que j'ai succombé à ta persévérance.

— Ma persévérance ?

— Tu ne trouves pas que tu t'es montrée persévérante lors de la partie de campagne ?

— Je ne vois pas vraiment ce que tu veux dire. Je n'essayais pas de te séduire.

Il caressa la mâchoire de Violet avec son pouce.

— Vraiment ?

Elle essaya de le regarder dans les yeux, mais un rire s'échappa de ses lèvres entrouvertes.

— J'ai essayé de ne pas le faire. Ta technique de dissuasion a été plutôt efficace.

— Il est difficile de ne pas être conquis par une femme capable de se maîtriser après avoir chaviré d'un bateau, de remporter un concours de tir à l'arc avec brio et qui ne demande qu'à aider mon ami le plus cher.

— Tu me fais paraître bien plus excitante que je ne le suis vraiment, dit-elle doucement, détournant le regard, gênée.

Il posa le doigt sous son menton et le tira pour qu'elle le regarde. Il la fixa droit dans les yeux, il voulait qu'elle le croie.

— Tu es tout ce que je veux à cet instant.

Il avait cessé de réfléchir à ce qu'il voulait, car ces choses ne cessaient de disparaître. Alors même qu'il prononçait ces mots, la peur le submergea. Peut-être valait-il mieux qu'il s'en aille...

Avant qu'il ne puisse s'envoler, Violet prit son visage entre ses mains et l'embrassa. Lorsqu'elle recula, mais juste un peu, son front se plissa d'une manière provocatrice.

— *Là*, tout de suite ?

— Je crois que oui, répondit-il en la repoussant sur le matelas, venant sur elle. À moins que tu ne penses que je devrais m'en aller. Il faudra que je parte avant le matin, de toute manière.

Elle l'entoura de ses bras et caressa son dos, une main descendant jusqu'à son postérieur. Ses caresses étaient

divines, et juste ce qu'il fallait pour repousser les ténèbres de
son esprit. Il espérait que ce serait pour toujours, mais il
acceptait que ce ne soit sûrement que pour un moment.

Les ténèbres avaient le chic pour le retrouver.

$\sim$

*L*e gentleman qui le regardait au travers du miroir ne
lui était guère familier. Violet avait insisté pour
qu'il porte un costume qui ressemblait à une tenue
de cour, qu'il dédaignait et qu'il n'avait porté qu'en de très
rares occasions. Plutôt que de faire fabriquer quelque chose,
il avait fait venir l'un de ses costumes de Londres. Il était à
présent vêtu d'un costume vert foncé avec du muguet brodé
sur la veste. La reine aimait les fleurs.

Il avait hâte de voir Violet dans sa tenue de cour, presque
autant qu'il était impatient de l'en débarrasser.

Ils avaient passé les trois derniers jours dans une béati-
tude extatique. Vendredi, il l'avait emmenée faire une promenade en bateau sur le canal. Et ce soir-là, ils s'étaient
retrouvés, par un hasard fait exprès, à une fête célébrant la
veille de la Toussaint. La fête avait été belle, même si Nick
avait déployé de gros efforts pour éviter les différents jeux de
divination. Il n'avait pas besoin qu'on lui prédise son avenir,
car il était certain qu'il serait mauvais.

Il pensait ce qu'il avait dit à Violet : il voulait vivre dans le
présent et profiter de chaque instant. Et c'était précisément
ce qu'ils avaient fait. Il ne l'avait pas vue aujourd'hui, car il
était parti à cheval à la rencontre du cortège de la reine.
Demain, ils se rendraient sans doute à la Pump Room lorsqu'elle y serait, et le jour suivant, ils fêteraient l'anniversaire
de la conspiration des Poudres avec tous les autres habitants
de Bath. Il se rendait compte qu'il n'avait pas été aussi
heureux depuis très longtemps. Depuis toujours, peut-être.

Nick se détourna du miroir.

— Ferai-je l'affaire, Rand ?

Le valet le scruta et lui adressa un signe de tête approbateur.

— Merveilleusement, répondit-il en tendant à Nick son tricorne, que celui-ci plaça sur sa tête. Et maintenant, vous êtes parfait.

Nick se racla la gorge.

Le duc quitta la maison et grimpa dans sa berline qui l'attendait. La circulation allait être atroce, car les gens se pressaient dans les rues depuis le début de la journée. La ville était tellement illuminée de lanternes que l'on se serait presque cru en plein jour.

Il aurait aimé aller chercher Violet en chemin, mais ils avaient décidé qu'ils ne pouvaient pas arriver ensemble. Pourtant, il scruta sa maison en passant dans sa rue, et vit sa berline dehors. Elle n'était pas encore partie. Tant mieux, il pourrait guetter son arrivée.

Il fut l'un des tout premiers à arriver au 93 Sydney Place, où il fut introduit dans un salon en attendant l'heure où la reine recevrait ses visiteurs. Un petit quart d'heure plus tard, il assista à un spectacle qui lui coupa le souffle.

Violet apparut dans l'embrasure de la porte. Elle était vêtue d'une robe de velours bleu d'évêque, munie de larges et amples cerceaux. De ses manches tombait une dentelle neigeuse garnie d'or, et plusieurs plumes d'autruche se dressaient au sommet de sa tête. Ses cheveux blonds entouraient délicatement son visage, et des saphirs étincelants ornaient ses oreilles et son cou. Elle s'avança, et il ne put détacher son regard d'elle.

Quelques personnes l'alpaguèrent, mais elle trouva son regard, et ses lèvres esquissèrent un doux sourire. Impatient, il vint à elle. C'est alors qu'il vit que la broderie sur sa robe représentait aussi du muguet.

Ils échangèrent des civilités jusqu'à ce que les autres s'en aillent, les laissant seuls, ne serait-ce que pour un moment.

Se plaçant à ses côtés, il se pencha près de son oreille.

— Tu es éblouissante.

— Pas autant que toi.

Elle parcourut son corps du regard, réchauffant son sang et faisant durcir son corps à des endroits tout à fait inappropriés.

— Cesse de me regarder comme ça. Nous devons voir la reine d'un moment à l'autre.

Violet lui adressa un sourire coquin, juste avant que le valet de pied n'annonce que la reine était prête. Plusieurs pairs étaient présents, mais Nick les supplantait tous, à l'exception du fils de la reine, le duc de Clarence, qui était déjà à ses côtés. Parmi les invités présents dans le salon, Nick fut le premier à être admis en sa présence.

La reine Charlotte était assise dans un large fauteuil doré. Elle semblait un peu pâle, mais elle était venue à Bath pour consommer des eaux dans le but d'améliorer sa santé. Ses grands yeux sombres étaient encore vifs en dépit de ses soixante-treize ans.

Après qu'il se fut incliné, elle lui fit signe de venir se placer près d'elle.

— Vous ne venez pas très souvent à la cour, Kilve.

— Effectivement, Votre Majesté. Je vous prie de m'excuser.

Il s'inclina à nouveau.

— Je sais que vous étiez en deuil pendant un moment. Je suppose que ce n'est plus le cas ?

— Non.

Elle hocha la tête.

— Bien.

D'autres personnes furent introduites, qui s'inclinèrent et firent la révérence, répondant aux questions de la reine avec prestance et grâce. Violet s'avança et fit une profonde révérence.

— Sont-ce des muguets, Lady Pendleton ? l'interrogea la reine, avant de tourner la tête pour regarder Nick. Et vous en portez aussi. Devrais-je être avertie d'une union à venir ?

— Non, Votre Majesté. C'est simplement une coïncidence.

Les lèvres pleines de Charlotte se courbèrent en un sourire ravi.

— Une *charmante* coïncidence.

Quand tout le monde eut présenté ses respects à la reine Charlotte, elle fit signe à Nick de s'approcher.

— Je manquerais à mon devoir si je ne vous remerciais pas pour votre service. Vous avez combattu à Badajoz, n'est-ce pas ?

— Effectivement, Votre Majesté.

— Ce fut une bataille vraiment terrible. Wellington m'a tout raconté… tout ce que je pouvais supporter, précisa-t-elle.

Elle l'observa attentivement pendant un moment. Puis elle parut se rappeler quelque chose, clignant des yeux.

— Vous avez combattu aux côtés de votre frère. Wellington me l'a également raconté. Il était sur le point d'être démobilisé pour pouvoir rentrer chez lui et hériter.

Ce n'était pas tout à fait exact, car l'ongle Gil était toujours en vie à ce moment-là, mais Nick ne la corrigea pas.

— C'est tellement affreux d'avoir dû affronter une telle épreuve, et de perdre votre frère en même temps. Je suis désolée pour votre perte, et nous vous sommes profondément reconnaissants pour son sacrifice.

Nick inclina la tête. La détresse et le désespoir le parcoururent tandis que le vieux goût de la terreur lui empoisonnait la bouche. Épreuve n'était pas un mot adéquat. Ils avaient vécu l'enfer sur terre, et après la mort de Maurice, Nick se fichait de vivre ou mourir. Il avait protégé le corps de son frère, combattant tout le monde avec une rage que certains décrivirent comme inhumaine quelque temps plus tard. Nick n'aurait su le dire, car il ne se souvenait pas des détails après que Maurice avait rendu son dernier souffle.

Il surprit Violet qui le regardait. Elle se tenait à proximité, sans doute assez près pour entendre ce que la reine avait dit. Observant le pli de son front, et sa bouche inquiète, il en eut confirmation.

L'audience s'acheva peu de temps après, et Violet retrouva Nick dans le salon alors que les gens repartaient vers leur berline. Son corps bourdonnait tant il était tendu : la conversation avec la reine l'avait déstabilisé, et les murs de la salle de réception le rendaient nerveux.

— Est-ce que tu...

Nick l'interrompit avant qu'elle ne termine.

— J'ai besoin de marcher.

Il se tourna brusquement et sortit de la maison, empruntant le trottoir qu'il parcourut à grandes enjambées.

Il voulut repousser ces pensées angoissantes à l'arrière de son esprit, comme il le faisait habituellement, mais pour une raison qu'il ignorait, le visage de Maurice ne cessait de lui apparaître. Ses taquineries quand ils étaient petits, son rire avant qu'il n'achète sa commission, son visage gris et sans vie au milieu de la bataille.

Les tentacules pernicieux du désespoir se refermèrent sur lui. Il serra les poings sur les côtés en marchant, accélérant comme s'il pouvait fuir la peur qui menaçait de le faire tomber à genoux.

— Nick ! Nick !

Il n'avait aucune idée du nombre de fois où elle cria son nom, mais quand il s'arrêta et se tourna en direction de la rue, sa berline était arrêtée plusieurs mètres derrière lui. Le valet de pied de Violet en descendit et ouvrit la porte, puis l'aida à descendre.

Elle devait procéder lentement à cause de l'immense volume de sa robe. Mais une fois sur le trottoir, elle se précipita à sa rencontre.

— Nick ?

Il ne répondit pas, se contentant de la regarder fixement. Il ne trouvait rien à dire. Son esprit, envahi par les émotions et les souvenirs, se refermait. Tant mieux. Ainsi, peut-être pourrait-il oublier.

Elle lui prit la main.

— Viens avec moi.

Il ne protesta pas quand elle le traîna jusqu'à sa berline. Il se déplaçait beaucoup plus lentement qu'auparavant, avec l'impression d'être couvert d'une chape de plomb. Tout lui semblait si lourd tout à coup.

Le valet de pied aida Violet à remonter dans le véhicule, et Nick grimpa derrière elle, prenant le siège dos à la route parce que ses jupes occupaient complètement l'autre.

Un instant plus tard, ils étaient en route.

— Que s'est-il passé ? s'enquit Violet.

— Elle m'a posé des questions sur Maurice.

— Je l'ai entendue, répondit-elle d'une voix douce et réconfortante qui le calma un peu. Veux-tu me dire pourquoi tu es bouleversé ?

— Pas vraiment, dit-il, remarquant la déception dans ses yeux, même si elle essayait de la dissimuler. Je l'ai vu mourir. J'ai essayé de le sauver, mais je n'ai pas pu.

Elle descendit de son siège pour s'agenouiller sur le plancher. Levant les yeux vers lui, elle posa les mains sur ses cuisses.

— Nick, je suis vraiment désolée pour tout ce que tu as enduré.

Tout ce que j'ai enduré. Oui, il y avait eu beaucoup de

morts, mais à bien des égards, celle de son frère avait été la
perte la plus terrible. Maurice et lui avaient grandi ensemble.
Ils avaient vécu alors que leurs frères et sœurs, leur mère,
leur père avaient tous péri. En dépit de tout, y compris la
perte de Violet, Nick avait su qu'il survivrait, que tout irait
bien, parce qu'il avait son frère à ses côtés.

— C'est… Parfois, c'est trop.

Les mains de Violet se déplaçaient tendrement sur lui,
massant ses muscles, chassant l'amertume de sa tension.

— Je regrette de ne pas l'avoir rencontré. Tu parlais
toujours de lui avec beaucoup d'affection.

— Je donnerais tout pour qu'il revienne.

Combien de fois avait-il murmuré cette supplique au
cours des jours sombres qui avaient suivi la mort de Jacinda ?
Et encore après le décès d'Elias ? Si Maurice avait été là, Nick
aurait beaucoup mieux géré la situation. Peut-être que la
solitude n'aurait pas pris le dessus.

Agenouillée à ses pieds, Violet le touchait, le caressait, lui
insufflant une force tranquille jusqu'à ce que la berline
s'arrête.

— Où sommes-nous ? s'enquit-il.

— Chez moi. Entre prendre un verre. Ensuite, tu pourras
rentrer chez toi à pied, si tu en as envie. Je vais envoyer mon
valet de pied prévenir ton cocher que tu es rentré chez toi.

Un verre, c'était bien. Bon sang, plusieurs, c'était encore
mieux !

Il descendit de la berline et aida Violet à faire de même.
Ses jupons s'écrasèrent contre les jambes de Nick avant
qu'elle ne se dirige vers la courte volée de marches menant à
son perron.

— Je devrais y aller.

Il n'était pas de bonne compagnie.

La berline s'en alla, les laissant seuls devant sa maison.

Elle se tourna pour lui faire face.

— Si tu fais ça, je te suivrai. Je ne te laisserai pas seul. Pas avant d'être sûre que tu vas bien.

— Violet, je vais bien. J'ai eu des années pour apprendre à faire avec sa mort.

Avec toutes les morts.

— Oui, et tu es devenu le duc Solitaire, répliqua-t-elle en faisant un pas vers lui. Est-ce vraiment celui que tu veux être ? Ou préfères-tu être l'homme avec qui j'ai passé cette dernière semaine ?

Il était satisfait en tant que duc Solitaire. Il menait une vie ordonnée, simple, et la plupart du temps, sans contrariété. Mais au cours de la semaine qui venait de s'écouler, il avait retrouvé la joie, jusqu'à un certain point. Il s'était rendu compte qu'il gardait toujours le contrôle, veillant à gérer ses émotions.

Elle lui reprit la main et le tira vers la maison. Il la laissa l'entraîner sur quelques pas avant de s'arrêter net. Elle trébucha en arrière, mais retrouva rapidement son équilibre.

Il lui lâcha la main.

— Je dois y aller, Violet.

— Je ne te laisserai pas faire.

Le désespoir de Nick se mua en colère.

— Ce n'est pas à toi d'en décider.

À cet instant, le majordome de Violet ouvrit la porte en grand.

— Nous ne pouvons pas faire ça dans la rue, lui dit-elle, plissant les yeux. *Viens. À l'intérieur. S'il te plaît.*

Elle lui agrippa la main une nouvelle fois, avec une poigne de fer, serrant les dents alors qu'elle le tirait.

Il eut envie de planter les talons dans le sol, mais il ne pouvait se résoudre à faire un esclandre. Il allait entrer, lui dire de le laisser tranquille, puis il s'en irait.

Seulement il sous-estimait Violet.

Elle salua son majordome d'un large sourire en total contraste avec la tension qui régnait entre eux.

— Nous allons juste au salon pour prendre un verre, Lavery.

Elle entra dans la pièce, et Nick la suivit à contrecœur.

Dès qu'il fut à l'intérieur, elle referma la porte derrière lui.

— Que va penser ton majordome, marmonna-t-il.

— Que nous entretenons une liaison, ce qu'il pense déjà depuis des jours. Et de manière plutôt pertinente.

Elle alla au buffet et lui versa un verre de ce qui ressemblait à du whisky.

— Tu bois du whisky ? s'étonna-t-il en acceptant le verre.

— En de rares occasions. J'ai bien peur qu'il ne soit là depuis un moment.

Il s'en moquait. Il le descendit d'un trait et lui tendit le verre vide.

Elle retourna au buffet où elle le remplit à nouveau. Cette fois, elle en prit une gorgée avant de le lui donner.

Il s'arrêta avant de boire. Il n'avait pas envie d'être ici. Il sentait que son contrôle lui échappait, et il ne voulait pas que cela se produise devant elle.

— Je dois y aller.

— Tu n'arrêtes pas de le répéter, mais si tu voulais bien me parler de Maurice… ou de quoi que ce soit d'autre, je serais ravie d'écouter. Ce qui ne me plaît pas, en revanche, c'est de rester là à te regarder redevenir glacial et t'éloigner.

Il la regarda par-dessus le bord du verre, puis but une gorgée.

Elle le fixa en croisant les bras.

— Tu ne peux pas redevenir le duc Solitaire. Ce n'est pas bon pour toi. Cette dernière semaine, tu t'es comporté beaucoup plus comme l'ancien Nick, et je crois que c'était ton intention, étant donné que tu as recréé des événements que nous avions déjà vécus avant. Alors, faisons ce qu'il faut pour le garder ici.

Oui, il avait voulu récupérer ce qu'ils avaient partagé, mais il n'était plus la même personne. Trop de choses s'étaient passées.

— Le Nick que tu as rencontré n'existe plus. Tu continues à te concentrer sur le passé. J'ai décidé que je ne voulais pas faire ça. Je ne *peux pas* faire ça.

Abaissant les bras, elle s'approcha de lui, et les plumes au sommet de sa tête se balancèrent.

— Alors, nous allons trouver le nouveau Nick, celui qui n'a pas besoin de se retrancher derrière une forteresse de solitude.

Elle s'arrêta devant lui, tout près, mais ne le toucha pas. Il brûlait pour elle comme il brûlait de partir. Elle l'avait poussé dans des endroits où il ne voulait peut-être pas aller.

— Et si je ne peux pas le faire ? Tout ce qui s'est passé a fait de moi qui je suis.

— Et j'en fais partie, dit-elle doucement, et son regard se fit triste. Nous ne pouvons pas revenir en arrière, mais j'espère toujours que nous pouvons aller de l'avant.

Il n'en était pas persuadé. Même maintenant, ces vieux sentiments d'amertume l'envahissaient. Dans ses moments les plus sombres, il avait reproché à Violet d'être à l'origine d'une série de malheurs. Il avait beau savoir que rien de tout cela n'était de sa faute, il avait du mal maintenant à faire la différence alors qu'il était si angoissé.

Son corps bourdonnait de sentiments enfouis et de besoins refoulés. Avant qu'il ne s'oblige à faire demi-tour et s'en aller, elle posa une main contre sa poitrine.

Ce n'était qu'un simple contact, même pas particulièrement intime, mais il le ressentit au plus profond de lui-même. Et cela l'incita à bouger, mais pas à partir.

Il passa son doigt sous le bandeau d'or qui entourait sa

tête, et auquel étaient attachées ces spectaculaires plumes d'autruche, et le fit glisser de ses cheveux. Il saisit l'une des plumes et jeta la coiffe au sol. Puis il retira les épingles de ses boucles, laissant retomber les mèches de soie blonde entre ses doigts.

Quand ses cheveux furent détachés, il glissa les doigts dedans, les arrangeant comme un voile sur ses épaules. Elle était si belle avec ses yeux plissés de manière sensuelle, les lèvres entrouvertes. Elle fit glisser sa langue sur sa lèvre inférieure, et il craqua.

Agrippant son dos, il l'attira contre lui. Il plaqua sa bouche contre celle de Violet, cherchant aussitôt l'accès aux plaisirs qu'elles renfermaient. Leurs langues se rencontrèrent et s'affrontèrent, tandis que la faim de Nick le poussait à serrer le corps de Violet contre le sien. Mais ces fichus cerceaux sous sa jupe l'empêchaient de sentir ce qu'il voulait.

Il écarta sa bouche de celle de la jeune femme, mordillant sa lèvre inférieure. Elle haleta, mais c'était un son naturel et séduisant.

— Ces maudits cerceaux, parvint-il à articuler.

Le désir le faisait trembler.

Elle le regarda droit dans les yeux, retenant son regard captif tandis qu'elle relevait lentement sa jupe.

— Détache-les.

Elle se retourna, présentant les liens qui maintenaient les cerceaux autour de sa taille.

Nick tira sur les rubans avec des doigts tremblants. Cela prit plus de temps que nécessaire, sûrement parce qu'il était obsédé par la courbe de son postérieur, clairement visible sous le fin lin de sa chemise. Mais il finit par les détacher. Il lui offrit sa main pour l'aider à se sortir du vêtement.

Elle en portait encore tellement. Un tel volume était décourageant. Il n'avait pas envie d'attendre pour la déshabiller, il avait besoin d'elle maintenant.

— Violet, j'ai besoin de…

Il s'interrompit quand elle se retourna et se mit à genoux devant lui. Sans mot dire, elle déboutonna sa braguette et ajusta ses sous-vêtements pour trouver son membre raidi. Dégageant sa chair, elle le caressa de la base à la pointe, d'un geste rapide et sûr, lui procurant précisément ce dont il avait envie.

Alors qu'elle reproduisait le geste plusieurs fois, il ferma les yeux et détendit les épaules, laissant sa tête basculer en arrière. Lorsque la pointe humide de sa langue toucha sa peau sensible, il gémit. Le sang se précipita vers ses bourses et son sexe, le rendant plus dur encore. Il avait désespérément envie qu'elle le prenne en elle.

Puis elle le fit. Sa bouche se referma sur lui, avançant lentement jusqu'à ce qu'elle le prenne aussi profondément qu'elle le pouvait. Son recul fut encore plus captivant, ses lèvres et sa langue envoyant des vagues d'extase en lui. Lorsqu'elle s'avança de nouveau, elle accéléra le rythme, et ses mains agrippèrent ses hanches, enfonçant les doigts dans sa chair.

Nick sentait son désir augmenter, et son bassin remuer en rythme avec elle. Il essaya de ne pas pousser dans sa bouche, mais c'était terriblement difficile pour lui de se retenir. Il tenta de reprendre le contrôle qu'il avait abandonné quelques minutes plus tôt, mais il était plus qu'insaisissable… il avait totalement disparu.

Il entrouvrit à peine les yeux, et baissa la tête. Ses cheveux retombaient autour d'elle comme une cascade d'or, dont les mèches soyeuses lui frôlaient les cuisses. Ses lèvres roses et parfaites l'entouraient. C'était la chose la plus érotique qu'il avait jamais vue. Et il allait se répandre dans sa bouche.

Trouvant finalement le moyen de se contrôler, il se retira. S'abaissant, il agrippa ses bras et la remit sur ses pieds.

Il se dirigea vers le canapé, l'entraînant avec lui. Quand il se retourna, elle était en train de s'essuyer délicatement la bouche. Submergé par la luxure, il l'embrassa. C'était un baiser torride, dur, et rapide.

— J'ai besoin de toi, Violet, lui dit-il avant de la tourner vers le canapé. Soulève tes jupes et agenouille-toi, vers le dossier.

Elle n'hésita qu'une seconde avant de relever ses jupons et de grimper sur les coussins, à genoux. Il attrapa le gros morceau de tissu et le tint à sa taille. Elle se pencha en avant, et, de sa main libre, Nick repoussa sa chemise qui s'accrochait obstinément à son postérieur, pour exposer sa chair.

Elle élargit sa position, s'ouvrant pour lui, et il n'eut pas besoin d'une invitation supplémentaire. Il passa ses doigts le long de ses replis intimes, arrachant à ses lèvres un doux gémissement. Elle était chaude et humide, plus que prête pour lui. Bien, parce qu'il était déjà prêt. Il était presque au-delà de la réflexion.

Guidant son sexe jusqu'à son ouverture, il la pénétra doucement, en essayant d'aller lentement. Le faible degré de contrôle qu'il avait retrouvé se brisa en deux quand sa chaleur étroite l'engloutit. Le désir le traversa, et il s'abandonna à la folie, s'enfonçant profondément dans son intimité.

Elle haleta, repoussant ses hanches en arrière jusqu'à plaquer ses fesses contre l'aine de Nick. Il agrippa le tissu à sa taille, et se retira lentement pour savourer les sensations. Mais quand il s'agissait de pousser vers l'avant, il n'avait pas cette patience. L'élan de son désir prit le dessus, et il plongea en elle.

Elle bougea avec lui, se balançant d'avant en arrière, le conduisant à un tourment délicieux. Ses cris passionnés le poussèrent à accélérer le rythme. Puis elle dit son nom. Encore et encore. C'était à la fois une provocation et une supplique, qui lui vola le peu de raison qui lui restait.

Il enfonça les doigts dans la chair de Violet, et la posséda tandis que son orgasme augmentait. L'extase enfla en lui, et ses muscles intimes se resserrèrent autour de son sexe, le faisant basculer. Il vacilla un instant avant de sombrer dans le délire.

Il ignorait combien de temps il était resté dans cet état d'inconscience, mais lorsqu'il reprit ses esprits, leurs respirations hachées emplissaient la pièce, et leurs mouvements étaient réduits à presque rien. Il relâcha sa prise sur les vêtements de Violet, et le tissu retomba contre sa jambe, essayant de recouvrir son postérieur. Mais il était toujours en elle. C'était si bon, si normal.

Et il se sentait comme une bête.

Se retirant de la jeune femme, il laissa sa robe la couvrir tandis qu'il reculait. Il rentra son membre ramolli dans son pantalon, et reboutonna sa braguette.

Elle se retourna et glissa sur le canapé. Sa poitrine se soulevait et s'abaissait amplement pendant qu'elle essayait de reprendre son souffle. Elle lissa sa jupe froissée sur ses jambes et leva les yeux vers lui.

— Je suis désolé.

Elle fronça les sourcils.

— Pour quoi ?

— Je n'aurais pas dû te prendre comme ça.

— Pourquoi ? J'ai plutôt apprécié. J'ai hâte de recommencer, et de préférence sans avoir à gérer les vêtements.

— Je ne parle pas de la position, dit-il, cherchant les bons mots, tout en sachant intuitivement qu'il n'y en avait pas. Moi. Je suis… Tu mérites mieux.

Il y avait trop de ténèbres en lui, trop de cette froideur dont elle ne voulait pas.

Elle se leva et alla vers lui, passant les bras autour de sa taille.

— C'est absurde.

— Non, grogna-t-il presque, alors que sa colère enflait de nouveau. Tu comprends qui je suis maintenant, et tu dois accepter que je ne suis plus l'homme que tu as connu, et sans doute pas l'homme que tu veux.

Elle fronça à nouveau les sourcils, plissant les yeux, elle aussi en colère.

— Je n'ai pas besoin que tu me dises ce que je devrais vouloir. J'en ai assez que les gens prennent des décisions pour moi, merci beaucoup.

Oui, elle avait sûrement raison. Il savait que ce ne serait pas facile, d'essayer de retrouver un semblant de vie heureuse. Et de voir s'il pouvait le faire avec elle. Il avait besoin d'air.

— Il faut que j'y aille, dit-il en s'écartant de son étreinte. Et cette fois, tu vas me laisser faire.

Elle leva les mains.

— Je ne peux pas te contrôler, lui dit-elle doucement. Et je n'en ai pas envie non plus.

C'était parfait. Car il pouvait à peine se contrôler lui-même.

CHAPITRE 14

*L*es deux derniers jours avaient été marqués par une activité sociale intense. La reine avait sollicité la présence de Nick, ce que Violet comprenait. La reine Charlotte avait également requis la sienne, notamment lors d'une sortie dans les Sydney Gardens. Comme Violet résidait à Bath, elle souhaitait tout savoir sur les curiosités et activités locales.

La veille, ils avaient célébré la journée de la conspiration des Poudres avec force feux de joie et illuminations, ainsi qu'un feu d'artifice au-dessus des jardins. La reine avait été totalement ravie.

Ils avaient également visité Bailbrook House, où les veuves et les orphelins de guerre apprenaient à tricoter et à recoudre les boutons. Violet avait observé Nick pendant toute la visite, pour voir à quel point cela l'affectait. Il était resté stoïque et distant. Le duc Solitaire était de retour.

Sauf la nuit.

La nuit, il venait chez elle, où ils se délectaient du contact de l'autre. Cependant, ils ne discutaient pas, pas de sujets importants, et Violet se demandait s'il y avait un espoir pour eux à long terme. Elle l'espérait. Elle voulait qu'il y en ait un. Mais il fallait que Nick trouve un moyen de laisser le passé derrière lui. Il prétendait ne pas vouloir se concentrer dessus. Ce qu'il ne voyait pas, c'était qu'il le consumait.

Elle se tenait près des fenêtres de la Pump Room, observant Nick qui parlait avec un autre gentleman. Le silence commença à se faire à l'autre bout de la pièce, et Violet vit des gens incliner la tête les uns vers les autres.

Elle s'avança vers la table où deux de ses connaissances étaient assises. Quelqu'un de la table voisine se pencha et leur annonça :

— La princesse Charlotte est morte.

Violet songea aussitôt à la reine, avec qui elle avait passé tant de temps ces derniers jours, et son cœur se serra. Elle se tourna et se dirigea vers Nick au moment où un membre de l'entourage de la reine le rejoignait.

— La princesse a accouché d'un fils mort-né, et elle est décédée peu de temps après, annonça le gentleman à voix basse, les traits creusés par la détresse.

Violet ne put s'empêcher de toucher le bras de Nick, sachant à quel point cela devait l'affecter. Il ne dit rien, mais il blêmit.

— Quelle tragédie, murmura Violet.

— La reine va partir sans tarder pour retourner à Windsor pour les funérailles, continua l'homme, regardant Nick. Vous devez y aller.

Nick ne regarda pas l'homme, mais hocha lentement la tête.

Le gentleman s'éloigna pour continuer à partager la nouvelle.

— Nick, est-ce que ça va ? s'enquit Violet à voix basse, sans pouvoir dissimuler sa grande inquiétude envers lui.

Il la regarda, mais elle eut le sentiment qu'il ne la voyait pas.

— Je te verrai plus tard.

Elle resta debout, là, impuissante, à le regarder quitter la pièce à grands pas. Plus tard... Il viendrait vraisemblablement la voir ce soir. Elle le prendrait dans ses bras, et, avec un peu de chance, elle pourrait faire tomber certaines des barrières qu'il avait érigées autour de son cœur. Si elle n'y parvenait pas, elle ne voyait pas vraiment où leur histoire pourrait les mener.

Elle l'aimait toujours, et durant le temps qu'ils avaient passé ensemble, elle était de nouveau tombée totalement amoureuse de lui. Certes, il n'était plus le même homme qu'elle avait rencontré, mais elle n'était pas non plus la même femme. C'était un homme marqué par des tragédies, et qui avait hérité d'un rôle auquel il ne s'attendait pas. Et d'après ce qu'elle pouvait en dire, il le menait de façon magistrale. Il méritait le bonheur, plus que quiconque de sa connaissance, et elle voulait être celle qui le partagerait avec lui. Mais elle avait commencé à se faire à l'idée que ce ne serait peut-être pas possible.

Et son cœur menaçait de se briser à nouveau.

～

— *C*'est bien mieux, Votre Grâce.

Rand vérifia son travail pendant que Nick se passait une main sur la bouche et sentait la peau lisse de son visage pour la première fois en deux jours. Il n'avait pas quitté sa maison... En réalité, il avait à peine quitté sa chambre. Le chagrin l'avait submergé.

Les morts de la princesse Charlotte et de son fils avaient fait resurgir toutes les émotions qu'il avait travaillé si dur à enterrer. C'était comme si Jacinda et Elias étaient morts à nouveau.

Nick s'était donc glissé dans son lit et s'y était caché du

monde, tout comme il l'avait fait au moment de leur mort. Il aurait aimé pouvoir dire qu'il se sentait mieux après avoir laissé libre cours à ses émotions, mais ce n'était pas le cas. Au lieu de cela, il se sentait épuisé et un peu… vide.

— C'est bon de vous voir sur pied, lui dit Rand en nettoyant son nécessaire de rasage. Pouvons-nous terminer votre toilette ?

Nick grogna en guise de réponse, et laissa son valet finir de l'habiller. Une fois qu'il eut terminé, il remercia Rand et quitta sa chambre.

Dès qu'il atteignit le hall en bas, le majordome s'approcha de lui.

— Vous avez reçu une autre missive, Votre Grâce.

Elle venait sans doute de Violet. Elle lui avait déjà envoyé deux messages, demandant de ses nouvelles, et, à son crédit, remplissant la page d'un bavardage sans intérêt qui lui faisait oublier son chagrin, au moins pour un petit moment.

Il prit la lettre que lui tendait le majordome et fronça les sourcils devant l'écriture peu familière. En l'ouvrant, il vit que c'était une courte missive, et, à en juger par l'écriture et les éclaboussures d'encre négligées, rédigée à la hâte. Il la parcourut rapidement, et son cœur se serra.

La lettre ne venait pas de Violet, mais elle la concernait. Elle avait eu un accident.

Nick se précipita hors de la maison sans un mot pour le majordome. Il dévala la rue, sans se soucier de ce que les gens pensaient. Jamais il n'avait été aussi heureux d'avoir loué une maison si proche de la sienne.

Le majordome de Violet le fit entrer aussitôt.

— Votre Grâce, le médecin est avec elle à l'étage. Peut-être aimeriez-vous attendre dans le salon ?

Non, il ne voulait pas attendre ailleurs qu'à son chevet. Il se dirigea vers l'escalier, mais s'arrêta, la main sur le pilier.

— Que s'est-il passé ?

La note n'en faisait pas mention.

— Lady Pendleton est allée se promener, au Royal Crescent, il me semble, expliqua le majordome, et Nick en conclut qu'elle venait le voir. Il y a eu une sorte de confusion avec une berline qui s'est emballée. Elle est tombée et s'est cogné la tête. Elle n'a pas repris conscience, j'en ai bien peur.

Le ton tendu et grave du majordome en disait plus que ses mots n'auraient pu le faire.

La panique monta dans la gorge de Nick, en même temps que de la bile. On aurait pu penser qu'il était devenu insensible à la perte, il *aurait dû* l'être. Il en avait envie. L'alternative était atroce. Il ne savait pas s'il pourrait revivre cette expérience.

Il gravit lentement l'escalier alors que l'appréhension le submergeait. Il avait froid, il tremblait, comme s'il avait de la fièvre.

Quand il arriva à la chambre de Violet, il remarqua que la porte était entrouverte. Il entendit des voix venant de l'intérieur, mais ne distingua pas ce qu'elles disaient. La peur le figea sur le tapis.

La porte s'ouvrit plus grand, et sa femme de chambre, Chalke, emplit l'espace. Le visage rond de la femme était pâle, et elle avait les yeux rouges comme si elle avait pleuré. Nick crut qu'il allait être malade.

— Oh, Votre Grâce ! s'exclama-t-elle. Entrez, entrez.

Il était terrifié à l'idée de ce qu'il allait voir et apprendre. Cela lui prit un moment, mais il entra. Son regard se porta aussitôt sur Violet, étendue sur son lit, ce lit où ils s'étaient mutuellement procuré tant de joie. Elle était si pâle qu'elle semblait un peu grise. Elle était d'une pâleur mortelle, comme on disait. Une sueur froide perla dans le cou de Nick, et ses paumes devinrent moites.

— Docteur Paulson, voici Sa Grâce, le duc de Kilve. C'est, euh… un ami de Lady Pendleton.

Le médecin devait avoir quelques années de plus que Nick, et il avait un regard bleu vif et un visage tout en longueur. Il paraissait bien armé pour annoncer de mauvaises nouvelles. Il s'inclina vers Nick.

— Votre Grâce. Lady Pendleton a subi une grave blessure. Elle a une belle bosse sur le crâne, et ne s'est pas encore réveillée. Il n'y a malheureusement rien que je puisse faire pour le moment. Nous devons prier pour qu'elle reprenne conscience rapidement.

Prier ? C'était ce que le médecin lui avait conseillé de faire lorsqu'Elias ne parvenait pas à se nourrir assez pour grossir. Il était petit et frêle à la naissance, et cela n'avait fait qu'empirer au fil des semaines. Nick avait depuis longtemps renoncé à la prière.

— Il y a forcément quelque chose que vous pouvez faire pour l'aider.

Ce n'était pas une question. Nick avait envie d'attraper l'homme par le revers et de le secouer jusqu'à ce qu'il la guérisse. Mais cela ne servirait à rien. C'était la malédiction de Nick.

— J'ai demandé à Mme Chalke de préparer quelques plantes et de les laisser infuser à côté du lit.

— Mme Spindle est en train d'y travailler, répondit la femme de chambre d'un ton sérieux.

— L'arôme pourrait aider à réveiller Lady Pendleton. Au-delà de cela, nous allons devoir attendre et voir ce qui se passe. Mme Chalke m'enverra chercher dès qu'elle se réveillera.

— Vous partez ? s'enquit Nick en jetant un regard furieux à l'homme.

Le médecin tressaillit, et son corps fut secoué.

— Pour le moment. Mais je reviendrai dès que vous aurez besoin de moi.

Nick se tourna vers le lit, congédiant l'homme avant de

faire quelque chose qu'il regretterait.

Chalke raccompagna le médecin, mais revint un moment plus tard, rejoignant Nick à côté du lit.

— Elle semble tellement paisible, n'est-ce pas ?

Ses traits étaient reposés, ses cils contrastaient avec la pâleur de ses joues. Elle avait les cheveux détachés, et ses boucles dorées s'étalaient sur l'oreiller. On ne voyait que le haut de sa chemise de nuit au-dessus des draps.

— Vous avez changé ses vêtements.

Il ne dit pas ce qu'il pensait vraiment : *combien de temps avez-vous attendu pour m'envoyer un message ?* Cela n'avait pas d'importance. Il était simplement heureux qu'ils l'aient fait. Mais cela signifiait que toute la maisonnée était au courant de leur liaison. Y avait-il quelqu'un d'autre dans la confidence ?

— Je suis heureux que vous m'ayez envoyé chercher. Cependant, il est préférable que nous ne fassions pas connaître notre… relation. Pour des raisons de convenance.

— Bien sûr, Votre Grâce.

Pour préserver la réputation de Violet, il aurait dû s'en aller. Et pourtant, il en était incapable. Pas tant qu'elle restait étendue là sans bouger.

Oh, mon Dieu ! Et si elle ne se réveillait jamais ? Les tremblements qui avaient agité son corps sur le trajet reprirent.

Chalke sembla le remarquer.

— Je vais vous chercher du whisky. Asseyez-vous avec elle. Cela lui fera du bien de savoir que vous êtes là.

Il regarda attentivement la femme de chambre.

— Vous pensez qu'elle sait ?

La femme plus âgée hocha la tête, les lèvres serrées. Elle semblait convaincue.

— Oui. Elle tient farouchement à vous, vous savez.

Oui, il savait. Et il tenait à elle. Bien trop, bon sang !

Après le départ de Chalke, il tira un fauteuil du coin de la pièce et l'installa à côté du lit. Il se laissa tomber sur le coussin et lui toucha le visage. Il était doux et frais. Elle avait un peu de couleurs, mais pas beaucoup. Elle ne ressemblait pas à une morte comme Jacinda.

Chalke lui rapporta le whisky et resta un peu, bavardant sur la manière dont elle était venue travailler pour Violet quand elle avait déménagé à Bath.

— Vous n'étiez pas avec elle quand elle était mariée ? l'interrogea-t-il, ravi de cette diversion, mais curieux aussi.

— Non. Elle avait une femme de chambre que son mari avait engagée et manifestement Madame ne l'aimait pas. Elle a déménagé ici à Bath pour prendre un nouveau départ. Elle a engagé du nouveau personnel, elle a tout changé.

Il comprenait pourquoi elle avait voulu le faire. Elle avait enduré un mariage dont elle n'avait jamais voulu, et elle n'avait même pas pu en tirer le meilleur parti.

— Vous connaissez Madame depuis longtemps, dit Chalke d'un ton doux, son regard complice indiquant clairement qu'elle était au courant de leur histoire.

Il ne répondit rien, car ce n'était pas une question. Au lieu de cela, il imagina Violet telle qu'elle était à l'époque, les yeux brillants, les joues rosies par le soleil de midi alors qu'ils se promenaient dans le parc. Soudain, il songea à ses parents.

— Avez-vous envoyé un mot à ses parents ?

Chalke pinça les lèvres.

— J'attendais de voir si elle allait se réveiller. Elle n'aime pas les voir très souvent. Je ne les ai rencontrés qu'une fois.

Cela ne le surprenait pas non plus. Mais cela le rendait triste. Que n'aurait-il pas donné pour revoir ses parents en vie et en bonne santé. Pourtant, ce n'était pas comme si Violet pouvait contrôler le comportement des Caulfield. Il se demanda ce qu'ils penseraient de sa présence ici. Ils seraient probablement très enthousiastes. Après tout, il était duc aujourd'hui.

— Vous devriez également envoyer un message à Hannah Linford. Si Violet ne souhaite pas la présence de ses parents, elle voudrait celle de son amie la plus proche.

Nick pensa soudain à Simon. Il n'avait toujours pas de ses nouvelles, et le courrier de Nick avait été renvoyé à sa maison de Royal Crescent.

— Oh oui, vous avez raison. Je vais y aller de ce pas. Tenez, donnez-moi ça, lui demanda-t-elle en prenant son verre vide. Préféreriez-vous écrire vous-même à Mme Linford ?

Il secoua la tête.

La femme de chambre lui tapota l'épaule, et le surprit par ce contact physique.

— Gardez un œil sur elle.

Resté seul avec Violet, il la regarda dormir. Est-ce qu'elle dormait ? Que se passait-il lorsque l'on se blessait à la tête ? Il se pencha sur le lit et tâta avec précaution la bosse qu'elle s'était faite. Bon sang, elle avait la taille d'un œuf d'oie ! Désemparé, il se rassit dans le fauteuil et veilla durant un long moment.

Cela faisait bien longtemps qu'il avait desserré sa cravate et déboutonné son gilet, et il envisageait de retirer ses bottes lorsqu'elle tressaillit.

Aussitôt vigilant, il bondit sur le bord du fauteuil.

— Violet ?

Elle cligna des yeux, et son corps convulsa. Du vomi jaillit de sa bouche, inondant le devant de son corps. Elle hoquetait, luttant pour respirer.

Il se leva d'un bond et passa les mains dans son dos pour la soulever.

— Chalke ! Aidez-moi !

Il continua de crier jusqu'à ce que la femme de chambre, le majordome, et un autre membre de son personnel arrivent en courant dans la chambre.

— Oh, mon Dieu ! souffla Chalke.

Violet tremblait dans ses bras, et une autre convulsion secoua son corps. Davantage du contenu de son estomac se déversa.

Le majordome se précipita à l'autre bout de la pièce et revint avec la bassine vide. Il la plaça sous la bouche de Violet tandis que Nick essayait de la soutenir.

Elle aspira de l'air, la respiration bruyante et laborieuse. Ils attendirent tous, tendus, de voir si elle allait être à nouveau malade, mais au bout de quelques minutes, elle sembla avoir surmonté la crise. Néanmoins, elle tremblait toujours, et ils se mirent au travail pour défaire le lit. Le majordome retira les draps souillés, laissant les deux femmes retirer la chemise de nuit de Violet.

Pendant tout ce temps, Nick murmurait des mots apaisants à la jeune femme en lui frottant le dos. Il ne savait pas quoi faire d'autre. Il aurait voulu pouvoir dire que jamais il ne s'était senti aussi impuissant. Mais il avait déjà ressenti cela auparavant. Plusieurs fois. Bon sang, qu'il détestait cette sensation d'être absolument impuissant !

Quelqu'un alla chercher de l'eau, et ils passèrent Violet de l'autre côté du lit pour que Chalke puisse la laver. Puis la femme de chambre lui tressa les cheveux du côté où il n'y avait pas la bosse. Nick souleva Violet dans ses bras pour qu'ils puissent complètement changer la literie, et il la serra étroitement contre sa poitrine pendant que les servantes travaillaient rapidement et efficacement.

Il répugnait à la recoucher, mais il était heureux qu'elle se soit apaisée. Même ses tremblements avaient cessé. Une fois qu'ils l'eurent réinstallée dans son lit, les domestiques s'en allèrent pour aller laver les draps et se nettoyer.

Pourquoi ne s'était-elle pas réveillée ? Pour lui, une réaction aussi violente de son corps aurait dû lui faire reprendre conscience.

Mais elle était revenue à son état précédent. Immobile. Pratiquement sans vie.

Il arpentait la chambre, soudain pressé d'être ailleurs qu'ici.

Quand Chalke revint, il alla faire un tour dans le jardin. Il ne sut pas combien de temps il s'était absenté, mais il s'arrêta dans le salon en bas pour prendre un autre verre de whisky avant de remonter.

Une odeur familière l'accueillit.

— Elle a encore été malade ? s'enquit-il.

— J'en ai bien peur, répondit Chalke, inquiète. J'ai envoyé chercher le médecin.

Ils la nettoyèrent de la même manière, mais cette fois, quand Nick la prit dans ses bras, elle ouvrit brièvement les yeux. Ils semblaient brillants comme du verre, et elle n'avait pas l'air de pouvoir se concentrer sur lui. Elle avait une pupille noire et immense quand l'autre était réduite à une tête d'épingle.

— Violet ? l'appela-t-il, et comme elle ne répondait pas et ne réagissait pas plus, il essaya encore. Violet, tu m'entends ?

Ses paupières s'agitèrent avant de se refermer une fois de plus. Elle se relâcha dans ses bras, et sa frustration éclata en un grognement qu'il ne put contenir.

Il la remit dans son lit maintenant propre, et laissa Chalke la couvrir.

— Essayez de ne pas vous tracasser, Votre Grâce, dit Chalke, de manière plutôt ridicule.

Comment aurait-il pu ne pas se tracasser ?

Le médecin revint, mais une fois de plus, il n'avait rien de valable à dire ou à faire. Nick avait envie de le balancer par la fenêtre. D'après lui, les vomissements pouvaient être bon signe, car son corps s'efforçait de rejeter le poison qui pouvait s'y trouver. Cette théorie semblait parfaitement ridicule à Nick. Comment diable pourrait-on s'empoisonner avec un coup à la tête ? Le médecin avait expliqué calmement et de façon plutôt condescendante qu'il y avait peut-être du liquide dans la bosse et que cela pouvait l'empoisonner. Le duc s'était contenté de fixer l'homme et de l'imaginer en train de voler dans les airs quand Nick l'aurait balancé à terre.

Après le coucher du soleil, Chalke tenta de le faire manger, mais il refusa, comme toutes les autres fois où elle l'avait suggéré.

Tard dans la nuit, il s'endormit de l'autre côté du lit de Violet, se réveillant au moindre bruit. Elle s'éveilla aussi à plusieurs reprises et, heureusement, elle ne fut plus malade. Mais elle n'arrivait pas à se concentrer, ni à répondre, ni à démontrer de quelque manière qu'elle était bien consciente.

Au matin, Nick avait pratiquement perdu tout espoir.

Puis elle se réveilla enfin.

Seulement, ce ne fut que pour un temps très court, et elle se contenta de demander de l'eau. Chalke lui apporta à boire avec le visage ruisselant de larmes. Violet se rendormit, et la domestique se tourna vers Nick, de l'espoir plein les yeux.

— C'est forcément bon signe.

— Ou bien cela pourrait ne rien vouloir dire, répondit froidement le duc.

Le visage de Chalke se crispa, et elle hocha la tête.

— Vous devriez rentrer chez vous et dormir.

— Je ne peux pas dormir.

Il avait essayé.

— Pour changer vos vêtements, alors.

C'était sans doute ce qu'il avait de mieux à faire.

Chalke sembla ressentir son hésitation.

— Vous ne serez pas loin. Nous vous enverrons chercher si elle se réveille. Mais vous l'avez vu... il ne se passe pas grand-chose.

Non, effectivement, il ne se passait pas grand-chose.

Déprimé et épuisé, Nick s'en alla. Il avait envoyé un

message tard la veille pour expliquer qu'il ne serait pas à la maison. Comme le personnel était rattaché à la maison, il ne les connaissait pas et ils ne lui posèrent aucune question. Rand, cependant, fut assez désemparé devant l'apparence de Nick.

Le valet examina les vêtements désordonnés du duc.

— Vous allez bien, Votre Grâce ?

— J'ai besoin d'un bain. Et de quelque chose à manger.

Il n'avait pas particulièrement faim, mais il savait que son corps avait besoin d'être nourri.

— Tout de suite.

Rand appela les valets de pied pour qu'ils remplissent le bain. Il aida ensuite Nick à se déshabiller.

— J'ai préparé les bagages pour Londres. Souhaitez-vous toujours partir demain matin ?

Oh, bordel !

Il avait oublié qu'il devait assister aux funérailles de la princesse. Pouvait-il l'éviter ?

Non. La reine attendait sa présence. Si Violet avait été sa femme, il aurait pu se faire excuser…

Mais elle ne l'était pas.

Sa femme. Il n'avait jamais osé penser à elle de cette manière. Et pourquoi cela ?

Précisément à cause de ce qui se passait en ce moment. S'il la prenait pour épouse, il serait ouvert et vulnérable. Il ne pouvait pas faire cela.

— Votre Grâce ? insista Rand, l'air interrogateur.

— Oui, nous partirons demain.

Il le devait. On ne pouvait rien refuser à la reine.

Et peut-être que s'il s'éloignait de Violet, il serait capable de réfléchir correctement. Car à cet instant, il était complètement noué, l'esprit ravagé par la peur et le désespoir. Il avait déjà emprunté cette voie, et il savait où elle menait.

Il refusait d'y échouer à nouveau.

CHAPITRE 15

Quatre jours plus tard, Nick traversait Hyde Park à cheval, le vent de novembre transperçant ses vêtements. Il ne sentait rien. Il n'avait rien ressenti depuis qu'il avait quitté Bath.

Il était allé voir Violet le soir avant son départ. Le médecin venait de partir, et Nick était ravi de ne pas l'avoir croisé. Chalke lui expliqua que l'homme n'avait toujours aucune idée pour améliorer son état. Plus que frustré, Nick avait trouvé un médecin accompli à Londres dès son arrivée, et l'avait payé grassement pour s'occuper de Violet à Bath.

Il avait reçu des nouvelles par le courrier du matin. Violet reprenait conscience périodiquement, mais était trop épuisée pour faire autre chose que manger et boire avant de se rendormir.

Nick devait bien s'avouer qu'il avait perdu tout espoir qu'elle se remette. Cela, ou alors il s'était convaincu que cela ne le touchait pas. La situation lui était bien trop familière, trop douloureuse. Il préférait prendre la décision d'avancer sans elle plutôt que de risquer de la perdre.

La question était de savoir comment passer à autre chose.

Pendant le temps qu'ils avaient passé ensemble récemment, elle était devenue une partie de sa vie. Il aimait avoir quelqu'un à qui parler, quelqu'un qu'il avait hâte de voir. Il ne voulait pas redevenir le duc Solitaire. Il n'en avait pas la moindre envie. Mais il était destiné à vivre derrière un rempart de glace. Il ne voyait pas d'autre solution.

Il envisagea de s'enfuir comme Simon l'avait fait. Peut-être pourraient-ils parcourir les îles ensemble.

Absorbé par ses pensées, il aperçut un autre cavalier, ou plutôt une cavalière, juste avant de traverser son chemin. Il ne se rendit compte qu'au dernier moment que la personne montait en amazone.

— Votre Grâce ?

Il reconnaissait vaguement la voix, et une fois qu'il eut calmé Oberon, il la regarda.

— Mademoiselle Kingman.

La petite brune lui sourit.

— Oui. Je suis vraiment ravie que vous vous souveniez de moi.

— Comment pourrais-je oublier ? Vous étiez une présence charmante à la partie de campagne. J'ai apprécié notre visite de la cathédrale.

Il vit la surprise briller au fond de ses yeux, et il se demanda ce qu'il avait bien pu faire.

Elle parut sentir sa confusion, et laissa échapper un petit rire.

— Je n'avais pas compris que vous aviez apprécié. Cela me réjouit vraiment.

Exact, parce qu'il avait quitté la cathédrale en toute hâte, sur les traces de Simon. De plus, il s'était comporté comme un con pendant la plus grande partie de la fête. Bon sang, cela faisait des années qu'il se comportait comme un con ! Et soudain, il avait retrouvé sa capacité à se montrer agréable.

Grâce à Violet. Il devait le lui accorder.

Sa poitrine se contracta, et il la repoussa de ses pensées.

— Qu'est-ce qui vous amène à Londres ? s'enquit-il.

— C'est ici que nous vivons la majeure partie du temps, expliqua Mlle Kingman avant de jeter un œil à son brassard noir. Irez-vous à Windsor pour les funérailles ?

Elles avaient lieu dans quelques jours.

— Oui, c'est la raison de ma venue.

Elle hocha la tête, et il s'attendit à voir de la tristesse dans ses yeux ou à ce qu'elle fasse un commentaire sur cette tragédie. Au lieu de cela, elle dit :

— Au moins, elle ne souffre plus.

Son attitude était si factuelle, si… dénuée d'émotion que cela l'ébranla. Depuis plusieurs jours, les effluves de mélancolie qui imprégnaient chaque recoin de Londres l'avaient submergé. Le voile avait menacé de l'envoyer se terrer dans son lit pendant toute la durée de son séjour.

Le pragmatisme de Mlle Kingman était un répit bienvenu.

— Oui, c'est une bénédiction.

— Pourtant, c'est effrayant, non ? ajouta-t-elle d'un air serein, sans une once d'appréhension dans sa question. Porter un enfant, je veux dire. Je ne suis pas certaine que j'aurais envie d'essayer.

Sa silhouette frissonna délicatement.

— Je suis sûr que votre mari le voudra.

Elle pinça brièvement les lèvres et expira.

— Oui, j'en suis certaine.

— Ce ne serait pas mon cas, se surprit-il à lui dire. J'ai perdu ma première femme en couches. Et l'enfant plus tard.

— J'en ai entendu parler, répondit-elle, s'abstenant une fois encore d'insister sur le caractère tragique de la situation. Mais qu'en est-il de votre titre ? Vous avez besoin d'un héritier.

Il haussa les épaules.

— Je n'étais pas censé hériter. Le titre m'a été légué après une série d'événements malheureux. Il passera sans problèmes à d'autres après moi.

Il choisit de ne pas prononcer le mot « tragique ». Elle semblait parfaitement à l'aise avec le fait de laisser les émotions en dehors de leur conversation.

— Eh bien, je vois pourquoi vous n'êtes pas enclin à vous marier, dit-elle avec un sourire. C'est formidable.

— Formidable ? répéta-t-il, confus. On dirait que vous n'êtes pas tellement en faveur du mariage. Pardonnez-moi de le dire, mais au cours de la partie de campagne, j'ai eu la nette impression que vous étiez sur le marché du mariage.

— Selon mon père, oui. Il espère m'associer avec un grand titre, comme le vôtre.

Sir Barnard s'était montré limpide à ce sujet chaque fois qu'il avait adressé la parole à Nick au cours de la fête.

— Je pense qu'il veut simplement ce qu'il y a de mieux pour vous.

Elle laissa échapper un grognement peu féminin, laissant apparaître une facette d'elle qu'il n'avait pas vue pendant la partie de campagne.

— Il veut ce qui lui permettra d'élever son statut. S'il se souciait vraiment de ce que moi je veux, il me laisserait choisir mon propre mari. Ou pas.

Oui, la conclusion qui s'imposait, c'était qu'elle n'était absolument pas pour le mariage.

— Vous ne souhaitez pas vous marier.

Elle jeta un œil en arrière vers son palefrenier, arrêté plusieurs mètres derrière elle.

— Je n'avais pas l'intention de me montrer aussi directe. Je vous en prie, pardonnez-moi.

— Il n'y a rien à pardonner. J'admire la franchise.

C'était l'une des choses qu'il avait aimées chez Violet. Lors de leur première rencontre, elle n'avait pas joué la jeune lady rougissante qui cherchait à séduire un prétendant. Elle

s'était montrée honnête et franche. Il la chassa une nouvelle
fois de son esprit.

— Merci, Votre Grâce.

Elle tapota l'encolure de son cheval. C'était un bel animal,
et d'après ce qu'il pouvait voir, elle avait une excellente
posture.

— Je suis sincèrement désolé d'avoir failli vous percuter,
lui dit-il.

— Vous en étiez loin. Quoi qu'il en soit, j'aurais pu vous
éviter si nécessaire, je suis suffisamment douée. J'aime les
activités sportives. En dehors de la natation, même si je
pense que je devrais peut-être apprendre au cas où je tombe-
rais à nouveau d'un bateau. Heureusement, j'avais un cheva-
lier, ou plutôt un duc, pour me sauver.

— C'était un plaisir pour moi. J'aime l'eau, et surtout
pêcher.

— J'adore pêcher. Mais bien sûr, les femmes n'étaient pas
autorisées à le faire à la fête.

Elle aimait pêcher ?

— Avez-vous déjà pêché dans l'océan ? Je vis sur la côte,
expliqua-t-il alors qu'il la voyait secouer la tête. C'est assez
revigorant. Pêcher dans les vagues est un peu différent.

— J'aimerais essayer un jour, dit-elle en regardant à
nouveau par-dessus son épaule. Je devrais rentrer à la
maison. C'était un plaisir de vous voir, Votre Grâce.

— Pour moi aussi.

— J'espère que nos chemins se croiseront à nouveau
pendant que vous serez en ville.

Elle lui adressa un signe de tête, puis lança son cheval au
galop.

En la regardant partir accompagnée de son palefrenier, il
se rendit compte qu'il ne s'était pas senti aussi léger depuis
des jours. Mlle Kingman avait été une bouffée de sérénité
bienvenue dans le chaos de sa vie. Il appréciait son compor-

tement peu démonstratif et sa franchise. C'était vraiment dommage qu'elle ne veuille pas se marier, car elle aurait vraiment fait une excellente épouse. Elle serait une hôtesse charmante, et elle ne serait pas exigeante. De plus, en n'ayant pas d'enfants, il n'était nul besoin de s'inquiéter de les perdre. Surpris, il se rendit compte que c'était précisément le genre de femme qu'il avait dit à Simon qu'il voulait.

Mais était-ce encore vrai après avoir redécouvert Violet et ce qu'ils avaient partagé ?

Bon sang, oui ! C'était encore plus vrai maintenant, depuis son accident. Il n'était plus l'homme qu'il était huit ans plus tôt, même s'il avait déployé de gros efforts pour retrouver cette période magique qu'il avait passée avec elle.

Bon sang ! Elle s'était sans doute fait des illusions, quand bien même ils avaient décidé de prendre chaque jour comme il venait. Il s'en voulait d'être allé à Bath et de l'avoir exposée à un chagrin d'amour. Elle méritait mieux. Elle méritait le bonheur, la lumière et la chaleur, toutes ces choses qu'il ne pouvait lui offrir. Il était peut-être temps de la libérer du passé et de son lien avec un animal comme lui.

⁓

— *J*e peux bien aller faire un tour dans le jardin ! insista Violet.

Sa mère, les lèvres pincées en une fine ligne blanche, la fixait.

— Le médecin a dit qu'il te fallait une autre semaine de repos.

Elle était déjà au lit depuis dix jours. Ou du moins, c'est ce qu'on lui avait dit. Elle n'avait guère de souvenirs antérieurs à cinq jours environ. Apparemment, elle avait chuté sur le trottoir et en était ressortie plutôt malade. Elle avait souffert de maux de tête invalidants, pouvant à peine soulever sa tête de l'oreiller, et sa vue était floue. Aujourd'hui, c'était la première fois qu'elle ne voyait pas tout en double.

Elle cligna des yeux vers sa mère, ravie qu'elle ne soit plus en deux exemplaires, car vraiment, un suffisait amplement.

— Alors je devrais au moins être capable de marcher dans la pièce.

Sa mère ricana.

— Tu fais une bien mauvaise patiente.

Violet eut envie de lui suggérer de partir, mais tint sa langue. À la place, elle jeta un coup d'œil à Chalke, qui lui adressa un sourire compatissant. La femme de chambre s'était excusée à plusieurs reprises d'avoir prévenu ses parents de la blessure de Violet.

Au moins, Hannah allait bientôt arriver. Elle serait bien venue plus tôt, mais l'un de ses enfants était malade.

Si seulement Nick avait pu revenir... Mais il devait assister aux funérailles de la princesse. Violet se tourna vers sa mère.

— Quel jour sommes-nous ?

— Mercredi, le dix-neuf.

Elle se dirigea vers la fenêtre où se trouvait un fauteuil dans lequel elle faisait de la broderie. En permanence.

— Les funérailles ont lieu aujourd'hui ? s'enquit Violet. Elles en avaient discuté plusieurs fois, mais elle ne se souvenait plus très bien.

— Oui, répondit sa mère. À Windsor. Maintenant que tu te sens mieux, j'ai hâte de tout savoir sur le temps que tu as passé avec la reine. C'est formidable que tu l'aies rencontrée, dit-elle, sachant qu'elle avait déjà abordé plusieurs fois le sujet. Peut-être que la prochaine fois qu'elle sera en ville, tu m'inviteras à venir.

Le sous-entendu était clair : pourquoi Violet n'avait-elle pas fait profiter sa mère de son influence ? Peut-être parce qu'elle trouvait la compagnie de sa mère irritante et son comportement égoïste. Son père et elle avaient déployé beaucoup d'efforts pour acheter un mari titré, en grande partie pour bénéficier eux-mêmes des avantages. Ils avaient été bien plus peinés que Violet à la mort de Clifford.

— Je crois que c'est l'heure du déjeuner, annonça Chalke en s'affairant du côté du lit, ajustant inutilement les couvre-lits de Violet. Alors il est sans doute préférable que Lady Pendleton se repose.

— J'irais bien faire une promenade moi-même, annonça la mère de Violet en regardant le jardin en contrebas, avec un sourire à l'attention de sa fille. Je vais marcher *pour toi*, n'est-ce pas formidable ?

— C'est parfait, merci, répondit Violet, luttant contre l'envie de lever les yeux au ciel.

Après le départ de sa mère, Chalke lui tapota le bras.

— Espérons qu'elle ne restera pas longtemps. Maintenant que vous êtes en voie de guérison, je pense que votre père prévoit de repartir.

C'était tout aussi bien. Il était impatient de retourner auprès de la portée de chiots que sa chienne préférée venait de mettre bas. Violet n'aurait pas su dire s'il était content de la voir ou non. Sa mère avait au moins montré de l'inquié-tude et fait preuve d'attention, aidant à nourrir et habiller Violet, au grand dam de cette dernière. Elle détestait recevoir de l'aide de sa part, aussi irrationnel que cela puisse paraître.

— Il n'y a pas eu de nouvelles de Nick ? demanda Violet à Chalke.

La femme de chambre secoua la tête.

— Pas encore, mais ne vous inquiétez pas. Le médecin qu'il a mandaté rédige en ce moment même une lettre pour l'informer de l'évolution positive de votre état. Je suis certaine que vous aurez bientôt de ses nouvelles.

Violet ne pouvait qu'imaginer à quel point il devait être désemparé. La mort de la princesse l'avait déjà mis dans un sale état, et Chalke lui avait fait part de son angoisse à la suite de la blessure de Violet. Elle détestait l'idée qu'il assiste seul aux funérailles, et regretta de ne pouvoir être à ses côtés pour lui offrir son soutien. Et son amour.

— Des nouvelles de qui ? demanda sa mère qui débarqua en trombe dans la chambre. J'ai oublié ma broderie.

Elle n'allait nulle part sans elle.

— Personne, juste un ami, lui répondit Violet.

Elle ne voulait pas parler de Nick à sa mère, car elle avait détruit leur bonheur huit ans auparavant. Une petite voix dans le fond de son esprit lui disait que la réaction de sa mère pourrait bien valoir le coup lorsqu'elle apprendrait que l'homme qu'elle avait interdit à sa fille d'épouser était désormais un duc.

Sa mère ramassa sa broderie et se dirigea vers le côté du lit.

— Ce doit être un bon ami si tu espères avoir de ses nouvelles, affirma-t-elle, une lueur d'intérêt brillant au fond de ses yeux couleur café. Oserais-je espérer que tu prévoies de te remarier ?

Violet ne prévoyait rien, mais elle devait bien admettre qu'elle espérait. Cependant, elle n'était pas sûre pour Nick. Elle le voulait, l'aimait, mais craignait qu'il ne soit pris au piège des tragédies passées.

— Pas pour le moment, répondit Violet avec un coup d'œil vers Chalke.

— Ce soit être quelqu'un d'important s'il a envoyé un médecin pour prendre soin de toi. Je vais peut-être lui demander *à lui*.

Autrement dit, elle avait l'intention de découvrir qui « il » était, d'une manière ou d'une autre.

Violet décida d'écouter la petite voix dans sa tête douloureuse.

— C'est le Duc de Kilve. En fait, nous nous connaissons

depuis un certain temps. Nous nous sommes rencontrés ici à Bath il y a huit ans.

Sa mère semblait stupéfaite, les yeux écarquillés et la main sur sa poitrine.

— Tu as rencontré un duc il y a huit ans ? Comment avons-nous pu ne pas être au courant de cela ? Ma sœur me l'aurait dit.

Effectivement, la tante de Violet le lui aurait dit, *s'il* avait été duc…

— Son nom était Nicholas Bateman. Il n'était pas duc à l'époque.

Les yeux de sa mère s'arrondirent davantage, au point que Violet craignit qu'ils ne jaillissent de sa tête.

— Ce… Oh ! Comme c'est merveilleux qu'il soit duc maintenant, et que vous vous soyez retrouvés !

Elle ne semblait pas s'excuser le moins du monde. Mais Violet s'attendait-elle vraiment à ce qu'elle le fasse ? Elle était satisfaite d'avoir au moins perçu une réaction choquée.

Pourtant, elle ne put s'empêcher de l'aiguillonner un peu.

— Imagine un peu si j'avais été autorisée à l'épouser. Je serais une duchesse.

Les rides autour de la bouche de sa mère tressaillirent.

— Tu le seras peut-être en fin de compte.

— Il ne faut pas y compter, Mère, répliqua Violet. Le duc et moi sommes amis, rien de plus.

Elle évita le plus possible de croiser le regard de Chalke, de peur qu'elles ne dévoilent la vérité. Nick et elle étaient plus que des amis, mais jusqu'à quel point ? Et pour combien de temps ?

— Ce n'est pas comme si Père et toi alliez pouvoir le convaincre de se marier.

Clifford était à l'époque un vicomte en manque de fonds. Ils l'avaient pratiquement soudoyé pour qu'il l'épouse.

— Lui, il n'a besoin de rien.

En dehors de la capacité à mettre le passé derrière lui et d'aspirer à un avenir heureux. La question était de savoir s'il avait trop changé pour le faire, si le poids des pertes qu'il avait subies était trop lourd à porter.

— Je suppose que non, répondit sa mère avec un froncement de sourcils. N'a-t-il pas hérité de l'un de ces surnoms ?

Elle se mit à scruter le plafond, comme si elle pouvait trouver la réponse cachée dans le plâtre sculpté. Elle secoua la tête.

— Bon, je finirai bien par m'en souvenir. Bon déjeuner, et repose-toi, ma chérie.

Elle repartit, et Violet se détendit dans les oreillers.

— Comment va votre tête, s'inquiéta Chalke.

— Elle me fait de nouveau mal.

La femme de chambre fixa le seuil de la porte où la mère de Violet venait juste de disparaître.

— Oui, j'imagine bien. Je vais aller vous chercher de la soupe et un thé à l'écorce de saule pour votre mal de tête. Ensuite, si vous voulez, je pourrais vous faire la lecture jusqu'à ce que vous vous endormiez.

Violet s'installa plus confortablement dans son lit, qui ressemblait de plus en plus à une cellule de prison à ses yeux. Elle aurait voulu pouvoir aller chercher Nick, être la lumière dont il avait sûrement besoin en ce moment. La laisserait-il faire ?

CHAPITRE 16

$\mathcal{L}$e lendemain des funérailles de la princesse, Nick avait envisagé de retourner à Bath. Cependant, le sentiment de chagrin omniprésent avait pénétré son cœur et son esprit, le ramenant à la période sombre qui avait suivi la perte de Jacinda et d'Elias. En conséquence de quoi, il était resté dans sa chambre toute la journée, et, le lendemain, il ne s'était aventuré que jusqu'à son bureau en bas.

Il avait reçu une brève missive du médecin de Violet l'informant qu'elle allait mieux, mais que les progrès étaient lents. Le soulagement qu'il avait ressenti n'avait pas suffi à le ramener à Bath. Il se sentait trop engourdi. Et effrayé. La menace de perdre Violet, ajoutée au désespoir dans lequel il se trouvait, l'avait rendu incapable d'agir. Il s'était battu contre les ombres du passé, et aujourd'hui il bataillait contre les ténèbres du présent. Au moment où il avait décidé d'essayer de vivre à nouveau, de vraiment *vivre*, une nouvelle catastrophe avait eu lieu, lui rappelant qu'il était maudit.

Il avait envie de ressentir à nouveau cette impression d'être protégé, quand bien même cela signifiait qu'il était seul. Au cours des cinq années qui venaient de s'écouler, et en particulier les trois dernières, il avait trouvé un moyen de gérer son chagrin et son deuil. Laisser Violet se rapprocher l'avait de nouveau exposé à cette douleur. Il avait beau tenir à elle, il avait beau l'aimer – eh oui, *il l'aimait* –, il ne voulait pas être vulnérable. Son cœur ne pourrait supporter qu'on la lui enlève, alors mieux valait qu'il se retranche derrière sa muraille de glace.

Enfilant ses gants, il se rendit dans le hall où son majordome se tenait près de la porte.

— Je vais faire un tour à cheval.

Bexham, le majordome londonien de Nick, un homme autoritaire de presque soixante ans, tendit la main vers la porte.

— C'est bon de vous voir revenir à votre état normal, Votre Grâce.

Nick ne savait plus à quoi ressemblait son moi normal ni ce que cela faisait d'être lui. Violet lui avait rappelé qu'il était Nicholas Bateman, et pourtant il était plus que jamais le duc de glace.

Après une course revigorante dans Hyde Park, Nick se sentait légèrement mieux. Il reprit le chemin de la grille, et comme cela s'était produit plusieurs fois avant les funérailles, il croisa Mlle Kingman.

Elle fit stopper sa monture juste à côté du chemin, et il fit avancer son cheval de sorte qu'il se tienne à côté du sien.

— Bonjour, Votre Grâce. Je désespérais de vous revoir ici. Je craignais que vous ayez quitté Londres après les funérailles.

Il aurait dû le faire, mais à la place, il s'était enfermé.

— J'ai été occupé.

Si elle avait senti une quelconque contrariété dans son ton, et il ne voyait pas comment elle aurait pu, elle ne le manifesta pas. Il pressentait que même s'il avait montré un soupçon d'émotion, elle l'aurait ignoré. Leurs échanges étaient dénués de tout poids ou importance. Ils avaient discuté de pêche, de l'océan, et de l'effroyable désir de ses parents de la voir épouser quelqu'un d'important.

— J'espère que vous n'étiez pas en train de lire le journal, dit-elle, révélant pour la première fois un soupçon de quelque chose...

De l'anxiété à en juger par la crispation de sa mâchoire et la lueur d'inquiétude dans son regard.

— Non.

Il avait lu *Hamlet*, ce qui convenait à son humeur, puis un roman horrible, sans le moindre doute déposé près de son lit par Rand. Lui-même l'avait certainement obtenu de Bexham, qui, de façon amusante, possédait une petite bibliothèque de ce genre d'ouvrages.

— Ah, tant mieux. Il y a un peu de... spéculation au sujet de vous et moi. Nos rencontres ici dans le parc ont été remarquées.

La première chose qui vint à l'esprit de Nick fut ses parents et leur désir de la voir s'élever par le mariage.

— Je suis certain que votre père est ravi.

— Plutôt, oui, confirma-t-elle avec un bref sourire à la fois plein d'autodérision et teinté d'irritation. J'ai essayé de lui expliquer que nous sommes de simples connaissances. Je vous présente mes excuses pour cette attention indésirable.

Et pourtant ils étaient là, à se rencontrer à la vue de tous une fois encore.

— Je ne me suis jamais soucié de ce que les gens disaient ou pensaient de moi, affirma Nick. Je suppose que c'est ce qui arrive quand vous grandissez en vous attendant à une vie dans l'anonymat, et que vous vous retrouvez au cœur de la société.

— Je m'en moque également, dit-elle en relevant le menton. À la grande frustration de mes parents. Mais je me suis dit que je devais vous avertir, et c'est pour cela que je vous ai cherché ces deux derniers jours. Mes parents organisent un dîner la semaine prochaine et prévoient de vous y inviter. Je vous conseille de quitter Londres avant qu'ils ne puissent vous piéger.

Elle lui donna ce conseil sur un ton de la plus grande gravité.

Il rit de son lugubre avertissement.

— Tenteraient-ils de me faire tomber dans un piège de pasteur par quelque moyen scandaleux ?

Mlle Kingman soupira.

— J'aimerais pouvoir en rire et vous assurer que cela n'arrivera jamais. Cependant, je crains que mes parents ne soient prêts à tout pour gagner un duc, surtout quand ils comprendront que la rumeur du journal est sans fondement.

Il ressentit un élan de compassion pour elle. C'était un sentiment qui ne le dérangeait pas, surtout quand il soulageait sa propre douleur.

— Ce doit être horrible pour vous de devoir vivre de cette manière. Je suppose que vous n'avez jamais envisagé de vous enfuir ?

Elle haussa brièvement les sourcils.

— En réalité, si. Hélas, mes finances ne sont pas assez conséquentes pour un voyage de plus de quelques jours. Et où irais-je ?

Il réfléchit sérieusement à la question, mais avant qu'il puisse répondre, elle ajouta :

— Si je m'enfuyais seule, je serais ruinée, peu importe où j'irais.

— Si vous vous trouviez en compagnie d'un gentleman que vous ne verriez pas d'inconvénient à épouser, ce n'est pas un mauvais plan.

À présent, elle riait.

— Je ne connais pas de tel gentleman, excepté vous, j'en ai

bien peur, dit-elle avant de subitement dégriser alors que le rouge lui montait aux joues. Je ne voulais pas suggérer que nous devrions nous enfuir ensemble. Je voulais simplement dire que je vous apprécie, et que vous semblez m'apprécier également… Pour *moi*, pas pour ma fortune ou ma beauté.

Elle fit une moue dégoûtée, et détourna le regard.

Il se rapprocha d'elle, parlant à voix basse.

— C'est le cas, je vous apprécie.

Il était sur le point d'ajouter qu'elle trouverait un gentleman avec lequel elle se sentirait à l'aise, qu'elle pourrait peut-être même aimer. Mais il se souvint ensuite qu'elle se fichait de ce genre de choses, surtout du mariage. Tout comme il se fichait de tout cela, ou qu'il n'en voulait pas, de toute manière.

Elle redressa les épaules et le regarda droit dans les yeux.

— Plutôt que de m'enfuir, je réfléchis à la possibilité de trouver quelqu'un avec qui me marier, quelqu'un qui m'acceptera pour ce que je suis et non comme un joli trophée à gagner. Je ne voulais vraiment pas vous… *piéger*. Cependant, il me semble que nous pourrions nous rendre mutuellement service.

Il pensait savoir où elle voulait en venir, mais il avait besoin d'en avoir le cœur net.

— De quelle manière ?

— Il vous faut une femme, je suppose, puisque vous avez un titre. Et je préférerais un mari comme vous. Votre attitude irréprochable et votre extrême stabilité d'humeur sont des plus séduisantes.

Nick étouffa un rire.

— Jamais on ne m'a décrit de cette manière.

Mais il devait bien admettre que cela lui correspondait.

Curieuse, elle plissa le front de manière élégante.

— Me serais-je trompée dans mon évaluation ?

À une époque, cela aurait été le cas, mais elle avait plutôt bien saisi l'homme qu'il était aujourd'hui. Sauf qu'il s'était mal comporté ces derniers jours : il avait entretenu avec Violet une relation qu'il n'aurait jamais dû avoir, dans le but d'apaiser sa propre douleur et ses regrets. Le dégoût de lui-même lui brûlait la gorge comme de l'acide.

— Non, répondit-il d'une voix étouffée.

Les épaules de Mlle Kingman s'affaissèrent en signe de soulagement.

— Une telle union vous intéresserait-elle ? lui demanda-t-elle doucement.

Enfin, il entrevoyait un moyen d'aller de l'avant et de rompre totalement avec le passé. Il pourrait libérer Violet pour qu'elle puisse trouver un amour lumineux et heureux, qui lui procurerait de la joie chaque jour de son existence.

Nick devait se montrer parfaitement clair avec Mlle Kingman, maintenant qu'il comprenait ses propres limites.

— Je ne serais pas un mari de conte de fées. Vous ne pouvez pas attendre de moi que je tombe amoureux. En fait, j'insisterai pour qu'un tel sentiment ne fasse jamais partie de notre union.

Il le *devait*. S'il voulait de l'amour, s'il voulait prendre ce risque, il se précipiterait à Bath, vers Violet, dans l'instant. Seulement, elle ne serait pas heureuse. Elle lui avait claire-ment dit qu'elle aimait le Nick d'autrefois, pas l'homme froid qu'il était devenu.

— Vous voulez une duchesse Solitaire, résuma-t-elle à la perfection. Cela me plaît, en fait. En effet, je préférerais ne pas avoir d'enfants, mais je comprends que vous ayez besoin d'un héritier. Je demanderais simplement à ce que nous attentions.

Elle était précisément le type d'épouse dont il avait besoin.

—Je *devrais* engendrer un héritier, mais comme je l'ai déjà dit, j'ai des parents masculins dans ma lignée. Je n'ai rien à redire à vos conditions.

Sa poitrine se contracta, menaçant de l'étouffer. Il lutta pour prendre une profonde respiration.

— Et j'accepte les vôtres, répondit-elle, avant d'incliner la tête sur le côté en murmurant.

Est-ce que nous venons de négocier un contrat de mariage ?

Le corps de Nick se crispa : son esprit était en guerre contre son cœur.

— C'est bien possible.

— Mon père ne va pas y croire.

Le cœur de Nick s'emballa, et il se demanda si Mlle Kingman pouvait l'entendre. Bien sûr que non. Il avait beau lui paraître fort, la voix dans sa tête était tout aussi assourdissante, insistant sur le fait que c'était la meilleure façon d'agir, la plus *logique*.

— Il le fera quand je le lui dirai en personne. Y allons-nous maintenant ?

Ainsi son cœur ne pourrait pas influencer son esprit, pas sans provoquer un scandale.

— Si vous le souhaitez.

— Je suis disposé à faire comme vous le désirez.

Elle retroussa les lèvres.

— Est-ce ainsi que cela se passera ? Nous serons insup-portablement polis et déférents ?

— Ce serait mauvais ? Je ne pense pas non plus, conclut-il en la voyant secouer la tête. Ouvrez la voie, si vous le voulez bien.

Il lui fit signe de le précéder, et elle lança son cheval au trot en direction de la grille.

Le cœur de Nick se contracta en un spasme violent et rapide quand il se rendit compte de ce qu'il avait fait. Mlle Kingman était tout ce dont il avait besoin : une duchesse

Solitaire, comme elle l'avait dit, même si Violet était celle qu'il voulait.

Oui, il la voulait, mais lui n'était pas l'homme qu'*elle* voulait. Il était abîmé, et effrayé, et elle méritait tellement plus. Pour leur bien à tous les deux, il devait s'éloigner. Elle devait avoir un avenir heureux, ce qu'il ne pouvait pas lui offrir.

Pour cette unique raison, il la laisserait partir.

❧

$\mathcal{L}$es cinq derniers jours avaient été marqués par une frénésie d'événements sociaux, tous destinés à stimuler la ferveur pour ce qui était présenté comme le mariage de la décennie, à en croire Lady Kingman. Pour Nick, tout cela n'était que torture depuis qu'il s'était réveillé avec des sueurs froides la nuit après avoir accepté d'épouser Mlle Kingman. Il craignait d'avoir commis une terrible erreur, et il avait passé les jours suivants à se sentir mal et à boire, sans doute trop.

Aujourd'hui, il annoncerait à ses futurs beaux-parents qu'il n'y aurait plus de bals, de défilés, de dîners ou de réunions. Le mariage devait avoir lieu trois semaines plus tard, et jusque-là, Nick prévoyait de rester discret.

— Qu'est-ce que tu as fait, bordel ?

Le cri de Simon précéda son entrée dans le bureau de Nick.

Bexham lui emboîtait le pas, la mine crispée par la détresse.

— Je suis désolé, Votre Grâce, il ne m'a pas permis de l'annoncer.

— Qui a besoin d'être annoncé quand il a hurlé sa présence de sorte que tout Londres l'entende ? dit Nick en faisant signe à son majordome de partir. Tout va bien.

Simon se planta devant le bureau de Nick et lui jeta un regard noir.

— Explique-toi.

Il avait la mâchoire crispée, et les dents visiblement serrées derrière ses lèvres pâles de colère.

Nick se cala dans son fauteuil et posa les mains sur les accoudoirs.

— Je suppose que tu parles de mes fiançailles ?

— Avec Diana Kingman, bon sang ! As-tu perdu la tête ?

C'était un jugement aussi succinct et précis que Nick aurait pu le faire.

— Oui.

— Explique-toi, répéta Simon avant de se laisser tomber dans un fauteuil.

Comment pouvait-il le faire sans exposer au grand jour sa faiblesse et son incroyable stupidité ?

— Je suis allé à Bath pour me remettre avec Violet, mais cela n'a pas fonctionné. Mlle Kingman m'a proposé le mariage, et j'ai accepté.

Comme un parfait imbécile.

Simon se leva et se dirigea vers l'autre bout de la pièce.

— Si je buvais encore de l'alcool, je descendrais toute une bouteille de whisky, marmonna-t-il, mais Nick l'entendit.

Simon se retourna. La colère avait disparu de son visage, laissant place à la tristesse.

— Si tu as essayé avec Violet et que ça n'a vraiment pas marché, alors il ne me reste plus aucun espoir. J'aurais parié ma dernière livre que votre destin à tous les deux était inscrit dans les étoiles.

Nick se leva et fit le tour de son bureau. Il s'appuya sur le bord.

— Tu es un incorrigible romantique.

— Je plaide coupable, dit-il avant de revenir vers Nick. Que s'est-il passé à Bath ?

Nick agrippa le bord du bureau de chaque côté de ses cuisses. Il ne voulait pas en parler.

— Ce qui s'est passé n'a pas vraiment d'importance.

Simon plissa légèrement les yeux.

— Je poserai la question à Violet quand je lui rendrai visite à Bath.

Bon sang !

— Tu vas aller la voir ?

— J'avais prévu de le faire, oui, et maintenant, à cause de ton idiotie, je crois que c'est vital. Elle sera dévastée, j'imagine.

Dévastée. Nick grimaça quand ses entrailles se tordirent douloureusement. Il le méritait. Il lui avait écrit dès qu'il était rentré chez lui après avoir parlé au père de Diana. Elle n'avait pas répondu. Alors oui, elle était sans doute dévastée. Ou furieuse. Probablement les deux.

— Tu pars du principe que ce n'est pas elle qui a rompu.

Simon lui jeta à nouveau un regard noir.

— À nouveau, je parierais ma dernière livre qu'elle ne ferait jamais ça. Elle t'a aimé pendant huit ans, et elle a vécu avec la souffrance de son erreur. C'est impossible qu'elle t'ait fait à nouveau du mal, affirma-t-il en étudiant brièvement son ami. S'il est possible de te blesser. Tu es *vraiment* ce foutu duc Solitaire.

La nausée familière de ces derniers jours envahit les tripes de Nick.

— Ce n'est une révélation pour personne.

— Ça l'est pour moi. Et pour Violet, à mon avis. Nous connaissons le vrai toi, celui que tu es capable d'être.

— Celui que j'*étais* avant. Cette personne est morte avec Maurice. Et une fois encore avec l'oncle Gil. Et encore une fois avec Jacinda, puis avec Elias. Et ensuite avec... – l'angoisse fit contracter tout son corps. Oublie ça.

Simon s'avança vers lui, le front soucieux, les yeux plissés.

— Avec qui est-il mort ?

De toute façon, il allait le découvrir en arrivant à Bath.

— Violet, dit Nick avant de s'éclaircit la gorge. Elle a eu un accident. Elle est restée inconsciente pendant un certain temps et malade. J'ai dû partir pour assister aux funérailles de la prin...

— Tu l'as *laissée* ?

— Elle va bien maintenant.

Le médecin était revenu à Londres quelques jours plus tôt, et avait fait son rapport à Nick. Violet était encore faible, mais elle se rétablissait.

Simon le regarda d'un air hagard et passa une main dans ses cheveux, les redressant sur le dessus de sa tête.

— C'est inimaginable, dit-il, et il se déchaîna à peine Nick avait-il hoché la tête. Comment avez-vous décidé que vous n'étiez pas faits l'un pour l'autre ? *Si* tu as vraiment essayé, comme tu le prétends, mais je ne peux tout simplement pas croire que c'est vrai.

Il se rapprocha de Nick. Il était assez près pour le frapper à la poitrine, ce qu'il fit.

— Bordel, mais qu'est-ce que tu as fait ?

L'émotion que Nick s'était efforcé d'enfouir depuis l'accident de Violet fit brusquement irruption. Il repoussa Simon, l'envoyant trébucher en arrière.

— J'ai été lâche ! Elle a été blessée, gravement, et j'ai eu peur qu'elle meure. Je ne *peux pas* revivre ça.

— Parce que tu l'aimes.

— Désespérément.

La douleur fut si vive qu'il se plia en deux. Puis il prit une profonde inspiration pour tenter de rétablir son équilibre.

— Si désespérément, murmura-t-il d'une voix brisée.

Simon lui passa un bras autour des épaules, et il guida Nick vers un fauteuil à haut dossier près de la cheminée.

Il s'effondra sur le coussin, la tête penchée tandis que les larmes ruisselaient de ses yeux et tombaient sur le tapis. Cette humidité sur son visage lui semblait si étrangère, et pourtant, c'était si *bon*.

Simon se tenait près de lui, une main réconfortante posée sur l'épaule de Nick. Au bout de quelques minutes, il toussa.

— Je comprends ta peur, vraiment. Mais pourquoi diable as-tu pensé qu'épouser Mlle Kingman était une solution acceptable ? Cela dépasse mon entendement. Tu as fait un sacré gâchis.

Exact. Il avait passé les cinq derniers jours à se torturer, mais sans voir comment réparer ça.

Nick se passa une main sur le visage et pencha la tête en arrière contre le fauteuil. Les yeux rivés sur le plafond, il céda à l'angoisse, comprenant trop tard que la perte qu'il avait essayé de fuir l'avait quand même trouvé. Il avait été idiot de croire qu'il pouvait contrôler ses sentiments.

— Violet ne voudra pas de moi. Elle aimait celui que j'étais il y a huit ans, pas cette coquille vide que je suis aujourd'hui.

— Tu n'es pas une coquille, dit Simon avant d'incliner la tête d'un côté à l'autre, l'air songeur. Tu es peut-être *un peu* une coquille, mais je crois que tu es en train de reboucher les trous. Cela peut prendre du temps, mais je crois qu'il n'y a pas meilleure personne au monde pour t'aider à le faire que Violet.

Nick regarda son ami.

— Et si elle ne veut pas ?

— Alors tu seras dans un état lamentable, et je t'aiderai à ramasser les morceaux. Mais elle le voudra. Elle t'aime. Et tu l'aimes, conclut Simon en redressant les épaules. Ce qui ne laisse plus que la question de Mlle Kingman. Permets-moi de m'en occuper.

Nick le regarda avec méfiance.

— Comment ? Elle ne mérite pas d'être ravagée.

Les narines de Simon se dilatèrent.

— Parce que je vais la ravager ? Je suppose que c'est la réputation que l'on me prête.

Nick tressaillit et ses épaules se crispèrent.

— C'était un mauvais choix de mots. Tu n'es *pas* connu pour ça.

— Pas pour avoir anéanti des jeunes femmes, mais pourquoi ne pas élargir mon champ de dépravation ? ajouta Simon avec un haussement d'épaules, comme si sa réputation ne comptait pas du tout.

— Ce n'est pas un sujet de plaisanterie, Simon. Si je me dédis, cela placera Mlle Kingman sous un jour défavorable.

— J'imagine que ses parents seront furieux.

Sans aucun doute. Et vu ce que Nick savait de sa situation, elle aurait encore moins de solutions qu'avant qu'il ne lui porte secours. Il fronça les sourcils en regardant Simon.

— Ils pourraient essayer de la forcer à faire quelque chose de terrible. Elle voudra s'enfuir, j'imagine.

— Laisse-moi faire, répondit Simon, le regard déterminé, et il serra l'épaule de Nick avant de la lâcher. Maintenant, dis-moi ce que tu vas faire à propos de Violet. Puis-je te suggérer de te rendre immédiatement à Bath et de lui dire quel maudit abruti tu as été, et la supplier de te pardonner ?

Nick se redressa sur son fauteuil tandis qu'un mélange d'impatience et de terreur envahissait ses veines.

— J'ai tout gâché, de manière assez épouvantable. Elle ne voudra peut-être pas de moi.

— C'est possible. As-tu envie de prendre ce risque ?

La douleur des pertes qu'il avait subies surgit dans son esprit, mais il la repoussa, et retrouva la joie qu'il avait partagée avec Violet.

— Absolument.

Les lèvres de Simon se retroussèrent en un sourire satisfait.

— Vas-y. Fais-moi confiance pour m'occuper de Mlle Kingman.

Il n'y avait personne en qui Nick avait plus confiance. Mis à part Violet, et il ne s'y était pas vraiment bien pris pour le lui prouver. Il aurait dû lui dire ce qu'il ressentait, et certainement pas aller se cacher à Londres.

— Merci. Je ne suis pas sûr de mériter un ami comme toi.

— Je t'ai dit il y a bien longtemps que nous nous méritions l'un l'autre, répondit sèchement Simon, qui se dirigea vers la porte, mais se retourna pour regarder Nick avant de partir. Transmets toute mon affection à Violet.

Nick acquiesça, le regard rivé sur l'âtre, bien longtemps après le départ de Simon. Oui, il transmettrait toute son affection à Violet, mais pas avant de lui avoir offert son amour. Il ne lui restait plus qu'à espérer qu'elle le veuille.

CHAPITRE 17

— $\mathcal{C}$omment vous sentez-vous ? demanda Chalke alors que Violet revenait du jardin.

Il faisait plutôt froid, même pour la première semaine de décembre, et elle se demandait s'il allait neiger.

— Je vais bien, merci.

Elle attendait avec impatience le jour où plus personne ne lui demanderait cela, mais se rendait bien compte qu'il était encore sans doute loin. Elle avait anticipé une surveillance accrue de la part de Chalke et du reste du personnel, puisque c'était son premier jour seule.

Hannah était repartie la veille après être restée une quinzaine de jours et, heureusement, la mère de Violet était partie peu après l'arrivée de son amie. Elle avait malheureusement promis de revenir, et de traîner Violet « à la maison » pour les fêtes jusqu'à la douzième nuit avant Noël. La jeune femme réfléchissait encore à la manière dont elle pourrait éviter une telle horreur.

Chalke retira la cape de laine épaisse de Violet de ses épaules.

— Allez-vous faire une sieste ? Ce pourrait être une bonne idée.

Violet frotta ses mains l'une contre l'autre et s'avança vers la cheminée pour se réchauffer.

— Oh ! Je pense que vous avez besoin d'un grog. Oui, c'est exactement ce qu'il vous faut, continua Chalke dont les yeux brillaient quand elle s'éloigna rapidement en gloussant.

Peu importe si Violet n'avait pas envie d'un grog, Chalke en apporterait un quand même. Mais il se trouvait qu'elle en *voulait* un. De préférence avec un supplément d'alcool pour atténuer la douleur de la trahison.

Elle ferma les yeux en tendant les mains, paumes vers le feu. Elle avait mémorisé la lettre que Nick lui avait envoyée pour l'informer de ses fiançailles avec Diana.

Chère Violet,

C'est avec grand regret que je t'informe que nous ne sommes pas compatibles. Je me rends compte que je ne peux pas revenir aux jours de ma jeunesse. J'ai bien trop changé, comme tu le sais bien.

Mes fiançailles avec Mlle Diana Kingman seront annoncées demain. Je n'ai jamais eu l'intention de te faire souffrir. Tu mérites d'être heureuse et de ne pas te retrouver accablée par le passé. J'espère que tu sauras voir que c'est ce qu'il y a de mieux pour nous deux.

Cela me procure une immense joie que de savoir que tu vas mieux. J'ai prié pour que tu te rétablisses, et je suis reconnaissant d'avoir enfin été entendu.

Je penserai toujours à toi avec affection. Prends soin de toi.

Nick

Elle avait disséqué cette lettre dans sa tête une centaine de fois. Il avait sans doute cru qu'elle s'était rétablie parce qu'il avait décidé de la quitter. Ou, comme Hannah le soutenait, il avait saisi l'occasion de se venger, de lui faire subir à son tour ce qu'elle lui avait infligé huit ans plus tôt. Dans ses moments de colère, Violet y croyait. Mais elle savait que c'était faux.

Il avait peur. Elle avait vu à quel point la mort de la princesse l'avait affecté, et ne pouvait qu'imaginer que son accident et le fait qu'elle avait frôlé la mort avait pu le faire basculer. Il avait fait la seule chose qu'il pouvait : il avait fui. Et bêtement, elle avait cru qu'il reviendrait vers elle. Au lieu de cela, il avait continué d'avancer.

C'était une chose de dire qu'ils n'étaient pas faits l'un pour l'autre, mais épouser Diana ? Il ne l'aimait pas, Violet en était certaine. Et elle avait comme dans l'idée que c'était précisément la raison pour laquelle il l'avait choisie.

Elle ouvrit les yeux et les plissa en regardant les flammes. Rien de tout cela n'avait d'importance maintenant. Elle pouvait toujours repasser les événements dans son esprit, en espérant mieux comprendre, mais l'issue en resterait inchangée. Nick était parti, et elle ne pouvait pas le suivre.

Même s'il n'avait pas été sur le point de se marier, elle devait le laisser partir. Il avait raison sur un point : elle méritait d'être heureuse et sans entraves, et cela signifiait qu'elle devait se libérer de la culpabilité qui l'avait retenue au cours des huit dernières années.

Cela impliquait aussi de dénouer l'amour dans son cœur. Cela, elle en avait conscience, prendrait du temps.

Des voix d'hommes s'élevèrent dans le hall et se propagèrent dans le petit salon, où elle se tenait devant le feu. Elle fronça les sourcils et se tourna vers la porte par laquelle Chalke était récemment sortie.

— Votre Grâce, vous devez me laisser vous annoncer !

Lavery semblait assez agité.

Violet se figea quand elle vit apparaître le visiteur non annoncé.

Votre Grâce.

Son cerveau aurait dû faire le rapprochement, mais elle

ne s'attendait vraiment pas à le revoir et certainement pas chez elle ;

Nick se tenait juste au-delà du seuil, son chapeau à la main, et les épaules trempées par la neige qui fondait rapidement dans la laine sombre.

Son traître de cœur bondit à sa vue, mais Violet fit de son mieux pour l'imiter, et se muer en vicomtesse Solitaire.

— Tu aurais vraiment dû laisser Lavery t'annoncer. C'est poli.

— Je pense que nous serons tous deux d'accord pour dire que j'ai dépassé le stade de la politesse, dit-il en grimaçant.

— Largement, oui.

Lavery rôdait près de la porte, les oreilles rougies par la colère.

— Dois-je le raccompagner, my lady ? S'il vous plaît ? ajouta-t-il après l'avoir regardée.

— Oui, je pense que ce serait mieux, répondit-elle en jetant à Nick son regard le plus glacial. Je crois que ta lettre a dit tout ce qu'il y avait à dire.

— Non, absolument pas.

— Venez, *Votre Grâce*.

Lavery cracha le titre honorifique comme si c'était un poison sur sa langue.

Nick leva une main.

— Dans un instant.

Violet se redressa et employa son ton le plus hautain.

— Ne t'adresse pas à Lavery de cette manière. Tu vas partir. *Maintenant.*

Elle laissa sa colère lui voler ce dernier mot, sa voix monta et ses mains se crispèrent sur ses flancs.

Lavery, béni soit-il, agrippa le bras de Nick et le tira en arrière.

— Je ne vais pas me marier, lança-t-il en sortant de la pièce. Je voulais que tu saches. S'il y a un moyen…

Violet s'avança et ricana.

— Je ne sais pas ce que tu vas dire, et je n'ai pas envie de le savoir. J'ai gaspillé trop de ma vie pour toi, et je refuse de t'accorder une minute de plus. *Sors d'ici.*

Lavery le tira d'une manière étonnamment vicieuse, ce qui fit trébucher Nick. Violet tressaillit et faillit demander au duc s'il allait bien. Au final, elle tint sa langue et regarda Nick faire demi-tour et s'en aller, Lavery sur ses talons. Elle les suivit lentement, se délectant de ce spectacle avec une joie perverse.

Dès que la porte se referma, Lavery se tourna vers elle et tira sur le bas de sa veste pour se rajuster.

— Je suis un peu déçu de ne pas avoir pu le mettre à la porte.

Chalke se précipita dans le hall, les yeux écarquillés.

— Ai-je entendu Sa Grâce ?

— Oui. Il est venu m'informer qu'il n'allait pas se marier. Lavery renifla.

— Comme si cela vous intéressait.

Violet se retint de sourire. Ses domestiques en savaient beaucoup trop sur sa vie, mais c'était entièrement sa faute. En l'absence de famille, elle avait noué des relations sans doute trop familières avec eux. Mais elle s'en fichait. Elle avait suivi les règles autrefois, et voilà où cela l'avait menée. À un mariage misérable.

— Tout à fait exact, approuva Chalke avec un hochement de tête ferme, avant de jeter un coup d'œil à Violet. J'ai bien peur d'avoir couru à l'étage pour savoir ce qui causait ce remue-ménage, et d'avoir laissé votre grog dans la cuisine. Je vais aller le chercher.

Violet se retira dans le petit salon, où elle savoura son grog plus qu'elle ne l'aurait pensé. Le fait d'avoir non seulement l'occasion de revoir Nick, mais aussi de réagir en personne à sa lettre était plutôt satisfaisant.

Et pourtant, son esprit était déjà en train de ruminer les conséquences de ce qu'il avait dit. Il n'allait pas se marier. Il était venu ici pour le lui dire. Cela signifiait-il qu'il voulait se réconcilier ? Cela semblait être la conclusion logique, mais elle avait renoncé depuis longtemps à la logique quand il s'agissait de Nick. Pour un homme aussi froid, il était esclave de ses émotions.

Elle but une gorgée de son verre, et se répéta que rien de tout cela n'avait d'importance. Cela ne changeait rien. Il lui restait encore à avancer sans lui.

Après avoir terminé son grog, et quand elle se sentit suffisamment réchauffée, elle se leva pour prendre un livre sur l'étagère. Lavery entra, la bouche tordue dans un petit rictus.

— Il a pris position de l'autre côté de la rue, et surveille la maison comme un chien qui attendrait son dîner.

Violet se retourna et regarda par la fenêtre, en direction du jardin arrière. La neige tourbillonnait dans l'air. Elle ne semblait pas coller au sol, mais il faisait quand même très froid. Elle passa devant Lavery et se rendit dans le salon de devant, pour voir par elle-même.

Il était là, les bras croisés, et son chapeau tiré bas sur son front. La neige recouvrait ses épaules et le dessus de son chapeau. Il devait être gelé.

Tant mieux !

Et pourtant, plus elle restait là, moins elle se sentait satisfaite.

— Il ne peut pas rester dehors indéfiniment.

— Vous ne voulez pas l'inviter à entrer, n'est-ce pas ?

Lavery semblait décidé à lutter contre elle sur ce point.

— Non, mais je n'ai pas non plus envie de le regarder mourir de froid, répondit-elle en se tournant vers le major-dome. Voudriez-vous sortir et lui demander de partir ? Dites-lui que cela ne l'avance à rien, en dehors du fait qu'il va attraper un rhume.

— Avec grand plaisir.

Lavery s'emmitoufla et sortit dans l'après-midi qui s'assombrissait.

Violet regarda par la fenêtre pendant que les deux hommes discutaient. L'interaction ne dura pas longtemps, et bientôt Lavery était de retour à l'intérieur, retirant son pardessus et son chapeau.

Elle alla à sa rencontre dans le hall.

— Que s'est-il passé ?

— Il refuse de partir avant la nuit. De plus, il affirme qu'il reviendra demain, et tous les jours suivants, jusqu'à ce que vous acceptiez de le voir.

Pour l'amour de Dieu ! Elle n'allait pas le laisser se rendre malade.

— Vous lui avez dit que cela ne servait à rien ?

— Je lui ai dit qu'il pourrait venir tous les jours jusqu'à la fin des temps, et que vous ne l'autoriseriez toujours pas à entrer, expliqua Lavery en secouant la tête. En fait, il a *souri*, et déclara qu'il allait prendre ce risque, qu'au moins il pourrait vous voir aller et venir. Et que si c'était tout ce qu'il pouvait avoir, il s'en contenterait.

Un grand soupir les fit se retourner tous les deux. Chalke était revenue dans le hall. Son regard était devenu limpide, et sa bouche se recourba en un demi-sourire.

— C'est tellement romantique.

Lavery ricana.

— C'est tordu, voilà ce que c'est.

Violet devait bien admettre que c'était romantique. Et tellement typique du Nick qu'elle avait rencontré. Était-il toujours là ?

Bien sûr qu'il l'était. Il était simplement enfoui sous la peur, la tristesse et l'incapacité à faire face.

— Allez-vous le laisser entrer ? s'enquit Chalke.

Pendant un bref instant, Violet l'envisagea.

— Non.

Elle n'était pas sûre de croire qu'il allait revenir tous les jours jusqu'à la fin des temps, mais décida que ce serait amusant de le découvrir.

Trois jours plus tard, elle comprit qu'il n'irait nulle part. Il avait neigé quelques centimètres cette première nuit, puis les températures avaient chuté. En dépit du froid et de la neige qui tourbillonnait autour de ses bottes, Nick avait passé deux jours entiers recroquevillé en face de la maison. La veille, il portait une couverture drapée autour de ses épaules, et Lavery lui avait signalé que quelqu'un lui avait apporté quelque chose à boire. Une boisson chaude, avait-il précisé, au vu de la manière dont Nick avait pris la tasse et l'avait tenue près de son visage.

Alors qu'elle se tenait devant la fenêtre du salon, Violet décida qu'elle devait mettre un terme à cette comédie. Elle se tourna vers Chalke qui était entrée dans la pièce quelques instants plus tôt.

— Apportez-moi ma cape, mon chapeau, et mes gants.

La femme de chambre plissa le front et joignit les mains.

— Vous n'avez pas besoin d'aller dehors. Cela ne peut pas être bon pour vous.

— Je n'étais pas malade, je me suis blessée à la tête.

Lavery entra dans le salon, le visage marqué par la surprise.

— Vous n'avez quand même pas l'intention d'aller lui parler ?

— Je crois qu'il faut que je le fasse, pas vous ? Je ne veux pas être responsable du fait qu'il prenne froid. Et honnêtement, je crains que nos voisins ne commencent bientôt à se plaindre.

Chalke posa sur elle un regard confus.

— Parce qu'un duc se tient devant leur maison ?

Cela semblait plutôt absurde.

— Mme Blevins a essayé de l'inviter à entrer un peu plus tôt, dit Lavery.

Violet grimaça. Mme Blevins vivait quelques maisons plus bas dans la rue, avec ses cinq petits chiens et un nombre indéterminé de chats. Elle adorait avoir des visiteurs, et, une fois à l'intérieur, vous restiez captif pendant des heures, car elle s'arrêtait rarement de parler.

— Oh, mon Dieu ! Alors, au moins, je dois l'avertir de ne pas s'approcher d'elle.

De mauvaise grâce, Chalke aida Violet à s'emmitoufler. Avant de la laisser sortir, elle lui fit promettre de revenir dans les dix minutes.

Après avoir juré qu'elle ne serait absente que pendant *cinq* minutes, Violet sortit et faillit perdre son chapeau à cause du vent mordant. Plaçant sa main sur le dessus de sa tête pour empêcher l'accessoire de s'envoler, elle descendit les marches. Avant qu'elle n'atteigne le trottoir, Nick était devant elle.

— Tu ne devrais pas être là, dehors, lui dit-il.

Elle le fixa, front plissé.

— Ton intention n'était-elle pas de m'attirer à l'extérieur ?

— Non, j'espérais que tu m'inviterais à entrer.

— Je me suis dit que ce pourrait être agréable de sortir.

Maintenant qu'elle était debout dans le vent, elle devait bien admettre que cette pensée était peu judicieuse. Elle cilla en le regardant.

— Je n'arrive pas à croire que tu as enduré ça pendant deux jours et demi.

— Je l'endurerai pour toujours si cela signifie que je pourrai te voir.

— Juste me *voir* ?

Il la regarda attentivement.

— Je prendrai ce que je pourrai.

— Pourquoi n'épouses-tu pas Diana ?

— Parce que je t'aime.

Les mots qu'elle se languissait d'entendre depuis si long-temps lui coupèrent les jambes et lui crispèrent la poitrine. Elle pinça les lèvres et lui jeta un regard noir.

— Tu ne t'en es pas rendu compte avant de demander une autre femme en mariage ?

Le regard de Nick se fit penaud.

— Si. Et en fait, je l'ai toujours su, peu importe à quel point j'ai essayé de le combattre.

Violet croisa les bras et les serra autour d'elle pour lutter contre le froid.

— C'est ça que tu as fait pendant tout ce temps ? Tu luttais ?

— Entre autres choses. Comme Simon l'a si bien dit, je me suis comporté comme un maudit abruti.

Il lui fit un sourire en coin.

Elle haussa un sourcil, surprise par son sens de l'humour.

— Je savais que j'aimais bien Simon.

— Je suis seulement désolé qu'il lui ait fallu tout ce temps pour parvenir à me faire entendre raison. Tu t'es montrée très patiente avec moi, et moi, j'ai été... j'ai été lâche.

Il *était* lâche, mais elle comprenait pourquoi.

— Moi aussi j'ai été lâche. Je préférais vivre dans le passé, à la seule époque où j'ai vraiment été heureuse.

Le sourire qu'il lui offrit en réponse était doux et lumineux.

— Ce n'est pas de la lâcheté. C'est de l'autopréservation, et une bien meilleure solution que d'ériger une muraille de glace autour de soi, lui dit-il.

Son visage s'assombrit, et Violet se crispa.

— Je sais que je suis différent aujourd'hui. Je ne pense pas pouvoir être le Nick dont tu es tombée amoureuse, plus maintenant. Peux-tu m'accepter tel que je suis ?

Il semblait si peu sûr de lui, si craintif, que les vieilles fissures familières du cœur de Violet se mirent à frémir.

— Non, tu n'es pas le même Nick, mais je t'aime encore plus aujourd'hui qu'à l'époque.

— Après ce que je t'ai fait subir ?

Il donnait l'impression de vouloir se flageller, et elle supposait que d'une certaine manière, il l'avait fait.

— Étonnamment, oui, répondit-elle d'une voix ironique, avant de poser sur lui une main timide, effleurant son grand manteau au-dessus de son cœur.

Nous avons chacun eu notre manière de gérer la perte. Non pas que la mienne puisse jamais se comparer à la tienne.

Il la regarda droit dans les yeux : toutes les émotions qu'elle avait toujours voulu voir chez lui étaient à nu dans leurs profondeurs.

— Nous avons tous les deux perdu beaucoup de choses, et surtout du temps. J'aimerais autant ne pas perdre une seconde de plus.

— J'ai juste besoin de comprendre pour Diana. Est-ce qu'elle va bien ?

— Je suis sûr que oui. Quant à ses parents, c'est une autre histoire, dont nous pourrons parler une autre fois. Ou jamais. Ce sera à toi de décider, dit-il, souriant à nouveau. Le fait que tu te préoccupes de son bien-être ne fait que souligner à quel point tu es une femme merveilleuse.

— J'ai encore besoin… Comment puis-je être sûre que tu ne vas pas paniquer et t'enfuir à nouveau ?

— Je peux te promettre que je paniquerai *encore*, surtout quand tu tomberas enceinte. Mais je ne fuirai plus. Du moins, pas loin de toi. Je n'ai plus qu'une seule destination à présent, Violet, et c'est toi.

En dépit du froid, la chaleur se répandit en elle. Jusqu'à ce que son cerveau enregistre ce qu'il avait dit en premier, au sujet des enfants. Elle retira sa main de sa poitrine.

— Nick, je ne peux pas te donner d'enfants, dit-elle doucement, baissant les yeux.

Il lui agrippa les épaules, l'amenant à lever les yeux vers lui.

— Peut-être pas. Ou peut-être que oui. Je serai heureux dans les deux cas.

— Oh, Nick.

Elle se hissa sur la pointe des pieds et l'embrassa, mais ce fut bref. À la seconde où le nez glacé de Nick frôla le sien, Violet trembla.

— Tu *dois* venir à l'intérieur.

Il sourit.

— J'ai cru que tu ne me le proposerais jamais.

Elle se tourna et gravit les escaliers. Lorsqu'ils entrèrent, Lavery jeta un regard mécontent au duc, tandis que Chalke affichait un sourire radieux. Tous deux prirent respectivement les vêtements d'extérieur de Nick et de Violet, et les laissèrent seuls dans le hall.

Il prit la main de la jeune femme.

— Merci de m'avoir tiré du froid.

— Cela signifie-t-il que tu n'es plus le duc Solitaire, entouré de ses murailles de glace ?

— Crois-tu que nous pourrions convaincre les gens que je suis le duc de Feu ?

Elle éclata de rire.

— Est-ce que tu prévois de t'en prendre aux gens ?

Il haussa les épaules.

— Je pourrais. Honnêtement, je me fiche du nom que les gens me donnent, en dehors de toi.

Elle entrelaça leurs doigts.

— Et que préfères-tu ?

— Ami, amant, mari ? proposa-t-il avec un regard inter-rogateur.

— Si c'est censé être une demande en mariage, tu vas

devoir faire beaucoup mieux que ça, lui dit-elle, levant leurs mains pour les tenir contre sa poitrine alors qu'elle se rapprochait de lui. Es-tu sûr de vouloir prendre ce risque ? Tout peut arriver, à toi comme à moi. Tu sais qu'il n'y a aucune garantie ?

Il caressa son visage, souriant en la regardant droit dans les yeux.

— En fait, il y en a une : je t'aimerai jusqu'à la fin des temps.

Elle se laissa aller contre lui, enroulant ses bras autour du cou de Nick.

— Alors, comment pourrais-je refuser ?

ÉPILOGUE

Août 1818

— Vous avez un fils, Votre Grâce !

Nick, qui faisait les cent pas devant sa chambre où Violet était en travail depuis neuf heures, s'affala contre le mur.

— Je vais chercher le whisky, marmonna Rand avant de poser une main sur l'épaule de Nick. Félicitations.

Il ne pouvait s'empêcher de sourire alors qu'il courait pratiquement pour aller annoncer la bonne nouvelle. Toute la maisonnée avait retenu son souffle. Personne n'avait fait mention de la dernière fois qu'un enfant était né à Kilve Hall, et pourtant il savait que tous y pensaient. Comment aurait-il pu en être autrement ? Comment *lui* aurait-il pu ne pas y penser ?

— Je peux entrer ?

Nick essaya de ne pas laisser transparaître sa peur dans sa voix, mais il était certain d'avoir échoué misérablement. Le médecin était parfaitement au courant de la terreur du duc. Violet avait fait promettre au pauvre homme d'informer Nick de ses progrès à chaque étape. Elle avait même négocié sa présence à ses côtés, mais après l'avoir vue souffrir pendant six heures, il ne pouvait plus le supporter.

C'était *vraiment* un lâche.

— Oui, entrez, lui dit le médecin.

Il ouvrit la porte et fit signe à Nick de le précéder.

La sage-femme terminait de nettoyer Violet pendant que Chalke, avec un large sourire, tenait le bébé.

— Oh, Votre Grâce, il est tout simplement magnifique.

Nick n'en doutait pas. Après tout, c'était le fils de Violet. Et Nick était impatient de le tenir dans ses bras. Mais d'abord, il voulait s'assurer qu'elle allait bien.

À pas lents, il s'avança vers le bord du lit. Elle tourna la tête et lui sourit faiblement.

Nick pivota brusquement vers le médecin derrière lui.

— Qu'est-ce qui ne va pas ? Elle est pâle. On dirait qu'elle peut à peine relever les lèvres pour sourire.

L'homme s'approcha du lit à côté de Nick.

— Elle est épuisée, Votre Grâce, et c'est bien normal.

Violet lui fit un léger signe de la tête.

— Vraiment, Nick, j'aimerais bien voir à quoi tu ressemblerais après avoir vécu ce que je viens de traverser.

Il serait sans doute évanoui. Il jeta un coup d'œil au médecin.

— Elle va bien ?

— Parfaitement bien. C'était l'un des accouchements les plus faciles auxquels il m'a été donné d'assister. Et j'ai apprécié l'aide précieuse de Mme Gowdy ici présente, ajouta-t-il avec un signe de tête vers la sage-femme.

Violet avait voulu à la fois un médecin et une sage-femme, et Nick avait accepté. Pourquoi n'avoir qu'un seul expert en naissance, alors que c'était mieux avec deux ?

— Où est Maurice ? demanda Violet, prononçant le nom qu'ils avaient choisi s'ils avaient un fils : celui du frère de Nick, évidemment.

Il avait un fils.

Le garçon était étonnamment calme. La dernière fois... Il ne fallait pas qu'il y pense. La dernière fois, Elias n'avait cessé de crier, jusqu'à ce qu'il soit trop faible pour le faire.

— J'ai presque terminé ici, Votre Grâce, annonça la sage-femme. Peut-être que Sa Grâce aimerait tenir son fils ?

Avant que Nick ne puisse répondre, Chalke lui glissa le bébé dans les bras. Il était déjà tellement différent de ce à quoi Nick s'attendait. Sa tête était couverte d'un fin duvet blond, et ses yeux étaient couleur indigo foncé. Maurice le regardait avec une curiosité non dissimulée, comme s'il était en train de décider si Nick serait à la hauteur.

— Est-ce que je passe l'épreuve du feu, alors ? demanda-t-il avec douceur.

Il fit glisser son doigt sur le front de Maurice. Le garçon fronça le visage, et Nick crut qu'il allait se mettre à pleurer, mais il n'en fit rien. Le duc regarda tour à tour le médecin et la sage-femme.

— Pourquoi ne pleure-t-il pas ? Ne devrait-il pas pleurer ?

— Il l'a fait au début, répondit la sage-femme en couvrant les jambes de Violet, avant de s'écarter du lit. J'ai pris soin de nombreux bébés qui ne pleuraient pas beaucoup au début. Ne vous inquiétez pas. Il aura faim d'ici un moment, et alors je soupçonne qu'il braillera assez fort pour faire tomber les poutres autour de nous.

Elle éclata de rire.

La sage-femme s'avéra être un excellent pronostiqueur, car moins de dix minutes plus tard, Maurice commença à vagir et ne s'arrêta que quand il prit le sein de Violet. Nick les observa, émerveillé. Il avait du mal à croire à quel point sa chance avait tourné.

Plus tard, alors que le petit garçon était endormi dans le berceau à côté du lit et que Violet somnolait, il s'allongea à côté d'elle. Il ferma les yeux, fatigué, mais heureux. Le contact de la main de sa femme contre la sienne lui fit ouvrir les yeux et se tourner.

La peur l'envahit.

— Est-ce que tu vas bien ?

Elle retroussa les lèvres et lui tapota la poitrine.

— Je vais *très* bien. N'est-il pas incroyable ?

— Aussi parfait que toi, répondit Nick en l'embrassant sur le front.

Elle ricana.

— La perfection n'existe pas et je ne le souhaiterais pas non plus : peux-tu imaginer essayer de la conserver ? Cependant, je crois aux miracles, dit-elle en posant un regard plein d'admiration sur Maurice. Je n'arrive toujours pas à croire que nous l'ayons fait. Je t'avais dit que ce n'était pas possible.

— Effectivement, quand je t'ai demandé de m'épouser. Et, comme le veut le destin, tu étais déjà enceinte.

Elle lui jeta un regard complice.

— Je continue à dire que nous devons remercier mon accident.

— Je connais ta théorie, que tout ce repos a en quelque sorte fait « tenir » le bébé, mais il est hors de question que je te laisse te cogner la tête la prochaine fois que nous voudrons avoir un enfant.

Elle rit doucement.

— Je n'ai pas besoin de me cogner la tête. J'ai juste besoin de rester beaucoup au lit. Je ne vois pas en quoi cela pourrait te déranger.

Elle lui jeta un regard séducteur.

— Mon Dieu non, mais c'est bien trop tôt pour y penser.

Elle soupira, résignée.

— Oui, mais sache que je suis impatiente.

Elle plissa les yeux vers lui.

Il l'embrassa à nouveau, cette fois sur la bouche, ses lèvres s'attardant sur celles de Violet.

— Merci de m'avoir offert une joie que je n'aurais jamais cru ressentir. Je sais que cela n'a pas été facile… que *je* ne suis pas facile.

— Non, mais je t'aime quand même. Notre joie est d'autant plus douce que cela n'a pas été simple.

— Que voilà une femme bien sage. Merci d'avoir persévéré, d'avoir eu foi en ce que nous avions partagé, et d'avoir cru que nous pourrions le retrouver.

— Je ne suis pas sûre que nous l'ayons retrouvé, dit-elle. Je crois que nous avons créé quelque chose de nouveau.

Elle jeta un œil à son fils endormi. Puis elle enroula sa main autour du cou de Nick.

— Ce que nous avons aujourd'hui est merveilleux, dans toute sa glorieuse imperfection.

Êtes-vous impatient de découvrir ce qui est arrivé à Diana et Simon ? Rejoignez-les alors qu'ils traversent l'Angleterre pour tenter de déjouer le scandale dans *LE DUC RAVAGEUR* !

Merci beaucoup d'avoir lu *Le Duc Solitaire*. J'espère que vous l'avez aimé ! Si vous voulez savoir quand mon prochain livre sera disponible et être averti des ventes spéciales, inscrivez-vous à ma newsletter en anglais sur https://www.darcyburke.com/join ou en français https://darcyburke.com/français.bulletin

et suivez-moi sur les réseaux sociaux :

Facebook: https://facebook.com/DarcyBurkeFans
Twitter @darcyburke
Instagram darcyburkeauthor

Vous aimez les romans Régence ? Jetez un œil à la série *Le Club des Ducs Fringants*, six livres co-écrits avec ma meilleure amie, Erica Ridley. Découvrez les hommes inoubliables de la taverne la plus célèbre de Londres, Le Duc Fringant. Avec ces sublimes séducteurs à l'esprit et au charme à revendre, épris de liberté et d'aventures, une nuit n'est jamais suffisante.

J'espère que vous accepterez de laisser un avis sur le site de votre boutique en ligne ou de votre réseau préféré ! J'aime tellement mes lecteurs. Merci, merci, *merci*.
xoxo,
Darcy

DU MÊME AUTEUR

Les Insaisissables

Le Comte sans héritier

L'inaccessible Duc

Le Duc Audacieux

Le Duc Malhonnête

Le Duc des Désirs

Le Duc Provocateur

Le Duc Dangereux

Le Duc Solitaire

Le Duc Ravageur

Le Duc Menteur

Le Duc Séducteur

Le Duc des Baisers

Le Duc Boute-en-train

The Unexpected Duke

The Charming Marquess

The Wounded Viscount

Le Club des Ducs Fringants

Une nuit de séduction par Erica Ridley

Une nuit d'abandon par Darcy Burke

Une nuit de passion par Erica Ridley

Une nuit de scandale par Darcy Burke

Une nuit d'adieu par Erica Ridley

Une nuit de tentation par Darcy Burke

Les Insaisissables: The Pretenders

A Secret Surrender

A Scandalous Bargain

A Rogue's Redemption

À PROPOS DE L'AUTEUR

Darcy Burke est l'auteure à succès USA Today de romance sexy, sentimentale historique et contemporaine. Darcy a écrit son premier livre à 11 ans, une fin heureuse entre un cygne accro à la magie et une femelle cygne qui l'aimait, avec des illustrations extrêmement pauvres.

Native de l'Oregon, Darcy vit en bordure des vignes avec son mari guitariste, une fille artiste d'un incroyable talent, et un fils débordant d'imagination qui écrira sans doute un jour mieux qu'elle (et peut-être dès demain). Ils forment une famille-à-chats un peu folle, avec deux bengals, un petit chat en quête de notoriété qui porte le nom d'un fruit, un vieux maine-coon rescapé plutôt arrogant, et une collection de chats du voisinage qui trainent sur la terrasse et entrent quelquefois. Vous trouverez Darcy au chai, dans son confortable fauteuil d'écrivain avec son portable et un ou trois chats sur les genoux, en train de plier son linge (ce qu'elle adore), ou encore devant le télévision avec sa famille. Ses havres de bonheur sont Disneyland, le week-end du Labor Day au Gorge, Le Danemark et partout au Royaume-Uni – tant que sa famille y est aussi. Retrouvez Darcy en ligne à https://www.darcyburke.com et suivez-la sur ses réseaux sociaux.